古典文獻研究輯刊

八　編

曾永義　主編

第 10 冊

「文備眾體」與唐五代小說的生成（下）

何　亮　著

國家圖書館出版品預行編目資料

「文備眾體」與唐五代小說的生成（下）／何亮 著 — 初版 —
新北市：花木蘭文化出版社，2013〔民 102〕
目 2+182 面；19×26 公分
（古典文學研究輯刊　八編；第 10 冊）
ISBN：978-986-322-386-3（精裝）
1. 中國小說 2. 文學評論
820.8　　　　　　　　　　　　　　　102014644

ISBN-978-986-322-386-3

古典文學研究輯刊
八 編 第 十 冊　　　　　　　ISBN：978-986-322-386-3

「文備眾體」與唐五代小說的生成（下）

作　　者　何亮
主　　編　曾永義
總 編 輯　杜潔祥
出　　版　花木蘭文化出版社
發 行 所　花木蘭文化出版社
發 行 人　高小娟
聯絡地址　235 新北市中和區中安街七二號十三樓
　　　　　電話：02-2923-1455／傳真：02-2923-1452
網　　址　http://www.huamulan.tw 信箱 sut81518@gmail.com
印　　刷　普羅文化出版廣告事業
初　　版　2013 年 9 月
定　　價　八編 24 冊（精裝）新台幣 42,000 元

「文備衆體」與唐五代小說的生成（下）

何　亮　著

目

次

上 冊

緒 論 1

一、關於「文備眾體」之「體」研究的檢視 2

二、關於「文備眾體」中「眾體」的研究 7

三、「文」如何「備」「眾體」的研究 9

四、存在的主要問題 18

五、解決問題的思路與方法 20

第一章　史傳與唐五代小說的生成 23

第一節　史傳敘事體例對唐五代小說敘事結構的
　　　　影響 24

第二節　「史識」對唐五代小說「敘述干預」的
　　　　影響 32

第二章　論說文與唐五代小說的生成 51

第一節　唐五代小說中的「議論者」............. 53

第二節　唐五代小說中的「議論」方式 60

第三節　唐五代小說中「議論」的功能 66

第三章　書牘文與唐五代小說的生成 75

第一節　書牘文本的使用方式 76

第二節　書牘文本的敘事功能 82

第四章　祝文與唐五代小說的生成 93

第一節　唐五代小說中祝文本的價值取向 94

第二節　祝文本在唐五代小說敘事中的功能 102

第五章　公牘文與唐五代小說的生成 109

第一節　唐五代小說中公牘文本概況 111

第二節　唐五代小說中公牘文本的敘事功能 122

第六章　詩賦、駢文與唐五代小說的生成 131

第一節　唐五代小說與詩文本 132

第二節　唐五代小說中辭賦、駢文本的使用情況 144

第三節　詩賦、駢文本在唐五代小說敘事中的作用
　　　　....................................... 150

第七章　唐五代小說中的志怪、志人文本 163

第一節　唐五代小說對前代志怪文本的吸收 164

第二節　志怪文本在唐五代小說敘事中的功能 .. 172

第三節　唐五代小說中的志人文本 …………… 176

第八章　唐五代小說中的其他文本 ………… 185

　　第一節　碑銘文本在唐五代小說敘事中的功能 …… 185

　　第二節　唐五代小說中的詞、判文本 ……………… 190

第九章　「文本」的會通與唐五代小說的生成 … 197

　　第一節　以一種「文體」爲骨架會通其他「文本」

　　　　　　………………………………………………… 198

　　第二節　以一種「文本」爲核心融會其他「文本」

　　　　　　………………………………………………… 212

結　語 ……………………………………………… 225

下　冊

附　錄 …………………………………………………… 227

　　附錄一　史傳文本在唐五代小說中的使用情況 … 227

　　附錄二　論說文本在唐五代小說中的使用情況和
　　　　　　功能 …………………………………………… 362

　　附錄三　書牘文本在唐五代小說中的使用情況和
　　　　　　功能 …………………………………………… 379

　　附錄四　祝文本在唐五代小說中的使用情況 …… 381

　　附錄五　公牘文本在唐五代小說中的使用情況和
　　　　　　作用 …………………………………………… 382

　　附錄六　詩賦、駢文本在唐五代小說中的使用情況

　　　　　　………………………………………………… 385

　　附錄七　碑銘文本在唐五代小說中的使用情況 … 396

　　附錄八　其他文本在唐五代小說中的使用情況 … 397

主要參考文獻 …………………………………… 399

後　記 …………………………………………… 407

附　錄

附錄一　史傳文本在唐五代小說中的使用情況

自作品集	作 者	作者生活年代	是否進士	作品名稱	所處文中位置	使用史傳文本方式	小說類型及內容	文本形式
	王度	隋末唐初	否	古鏡記	開篇	簡介人物	傳奇古鏡故事	史傳，駢，賦，詩歌，志怪，論說，志人
					文中	簡介故事人物，以時序敘述故事		
《續高僧傳》	釋道宣	596-667	否	魏洛京永寧寺天竺僧勒那漫提傳	開篇	簡介人物	志怪奇僧故事	史傳，論說文，志怪，志人
					文中	以時序敘述故事		
				魏東齊沙門釋明琛傳	文末	交代故事來源真實可信	志怪奇僧故事	史傳，論說，志怪，志人
					開篇	簡介人物		
				魏太山丹嶺釋僧照傳	開篇	簡介人物	志怪桃花源類故事	史傳，詩
					文中	以時序敘述故事		
				齊鄴下大莊嚴寺釋圓通傳	開篇	簡介人物	志怪桃花源類故事	史傳，論說文，駢文，詩
					文中	簡介故事人物，以時序敘述故事		
				唐京師普光寺釋明解傳	開篇	簡介人物	志怪奇僧故事	史傳，詩，志人
					文中	以時序敘述故事		
				隋蜀部灌口山竹林寺釋道仙傳	開篇	簡介人物	志怪修煉成仙故事	史傳，志怪
					文中	倒敘人物經歷		
					文末	印證故事真實可信		

			梁九江東林寺釋道融傳	開篇	簡介人物	志怪 觀音故事	史傳，志怪
				文中	以時序敘述故事		
			齊趙州頭陀沙門釋僧安傳	開篇	簡介人物	志怪 奇僧故事	史傳，志怪
				文中	交代故事發生具體時間		
			隋瀘州等行寺釋童進傳	開篇	簡介人物	志怪 奇僧故事	史傳，志怪，志人
				文中	交代故事發生具體時間		
			隋鄭州會善寺釋明恭傳	開篇	由故事發生地引出故事	志怪 奇僧故事，影射隋末戰亂	史傳，志怪，志人
				文中	交代故事發生具體時間，以時序敘述故事		
			唐京師法海寺釋法通傳	開篇	簡介人物	志怪 神授予大力故事，旨在傳教	史傳，志怪，志人
				文中	以時序敘述故事		
《續江氏傳》	佚名	不詳	不詳	補江總白猿傳	文中	以時序敘述故事	傳奇 猿精故事	史傳，志怪，詩，志人
《冥報記》	唐臨	600-659	否	釋智苑	開篇	簡介人物	志怪 異僧故事	史傳，志怪
					文中	插敘，交代故事發生背景		
					文末	交代故事真實可信		
				東魏鄴下人	文中	以時序敘述故事	志怪 神仙洞窟故事	史傳，志怪
					文末	交代故事來源		
				北齊冀州人	文中	以時序敘述故事	志怪 異僧故事	史傳，志怪
					文末	文末交代故事真實可信		
				梁武帝時寒士	文中	以時序敘述故事	志怪 命運前定故事	史傳，志人
					文末	交代故事和人物來自傳說		
				陳嚴恭	開篇	簡介人物	志怪 龜精報恩故事	史傳，志怪
					文中	以時序敘述故事		
					文末	交代故事真實可信		
				崔彥武	文中	以時序敘述故事	志怪 前生故事	史傳，志怪
					文末	交代故事來源		
				大業客僧	文中	以時序敘述故事	志怪 異僧故事	史傳，志怪
					文末	交代故事真實可信		
				韋仲珪	開篇	簡介人物	志怪 孝子信奉佛教故事	史傳，志怪
					文末	交代故事真實可信		
				孫寶	開篇	簡介人物	志怪 死而復生故事	史傳，志怪
					文中	倒敘人物冥間經歷		
					文末	交代故事真實可信		

							眭仁蒨	開篇	簡介人物	志怪 鬼助人故 事	史傳，志怪 ，論說文， 書牘文
								文中	插敘人物以前經歷		
								文末	交代故事眞實可信		
							孫迴璞	開篇	簡介人物	志怪 死而復生 故事	史傳，志怪
								文中	以時序敘述故事		
								文末	交代故事眞實可信		
							戴冑	文末	交代故事眞實可信	志怪 夢故事	史傳，志怪 ，論說文
								文中	以時序敘述故事		
							李大安	開篇	簡介人物	志怪 信佛得助 故事	史傳，志怪
								文末	交代故事眞實可信		
								文中	以時序敘述故事		
							鄭師辯	文末	文末交代故事眞實可信	志怪 死而復生 故事	史傳，志怪
								文中	倒敘人物死後冥間經歷		
							豆盧夫人	開篇	簡介人物	志怪 誦經延壽 故事	史傳，志怪
								文末	文末交代故事眞實可信		
							李山龍	開篇	簡介人物	志怪 死而復生 故事	史傳，志怪
								文末	交代故事眞實可信		
								文中	倒敘人物死後冥間經歷		
							周武帝	文末	交代故事眞實可信	志怪 死而復生 故事	史傳，志怪
								文中	倒敘人物死後冥間經歷		
							北齊仕人梁	文中	以時序敘述故事	志怪 死而復生 故事	史傳，志怪
								文中	倒敘人物死後冥間經歷		
								文末	交代故事眞實可信		
							冀州小兒	文中	以時序敘述故事	志怪 殺生受罰 故事	史傳，志怪
								文末	交代故事眞實可信		
							殷安仁	開篇	簡介人物	志怪 果報故事	史傳，志怪 ，論說文
								文末	交代故事眞實可信		
							趙太	開篇	由風俗引出故事	志怪 果報故事	史傳，志怪
								文末	交代故事眞實可信		
							洛陽人	文中	以時序敘述故事	志怪 果報故事	史傳，志怪
							康抱	開篇	簡介人物	志怪 果報故事	史傳，志怪 ，論說文
								文中	以時序敘述故事		
								文末	交代故事眞實可信		

				馬嘉連	開篇	簡介人物	志怪	史傳，志怪
					文末	交代故事真實可信	死而復生	，論說文
					文中	以時序敘述故事	故事	
				孔恪	開篇	指出故事發生具體時間	志怪 死而復生 故事	史傳，志怪 ，論說文， 志人
					文末	交代故事的真實		
				王璹	開篇	簡介人物	志怪 死而復生 故事	史傳，志怪 ，論說文
					文中	以時序敘述故事		
					文末	交代故事真實可信		
				韋慶植女	開篇	簡介人物，指出故事發生具體時間	志怪 奇女子故事	史傳，志怪
					文末	交代故事真實可信		
				張法義	開篇	簡介人物，指出故事發生具體時間	志怪 死而復生 故事	史傳，志怪 ，論說文
					文末	交代故事真實可信		
				柳智感	開篇	簡介人物	志怪 死而復生 故事	史傳，志怪
					文中	倒敘人物死後冥間經歷		
					文末	交代故事真實可信		
				趙文信	開篇	簡介人物，指出故事發生具體發生時間	志怪 死而復生 故事	史傳，志怪 ，論說文
					文中	倒敘人物死後冥間經歷		
					文末	交代故事真實可信		
				兗州人	開篇	簡介人物，指出故事生具體時間	志怪 死而復生 故事	史傳，志怪 ，祝文，賦
					文中	倒敘人物死後冥間經歷		
					文末	交代故事真實可信		
				釋慧雲	開篇	簡介人物，指出故事生具體時間	志怪 奇僧故事	史傳，志怪
				趙文若	開篇	簡介人物，指出故事生具體時間	志怪 死而復生 故事	史傳，志怪
				李氏	開篇	簡介人物，指出故事生具體時間	志怪 死而復生 故事	史傳，志怪
				謝弘敞妻	開篇	簡介人物，指出故事生具體時間	志怪 死而復生 故事	史傳，志怪
					文末	文末交代故事真實可信		
				傅奕	開篇	簡介人物，指出故事生具體時間	志怪 死後託夢 故事	史傳，志怪
					文末	交代故事真實可信		

				釋信行	開篇	由人物身份引出故事	志怪 僧成佛故事	史傳，志怪
					文中	倒敘人物出生時背景		
					文末	交代故事來源		
				釋慧如	開篇	評價慧如，引出故事	志怪 被抓入冥間故事	史傳，志怪
					文中	交代故事發生具體時間		
					文末	交代故事來源		
				僧徹	開篇	由僧性格引出故事	志怪 神僧成佛故事	史傳，志怪，詩
					文中	倒敘與故事相關背景		
					文末	交代故事來源		
				尼法信	開篇	由寫經引出故事	志怪 神異尼姑說經故事	史傳，志怪
					文末	交代故事來源和故事記錄人之人		
				釋道懸	開篇	簡介人物，指出故事生具體時間	志怪 奇僧故事	史傳，志怪
				釋道英	開篇	簡介人物，指出故事生具體時間	志怪 神僧成佛故事	史傳，志怪
					文末	交代故事來源真實可信		
				蕭璟	開篇	簡介人物，指出故事生具體時間	志怪 誦經故事	史傳，志怪
					文中	交代故事發生具體時間		
				蘇長	開篇	交代故事發生具體時間	志怪 誦經得救故事	史傳，志怪
					文末	交代故事來源真實可信		
				董雄	開篇	簡介人物，指出故事生具體時間	志怪 誦經雪冤故事	史傳，志怪
					文中	交代故事發生具體時間		
				元大寶	開篇	簡介人物，指出故事生具體時間	志怪 夢故事	史傳，志怪
				王將軍	開篇	交代故事發生具體時間	志怪 果報故事	史傳，志怪
					文末	交代故事來源真實可信		
				崔浩	開篇	簡介人物，指出故事生具體時間	志怪 毀佛法遭報故事	史傳，志怪
					文末	交代故事見於《後魏書》和《十六國春秋》		

				河南人婦	開篇	交代故事發生具體時間	志怪 不孝媳婦遭天譴變狗故事	史傳，志怪
				卞士瑜父	開篇	由人物性格引出故事	志怪 慳吝人負心變牛故事	史傳，志怪
					文末	交代故事來源眞實可信		
				潘果	開篇	簡介人物，指出故事生具體時間	志怪 殺羊遭報故事	史傳，志怪
					文末	交代故事來源眞實可信		
				沙門法藏	開篇	簡介人物，指出故事生具體時間	志怪 寫經成佛故事	史傳，志怪
					文中	交代故事發生具體時間		
				柳檢	開篇	簡介人物，指出故事生具體時間	志怪 誦經雪冤故事	史傳，志怪
					文中	交代故事發生具體時間		
				李壽	開篇	簡介人物，指出故事生具體時間	志怪 果報故事	史傳，志怪，論說文
《冥祥記》				楊師操	文末	交代故事眞實可信	志怪 死而復生故事	史傳，志怪，論說文
					開篇	簡介人物，指出故事生具體時間		
不詳				宜城民	開篇	簡介人物，指出故事生具體時間	志怪 果報故事	史傳，志怪，論說文
					文末	交代故事眞實可信		
《冥報拾遺》	郎餘令	不詳	是	石壁寺僧	開篇	簡介人物，指出故事生具體時間	志怪 誦經助人故事	史傳，志怪
					文末	交代故事眞實可信		
				王會師	開篇	簡介人物，指出故事生具體時間	志怪 死後爲畜故事	史傳，志怪
				李信	開篇	簡介人物，指出故事生具體時間	志怪 死後爲畜故事	史傳，志怪，志人
					文末	交代故事眞實可信		
				耿伏生	開篇	簡介人物，指出故事生具體時間	志怪 死後爲畜故事	史傳，志怪
				方山開	開篇	簡介人物，指出故事生具體時間	志怪 死而復生故事	史傳，志怪
					文中	敘人物死後經歷		
				劉摩兒	開篇	簡介人物，指出故事生具體時間	志怪 死而復生故事	史傳，志怪
					文中	倒敘人物死後經歷		

					李知禮	開篇	簡介人物，指出故事生具體時間	志怪 死而復生 故事	史傳，志怪 ，論說文
						文中	倒敘人物死後經歷		
					萬年謝氏	開篇	簡介人物	志怪 死後為畜 類故事	史傳，志怪
						文中	以時序敘述故事		
					任五娘	開篇	簡介人物，指出故事生具體時間	志怪 死後託夢 給家人故 事	史傳，志怪
						文末	交代故事真實可信		
					裴則子	開篇	簡介人物，指出故事生具體時間	志怪 死而復生 故事	史傳，志怪
					劉善經	開篇	由人物身世引出故事，簡介人物，指出故事生具體時間	志怪 投胎轉世 故事	史傳，志怪
						文末	交代故事來源真實可信		
					僧玄高兄子	開篇	由人物身世引出故事，簡介人物，指出故事生具體時間	志怪 投胎轉世 故事	史傳，志怪
						文末	交代故事來源真實可信		
					董雄	開篇	交代故事發生具體時間	志怪 誦經雪冤 故事	史傳，志怪
						文中	以時序敘述故事		
					王懷智	開篇	簡介人物，指出故事生具體時間	志怪 死而復生 故事	史傳，志怪
						文末	交代故事來源真實可信		
					仁義方	開篇	簡介人物，指出故事生具體時間，轉述人物死後陰間的經歷	志怪 死而復生 故事	史傳，志怪
						文末	交代故事來源真實可信		
					杜智楷	開篇	簡介人物，指出故事生具體時間	志怪 誦經得救 故事	史傳，志怪
						文中	交代故事發生具體時間		
					路伯達	開篇	簡介人物，指出故事生具體時間	志怪 果報故事	史傳，志怪
						文中	交代故事發生具體時間		
					曲阜皇甫氏	開篇	簡介人物，指出故事生具體時間	志怪 死而復生 故事	史傳，志怪
						文中	轉述人物死後陰間經歷		

				盧元禮	開篇	簡介人物，指出故事生具體時間	志怪 死而復生故事	史傳，志怪
					文中	轉述人物死後陰間經歷		
				邢文宗	開篇	簡介人物	志怪 果報故事	史傳，志怪
					文中	交代故事發生具體時間		
				信都元方	開篇	簡介人物	志怪 死後冥間經歷的故事	史傳，志怪，書牘文
					文中	交代故事發生具體時間		
					文末	交代故事來源真實可信		
				齊士望	開篇	簡介人物	志怪 死而復生故事	史傳，志怪
					文中	交代故事發生具體時間，轉述人物死後陰間經歷		
				館陶主簿	開篇	簡介人物	志怪 鬼託夢故事	史傳，志怪
					文中	交代故事發生具體時間		
					文末	交代故事來源真實可信		
				梁氏	開篇	簡介人物，指出故事生具體時間	志怪 遊歷冥間故事	史傳，志怪
					文中	交代故事發生具體時間，轉述人物死後陰間的經歷		
				姜滕生	開篇	簡介人物，指出故事生具體時間	志怪 修佛免罪故事	史傳，志怪
					文中	以時序敘述故事		
				姚明解	開篇	簡介人物	志怪 死後受罰故事	史傳，志怪，詩
					文中	交代故事發生具體時間		
				李思一	開篇	簡介人物，指出故事生具體時間	志怪 死而復生故事	史傳，志怪
					文末	交代故事來源		
《法苑珠林》	釋道世	不詳	否	高法眼	開篇	簡介人物，指出故事生具體時間	志怪 死而復生故事	史傳，志怪，志人
					文末	文末交代故事真實可信		
				李校尉外婆	文中	以時序敘述故事	志怪 死後為畜故事	史傳，志怪
					文末	交代故事真實可信		
				劉公信妻陳氏母	文中	以時序敘述故事	志怪 死而復生故事	史傳，志怪，論說文
				王志女	文中	以時序敘述故事	志怪 人鬼戀故事	史傳，志怪
					文末	交代故事真實可信		

				程普樂	開篇	由故事發生場景引出故事，簡介人物，指出故事生具體時間	志怪 死而復生故事	史傳，志怪，論說文
					文末	交代故事眞實可信		
				蕭氏女	開篇	簡介人物，指出故事生具體時間	志怪 妒婦故事	史傳，志怪，志人，論說文
					文末	交代故事眞實可信		
				程華	開篇	交代故事發生具體時間	志怪 貪財死後投胎爲牛故事	史傳，志怪
					文末	交代故事來源眞實可信		
				徐善才	開篇	交代故事發生具體時間	志怪 誦經得救故事	史傳，志怪
					文末	交代故事來源眞實可信		
				崔軌	開篇	交代故事發生具體時間	志怪 亡靈講述冥間的故事	史傳，志怪
					文末	交代故事來源眞實可信		
《十二眞君傳》	胡慧超	？-703（高宗武后時道士）	否	許眞君	文末	每段結束都指明故事發生地實存	志怪 道士故事	史傳，志怪，論說文，志人
					開篇	簡介人物		
				吳眞君	開篇	簡介人物	志怪 道士故事	史傳，志怪
				蘭公	開篇	簡介人物	志怪 道士故事	史傳，志怪
《朝野僉載》	張文成	658-730	是	遊仙窟	開篇	由對山石的描述引出故事	傳奇 愛情故事	史傳，志怪，書信，駢文，辭賦，詩歌，志人
					文中	以時序敘述故事		
				孟知檢	開篇	簡介人物，指出故事生具體時間	志怪 死而復生故事	史傳，志怪
				周興	開篇	簡介人物，指出故事生具體時間	軼事 小說酷吏故事	史傳，志人
				橀頭師	開篇	簡介人物，指出故事發生具體時間	志怪 誤殺僧人故事	史傳，志怪
				僧雲暢	開篇	簡介人物，指出故事生具體時間	志怪 鬼託夢故事	史傳，志怪
				金荊	開篇	簡介人物，指出故事生具體時間	志怪 妒婦故事	史傳，志怪，志人
				張景先婢	開篇	交代故事發生具體時間	志怪 妒婦殘暴遭報應故事	史傳，志怪，志人

					王顯	開篇	簡介人物，指出故事生具體時間	志怪 命不該富貴故事	史傳，志怪，志人
					蔣恒	開篇	交代故事發生具體時間	志怪 斷案雪冤故事	史傳，志怪
					王璥	開篇	簡介人物，指出故事生具體時間	軼事小說 斷案故事	史傳，志人
					郭正一	文中	按時序敘述故事	軼事小說 斷案故事	史傳，志人
					董行成	文中	按時序敘述故事	軼事小說 斷案故事	史傳，志人，論說文
					張鷟	文中	按時序敘述故事	軼事小說 斷案故事	史傳，志人
					婁師德	開篇	簡介人物	軼事小說 正直、清廉官吏故事	史傳，志人，論說文
						文中	交代故事發生具體時間		
						文末	用浮休子曰發表議論		
					白鐵餘	開篇	簡介人物，指出故事生具體時間	志怪 蠱惑百姓遭斬故事	史傳，志怪
					張利涉	開篇	簡介人物，指出故事生具體時間，由人物健忘性格引出故事	軼事小說 健忘人故事	史傳，志人
					閻玄一	開篇	由人物健忘性格引出故事，簡介人物	軼事小說 健忘人故事	史傳，志人
					夏侯彪之	文中	以時序敘述故事	軼事小說 貪鄙人故事	志人，志人
					蕭穎士	開篇	交代故事發生具體時間	軼事小說 僕人和主人的故事	史傳，志人
					權龍襄	開篇	簡介人物	軼事小說 性格偏激人故事	史傳，志人，詩歌
						文中	交代故事發生具體時間		
					武承嗣	開篇	簡介人物	軼事小說 才子、佳人故事	史傳，詩歌
					任環妻	開篇	交代故事發生具體時間	軼事小說 妒婦故事	史傳，志人，論說文
					韓朝宗	開篇	交代故事發生具體時間	志怪 果報故事	史傳，志怪
					張簡	開篇	簡介人物	志怪 狐媚為祟故事	史傳，志怪

	張說	667-730	是	梁四公記	文中	以時序敘述故事	傳奇 人的奇異 經歷故事	史傳，志怪 ，論說文， 書牘文，辭 賦，公牘文 ，志人
					文末	指出故事來源眞實 可信		
				龍鏡記	文中	以時序敘述故事	傳奇 奇鏡故事	史傳，志怪 ，書牘文， 詩歌，駢文
《開元天寶 遺事》				綠衣使者 傳（節文）	文末	指出故事來源	傳奇 斷案故事	史傳，志怪
					開篇	簡介人物，指出故 事生具體時間		
				傳書燕 （節文）	文末	指出故事來源	傳奇 燕子傳書 故事	史傳，志怪 ，書牘文
					開篇	簡介人物，指出故 事生具體時間		
《廣古今五 行記》	竇維鋈	不詳	否	續生	開篇	簡介人物	志怪 奇人故事	史傳，志怪
				通公	開篇	簡介人物	志怪 神算子故 事	史傳，志怪
				阿專師	開篇	簡介人物	志怪 奇僧故事	史傳，志怪 ，志人
				阿禿師	開篇	簡介人物，指出故 事發生具體時間	志怪 奇僧故事	史傳，志怪
				惠炤師	開篇	簡介人物，指出故 事發生具體時間	志怪 奇僧故事	史傳，志怪 ，論說文
				鄴城人	開篇	按時序敘述故事	志怪 人冒充狐 媚故事	史傳，志怪 ，志人
				紇干狐尾	開篇	簡介人物	志怪 狐媚故事	史傳，志怪 ，論說文， 志人
				鄧差	開篇	簡介人物，指出故 事發生具體時間	志怪 不義之財 故事	史傳，志怪 ，論說文
				岐州寺主	開篇	交代故事發生具體 時間	志怪 神授意抓 兇手故事	史傳，志怪
				杜疑妾	文中	以時序敘述故事	志怪 誤殺妾遭 報故事	史傳，志怪 ，論說文
				屠人	開篇	簡介人物，指出故 事發生具體時間	志怪 殺生遭報 故事	史傳，志怪
				季全聞	開篇	交代故事發生具體 時間	志怪 殺生遭報 故事	史傳，志怪

				王珍	開篇	簡介人物，指出故事發生具體時間	志怪偷錢死後投胎為羊故事	史傳，志怪
				後周太祖	開篇	簡介人物，指出故事發生具體時間	傳奇得助退敵故事	史傳，志怪，詩歌
				王氏	開篇	交代故事發生具體時間	志怪妻死財運離去故事	史傳，志怪
				徐慶	開篇	交代故事發生具體時間	志怪夢應驗故事，影射徐敬業反叛	史傳，志怪
				安陽黃氏	開篇	簡介人物，指出故事發生具體時間	志怪財運離去故事	史傳，志怪
				賀世伯	開篇	交代故事發生具體時間	志怪虐待驢遭報故事	史傳，志怪
				崔仲文	開篇	交代故事發生具體時間	志怪忠犬故事	史傳，志怪
				元佶	開篇	交代故事發生具體時間	志怪母豬化成女子故事	史傳，志怪
				尹兒	文中	交代故事發生具體時間	志怪幫助龍而得以免水災故事	史傳，志怪
《紀聞》	牛肅	武周、玄宗、肅宗時期	否	邢和璞	開篇	簡介人物，交代故事發生具體時間	志怪徵驗故事	史傳，志怪
				王賈	開篇	簡介人物，指出故事發生具體時間	傳奇鬼魅為祟故事	史傳，志怪，論說文，志人
					文中	以時序敘述故事		
				王昊	開篇	簡介人物	志怪王昊的神異故事	史傳，志怪，志人，論說文
					文中	以時序敘述故事		
				稠禪師	開篇	簡介人物	傳奇大力人故事	史傳，志怪，論說文，志人
					文中	以時序敘述故事		
				徐敬業	文中	以時序敘述故事	志怪奇人故事，折射武則天時期徐敬業作亂	史傳，志怪，論說文
				明達師	開篇	簡介人物	志怪靈異故事	史傳，志怪，志人
					文中	以時序敘述故事		

				儀光禪師	開篇	簡介人物	傳奇 靈異事件	史傳,志怪,論說文,志人
				法將	開篇	簡介人物	志怪 奇僧故事	史傳,志怪,志人
					文中	以時序敘述故事		
				洪昉禪師	開篇	簡介人物,指出故事發生具體時間	志怪 奇僧故事,折射武則天滅佛及殺生	史傳,志怪,詩歌
					文中	以時序敘述故事		
				僧伽大師	開篇	簡介人物	志怪 奇僧故事	史傳,志怪,論說文
					文末	指出本傳記載了主要事件,此傳是則選擇一生始末記述		
					文中	以時序敘述故事		
				屈突仲任	開篇	簡介人物,指出故事發生具體時間	傳奇 死而復生故事	史傳,志怪,論說文
					文中	倒敘人物死後冥間經歷		
				李思元	開篇	按時間先後敘述故事	傳奇 死而復生故事	史傳,志怪
					文中	補敘故事相關內容		
				僧齊之	開篇	簡介人物,指出故事發生具體時間	志怪 死而復生故事	史傳,志怪
					文末	補敘故事相關內容		
				張無是	開篇	簡介人物,指出故事發生具體時間	志怪 誦經得助故事	史傳,志怪
					文中	簡介人物		
				李虛	開篇	指出故事發生具體時間,由故事發生的背景引出故事	志怪 死而復生故事	史傳,志怪,論說文
					文中	以時序敘述故事		
				牛騰	開篇	簡介人物	志怪 神人相助故事	史傳,志怪,論說文
					文中	以時序敘述故事		
				裴伷先	開篇	簡介人物	傳奇 裴伷先故事	史傳,志怪,志人,論說文
					文中	以時序敘述故事		
				蘇無名	開篇	指出故事發生具體時間,由背景引出故事	傳奇 斷案故事	史傳,志怪,志人,論說文
					文中	以時序敘述故事		
				馬待封	開篇	指出故事發生具體時間,由故事主題:技巧高超引出故事	傳奇 手藝高超人故事	史傳,志怪,駢賦,論說文
					文中	以時序敘述故事		
				張長史	開篇	簡介人物	傳奇 狐媚故事	史傳,志怪,志人
					文中	以時序敘述故事		

				李昉	開篇	簡介人物	傳奇 婚嫁故事	史傳，志人
					文中	以時序敘述故事		
				張藏用	開篇	簡介人物	傳奇 健忘人故事	史傳，志人
					文中	以時序敘述故事		
				牛肅女	開篇	簡介人物	傳奇 奇女子異事	史傳，志怪，駢賦
					文末	補敘人物異事		
					文中	以時序敘述故事		
				北山道者	開篇	簡介人物	傳奇 道士故事	史傳，志怪，論說文
					文中	以時序敘述故事		
				明崇儼	開篇	簡介人物	志怪 神仙道術故事	史傳，志怪，志人
					文中	以時序敘述故事		
				僧韜光	開篇	簡介人物	志怪 奇僧故事	史傳，志怪，論說文，志人
					文中	以時序敘述故事		
				僧儀光	開篇	簡介人物，指出故事發生具體時間	志怪 奇僧故事	史傳，志怪
				楊浦	開篇	採伐樹木可獲利引出故事	志怪 精魅故事	史傳，志怪，論說文
					文中	簡介人物，指出故事發生具體時間		
				季攸	開篇	按時間敘述故事	志怪 死而復生故事	史傳，志怪，論說文
				王無有	開篇	簡介人物	志怪 妒婦故事	史傳，志怪，志人
				牛成	開篇	由故事北背景引出故事，渲染氣氛	志怪 精魅故事	史傳，志怪
					文中	指出故事發生具體時間		
				竇不疑	開篇	簡介人物	傳奇 智鬥精魅故事	史傳，志怪
					文中	指出故事發生具體發生時間，以時序敘述故事		
				李彊名妻	開篇	簡介人物	傳奇 死而復生故事	史傳，志怪，志人，詩
					文中	指出故事發生具體發生時間，以時序敘述故事		
				裴諶	開篇	先述裴諶身份，再講樵者故事。故事主題與看似故事題目脫節	志怪 天帝失落人間的黃金故事	史傳，志怪，公牘文
					文中	以時序敘述故事		
				牛氏僮	文中	指出故事發生具體發生時間，以時序敘述故事	傳奇 神仙託夢故事	史傳，志怪，銘文

				淮南獵者	開篇	先述張景伯身份及指出故事發生時間，再講樵者故事	傳奇 獵人幫助大象鬥精魅故事	史傳，志怪，論說文
				張寓言	開篇	簡介人物	志怪 誤把猴子當成鬼魅故事	史傳，志怪
					文末	補敘張寓言把猴子當成鬼殺死的始末		
					文中	以時序敘述故事		
				葉法善	開篇	簡介人物，指出故事發生具體時間，以時序敘述故事	傳奇 除天狐故事	史傳，志怪
				鄭宏之	文中	以時序敘述故事	傳奇 智鬥精魅故事	史傳，志怪，論說文
				田氏子	文中	以時序敘述故事	傳奇 誤把人看成狐媚故事	史傳，志怪，志人
				靳守貞	開篇	由故事發生背景引出故事	志怪 狐媚故事	史傳，志怪
					文中	以時序敘述故事		
				新羅	開篇	由故事發生背景引出故事	傳奇 與鬼怪智鬥故事	史傳，志怪
					文中	以時序敘述故事		
				杜豐	開篇	簡介人物，指出故事發生具體時間	傳奇 杜豐的荒誕故事	史傳，志怪，志人
				修武縣民	開篇	按時間先後敘述故事	志怪 誤把人當成鬼魅的故事	史傳，志怪，論說文
				李淳風	開篇	簡介人物，指出故事發生具體時間	志怪 先知故事	史傳，志怪，公牘文
					文中	以時序敘述故事		
				杜生	開篇	交代故事發生具體時間	志怪 先知故事	史傳，志怪
					文末	交代擇其人生的重要事件敘述		
				和和	文中	以時序敘述故事	志怪 先知故事	史傳，志怪
				長樂村聖僧	開篇	交代故事發生具體時間	志怪 聖僧故事	史傳，志怪，論說文
				馬子雲	開篇	簡介人物	志怪 成佛故事	史傳，志怪
					文中	以時序敘述故事		
				襄陽老姥	開篇	交代故事發生具體時間	志怪 信佛獲錢故事	史傳，志怪

李之	開篇	由枉殺李之引出故事	志怪 鬼復仇故事	史傳，志怪
	文中	以時序敘述故事		
楊慎矜	文中	以時序敘述故事	志怪 死而復生故事	史傳，志怪
	開篇	轉述故事人物所說		
午橋民	文中	以時序敘述故事	志怪 神令壞人供認其所做壞事的故事	史傳，志怪，論說文
晉陽人妾	開篇	簡介人物	志怪 化虎復仇故事	史傳，志怪，論說文
	文中	以時序敘述故事		
王儦	開篇	轉述王講述的故事	志怪 死而復生故事	史傳，志怪，論說文
	文中	以時序敘述故事		
張去逸	開篇	簡介人物	志怪 神人預告官運故事	史傳，志怪
	文中	以時序敘述故事		
隋煬帝	開篇	交代故事發生具體時間	傳奇 聰慧后妃故事	史傳，志怪，論說文，志人
李邕	文中	以時序敘述故事	傳奇 殘暴人遭報故事	史傳，志怪，志人
韓光祚	開篇	由人物到官所引出故事	志怪 死而復生故事	史傳，志怪
	文中	轉述妾冥間所歷		
道德里書生	文中	以時序敘述故事	志怪 書生與死人結為婚姻後死去故事	史傳，志怪
茹子顏	開篇	簡介人物	志怪 幫助鬼友故事	史傳，志怪
長孫繹	開篇	簡介人物	志怪 精怪故事	史傳，志怪
	文中	以時序敘述故事		
武德縣婦人	開篇	交代故事發生具體時間	志怪 奇婦生子故事	史傳，志怪
水珠	開篇	由故事發生地引出故事	傳奇 胡商識寶珠故事	史傳，志怪，論說文
	文中	交代故事發生具體時間		
沈東美	文中	以時序敘述故事	志怪 狐狸化成婢女故事	史傳，志怪

				袁嘉祚	開篇	簡介人物	志怪 通天狐故事	史傳，志怪
				元庭堅	開篇	簡介人物，由罷官後讀書引出故事	志怪 精魅與人交往故事	史傳，志怪
				李元畠	文中	簡介人物	志怪 狡猾人故事	史傳，志怪，志人
					文中	以時序敘述故事		
				吳保安	開篇	簡介人物	傳奇 吳保安故事	史傳，志怪，志人，書牘文，論說文
					文末	補敘仲翔被匈奴抓時的情況，凸顯他經歷的苦難		
					文中	以時序敘述故事		
				郗鑒	開篇	簡介人物	志怪 神仙故事	史傳，志怪，志人
				周賢者	開篇	簡介人物	傳奇 周賢者的神異之事	史傳，志怪，論說文，志人
					文末	補敘與故事相關內容		
					文中	以時序敘述故事		
				薛直	開篇	簡介人物	志怪 果報故事	史傳，志怪
					文中	以時序敘述故事		
				劉洪	開篇	簡介人物	志怪 鬼故事	史傳，志怪，論說文，詩歌
					文中	以時序敘述故事		
				武德縣田叟	開篇	由故事發生地點引出故事和人物，以時序敘述故事	志怪 鬼取人命故事	史傳，志怪
				普賢杜	開篇	交代故事發生具體時間和指出當地風俗	志怪 菩薩化身爲人故事	史傳，志怪，論說文
					文末	發表對菩薩現身的感慨		
				劉子貢	開篇	簡介人物	志怪 死而復生死故事	史傳，志怪
					文中	轉述故事人物冥間所見		
《宣室志》	劉氏	不詳	不詳	猿婦傳	開篇	簡介人物	傳奇 猿猴化成人故事	史傳，志怪，志人
					文末	文末交代故事來源眞實可		
					文中	以時序敘述故事		
《法書要錄》	何延之	不詳	不詳	蘭亭記	開篇	由《蘭亭》來源引出故事	傳奇 騙取蘭亭眞迹故事	史傳，志怪，志人，公牘文，詩
					文中	以時序敘述故事		
					文末	交代創作緣由及來龍去脈		
《通幽記》	唐晅	不詳	不詳	唐晅手記	開篇	簡介人物	傳奇 唐晅的故事	史傳，志怪，詩歌，祝文，論說文，志人
					文中	以時序敘述故事		

《定命錄》	趙自勤	不詳	否	狄仁傑	開篇	由貶官引出故事	志怪 命運前定 故事	史傳
				崔元綜	開篇	簡介人物	志怪 命運前定 故事	史傳，志怪
					文中	以時序敘述故事		
				王晙	開篇	簡介人物	志怪 鬼故事	志怪，史傳
					文中	以時序敘述故事		
				袁嘉祚	開篇	開篇簡介人物	志怪 命運前定 故事	志怪，史傳
					文中	以時序敘述故事		
				李嶠	文中	以時序敘述故事	志怪 命運前定 故事	志怪，史傳
				車三	開篇	簡介人物	志怪 命運前定 故事	史傳，志怪
				袁天綱	開篇	簡介人物	志怪 命運前定 故事	史傳，志怪 ，詩歌，公 牘文，志人
					文中	以時序敘述故事		
				張岡藏	開篇	簡介人物	志怪 先知故事	史傳，志怪 ，論說文， 書牘文
					文中	以時序敘述故事		
				盧齊卿	開篇	簡介人物	志怪 命運前定 故事	史傳，志怪
					文中	以時序敘述故事		
				梁十二	開篇	簡介人物	志怪 命運前定 故事	史傳，志怪 ，書牘文， 論說文
					文中	以時序敘述故事		
				姜皎	開篇	由人物性情引出故事	志怪 命運前定 故事	史傳，志怪
					文中	以時序敘述故事		
				賣餛飩	開篇	簡介人物	志怪 旺夫故事	史傳，志怪
					文中	以時序敘述故事		
				蘇味道	文中	以時序敘述故事	志怪 命薄承受 不起重要 官職的故 事	史傳，志怪
				田預	開篇	轉述故事人物故事	志怪 預知官運 故事	史傳，志怪
				張守珪	文中	以時序敘述故事	志怪 預知官運 故事	史傳，志怪
				馮七言事	開篇	簡介人物	志怪 先知故事	史傳，志怪
					文中	轉述僧所講故事		

桓臣範	開篇	轉述故事人物講述的故事	志怪 先知故事	史傳,志怪
	文中	以時序敘述故事		
張嘉貞	開篇	指出故事發生具體時間	志怪 先知故事	史傳,志怪
僧金師	開篇	簡介人物	志怪 命運前定故事	史傳,志怪
楊素	開篇	指出故事發生具體時間	志怪 先知故事	史傳,志怪
薛季昶	開篇	指出故事發生具體時間	志怪 由才能預知命運故事	史傳,志怪
陸景融	開篇	指出故事發生具體時間	志怪 先知故事	史傳,志怪
程行諶	開篇	指出故事發生具體時間	志怪 先知故事	史傳,志怪
魏元忠	開篇	簡介人物,指出故事發生具體時間	志怪 先知故事	史傳,志怪,論說文
馬生	開篇	交代故事發生具體時間	志怪 先知故事	史傳,志怪
裴光庭	開篇	指出故事發生具體時間	志怪 先知故事	史傳,志怪,論說文
衡相	開篇	交代故事發生具體時間	志怪 先知故事	史傳,志怪,論說文
馬祿師	開篇	簡介人物	志怪 先知故事	史傳,志怪
	文中	以時序敘述故事		
李含章	開篇	交代故事發生具體時間	志怪 先知故事	史傳,志怪
	文末	交代故事來源真實可信		
	文中	交代故事發生具體時間		
尚衡	開篇	交代故事發生具體時間	志怪 先知故事	史傳,志怪
柳芳	文中	以時序敘述故事	志怪 先知故事	史傳,志怪
盧齊卿	開篇	簡介人物	志怪 先知故事	史傳,志怪
任之良	文中	以時序敘述故事	志怪 先知故事	史傳,志怪
潘玠	文中	以時序敘述故事	志怪 夢應驗故事	史傳,志怪
樊系	文中	以時序敘述故事	志怪 夢應驗故事	史傳,志怪

				曾勤	文中	以時序敘述故事	志怪 神助抓獲 犯人故事	史傳，志怪
梁鳳術驗	文中	以時序敘述故事	志怪 先知故事 ，影射安 史之亂	史傳，志怪 ，論說文
路生	開篇	指出故事發生具體 時間	志怪 先知故事	史傳，志怪
徐福	開篇	按時間敘述故事， 簡介人物	志怪 神仙治病 故事	史傳，志怪
張李二公	開篇	按時間敘述故事， 簡介人物	傳奇 成仙故事	史傳，志怪 ，論說文
劉清眞	開篇	簡介人物，指出故 事發生時間	傳奇 成仙故事	史傳，志怪 ，詩
	文末	交代故事來源		
麻陽村人	開篇	簡介人物	志怪 神仙故事	史傳，志怪
	文中	以時序敘述故事		
慈心仙人	開篇	簡介人物	傳奇 海外遇仙 故事	史傳，志怪 ，賦
	文末	交代故事來源		
	文中	以時序敘述故事		
石巨	開篇	簡介人物	志怪 胡人祈雨 故事	史傳，志怪
	文中	以時序敘述故事		
王老	開篇	簡介人物	傳奇 神仙異境 故事	史傳，志怪 ，詩
	文中	以時序敘述故事		
李仙人	開篇	簡介人物	志怪 謫仙故事	史傳，志怪
	文中	以時序敘述故事		
衡山隱者	開篇	簡介人物	志怪 神仙洞窟 故事	史傳，志怪
	文中	以時序敘述故事		
潘尊師	開篇	開篇簡介人物	志怪 道士尸解 故事	史傳，志怪
	文中	以時序敘述故事		
秦時婦人	文中	以時序敘述故事	傳奇 世外桃源 故事	史傳，志怪 ，詩
何二娘	開篇	簡介人物，以時序 敘述故事	志怪 修煉成仙 故事	史傳，志怪
邊洞玄	開篇	簡介人物	志怪 修煉成仙 故事	史傳，志怪
	開篇	按時間敘述故事		
張連翹	開篇	簡介人物	志怪 修煉成仙 故事	史傳，志怪
	文中	以時序敘述故事		

				輔神通	開篇	簡介人物	志怪	史傳，志怪
					文中	以時序敘述故事	煉金術故事	
				盧氏	開篇	按時間敘述故事	志怪 死而復生 故事	史傳，志怪
				三刀師	開篇	簡介人物	志怪 孝子誦經 得助故事	史傳，志怪
					文中	以時序敘述故事		
				田氏	開篇	簡介人物	志怪 死而復生 故事	史傳，志怪
					文中	以時序敘述故事		
				劉鴻漸	開篇	簡介人物	志怪 誦經得以 免死故事	史傳，志怪
					文中	以時序敘述故事		
				張嘉猷	開篇	簡介人物，以時序 敘述故事	志怪 鬼託家人 誦經故事	史傳，志怪
				成珪	開篇	簡介人物	志怪 誦經得助 故事	史傳，志怪
					文末	補敘楊覬出家原因		
					文中	以時序敘述故事		
				王琦	開篇	簡介人物	志怪 誦經得助 故事	史傳，志怪
					文中	插敘王少時故事		
				張御史	開篇	簡介人物	志怪 鬼抓生人 故事	史傳，志怪
					文中	以時序敘述故事		
				李洽	開篇	簡介人物	志怪 鬼抓生人 故事，影 射安史之 亂	史傳，志怪
					文中	以時序敘述故事		
				王乙	開篇	簡介人物	志怪 誦經得助 故事	史傳，志怪
					文中	以時序敘述故事		
				鉗耳含光	開篇	簡介人物	志怪 人與鬼妻 故事	史傳，志怪
				席豫	開篇	按時間先後敘述故 事	志怪 殺生受罰 故事	史傳，志怪
				張縱	開篇	簡介人物	志怪 死而復生 故事	史傳，志怪
					文中	倒敘變魚經過		
				句容佐使	開篇	簡介人物	志怪 寶物故事	史傳，志怪
					文中	以時序敘述故事		
				呂諲	文中	以時序敘述故事	志怪 夢故事	史傳，志怪

				薛義	開篇	簡介人物	志怪 神人幫助 除怪故事	史傳，志怪
					文中	以時序敘述故事		
				李進士	開篇	簡介人物	志怪 鬼追債故事	史傳，志怪
					文中	以時序敘述故事		
				李播	開篇	由封禪事引出故事	志怪 人神交往 故事	史傳，志怪
					文中	以時序敘述故事		
				宋參軍	文中	以時序敘述故事	志怪 生人幫助 女鬼故事	史傳，志怪，論說文
					開篇	簡介人物		
				狄仁傑	開篇	按時間敘述故事	志怪 鬼故事	史傳，志怪
				趙州參軍妻	開篇	簡介人物	志怪 鬼娶人妻 故事	史傳，志怪
					文中	倒敘參軍妻子死後事		
				河東縣尉妻	開篇	簡介人物	志怪 鬼娶人妻 故事	史傳，志怪
					文中	倒敘河東縣尉妻死後事		
				三衛	開篇	按時間先後敘述故事，簡介人物	志怪 胡母班故事	史傳，志怪，詩，賦，駢文
				李湜	開篇	按時間先後敘述故事，簡介人物	志怪 人神戀故事	史傳，志怪，賦
				汝陰人	開篇	按時間先後敘述故事，簡介人物	志怪 人神戀故事	史傳，志怪，詩歌，駢文，賦，志人
				崔敏愨	開篇	簡介人物，指出故事發生具體時間	志怪 鬼故事	史傳，志怪，論說文，志人
				張嘉祐	開篇	簡介人物	志怪 鬼助人故事	史傳，志怪
					文中	以時序敘述故事		
				韋秀莊	開篇	按時間先後敘述故事	志怪 人助鬼故事	史傳，志怪，論說文
				華嶽神女	開篇	簡介人物	志怪 人神戀故事	史傳，志怪，志人
					文中	以時序敘述故事		
				王侚	開篇	按時間先後敘述故事	志怪 魂神相離故事	史傳，志怪
				季廣琛	開篇	由故事發生地引出故事	志怪 人神戀故事	史傳，志怪
					文中	以時序敘述故事		

			劉可大	開篇	簡介人物，以時序敘述故事	傳奇 鬼助人步 入仕途故事	史傳，志怪，論說文
			穎陽里正	開篇	簡介人物	志怪 代神行雨故事	史傳，志怪
				文中	以時序敘述故事		
			王法智	開篇	簡介人物	志怪 人神交往故事	史傳，志怪，詩
				文中	以時序敘述故事		
			李佐時	開篇	簡介人物，以時序敘述故事	志怪 鬼求人助故事	史傳，志怪
			張琮	開篇	按時間先後敘述故事	志怪 人神婚戀故事	史傳，志怪，祝文，論說文，銘文
			劉門奴	開篇	按時間先後敘述故事	志怪 爲鬼改葬故事	史傳，志怪，論說文
			閻庚	開篇	按時間先後敘述故事	志怪 富貴、婚姻前定故事	史傳，志怪，志人
			狄仁傑	開篇	簡介人物，指出故事發生具體時間	志怪 鬼爲祟求助於人故事	史傳，志怪，論說文，志人
			李暠	開篇	簡介人物，指出故事發生具體時間	志怪 鬼魅惑人不果故事	史傳，志怪，論說文
			張守珪	開篇	簡介人物，按時間先後敘述故事	志怪 鬼助人故事	史傳，志怪，駢文，志人
			楊瑒	開篇	按時間先後敘述故事	志怪 鬼助人故事	史傳，志怪
			張果女	開篇	按時間先後敘述故事	志怪 人鬼戀故事	史傳，志怪
			華妃	開篇	按時間先後敘述故事	志怪 盜墓故事	史傳，志怪
			王光本	開篇	簡介人物，按時間先後敘述故事	志怪 鬼返回人世故事	史傳，志怪，論說文
			楊元英	開篇	簡介人物，指出故事發生具體時間	志怪 鬼返回人世故事	史傳，志怪
			薛矜	開篇	簡介人物，指出故事發生具體時間	志怪 鬼變美女故事	史傳，志怪

				朱七娘	開篇	簡介人物，按時間先後敘述故事	志怪 亡人招引生前喜歡女子故事	史傳，志怪
				李光遠	開篇	簡介人物，按時間先後敘述故事	志怪 官員死後仍關心百姓的故事	史傳，志怪，論說文
				李霸	開篇	簡介人物	志怪 鬼照顧家人故事	史傳，志怪，志人
					文中	以時序敘述故事		
				安宜坊書生	開篇	簡介人物，按時間先後敘述故事	志怪 人鬼交往故事	史傳，志怪
				黎陽客	開篇	按時間先後敘述故事	志怪 人鬼交往故事	史傳，志怪
				李迥秀	開篇	簡介人物，按時間先後敘述故事	志怪 人鬼交往故事，影射權梁山謀反	史傳，志怪，志人
				裴徽	開篇	簡介人物，按時間先後敘述故事	志怪 人鬼戀故事	史傳，志怪
				李陶	開篇	指出故事發生具體時間	志怪 人鬼戀故事	史傳，志怪，志人
				長洲陸氏女	開篇	簡介人物，按時間先後敘述故事	志怪 人鬼戀故事	史傳，志怪
				楊準	開篇	簡介人物	志怪 人鬼戀故事	史傳，志怪
					文中	以時序敘述故事		
				王乙	開篇	簡介人物	志怪 人鬼戀故事	史傳，志怪
					文中	以時序敘述故事		
				韋栗	開篇	簡介人物，按時間先後敘述故事	志怪 人鬼戀故事	史傳，志怪
				王玄之	開篇	簡介人物	志怪 人鬼戀故事	史傳，志怪，志人
					文中	以時序敘述故事		
				朱敖	開篇	簡介人物，按時間先後敘述故事	志怪 人神戀故事	史傳，志怪
				裴虯	開篇	簡介人物	志怪 鬼抓人求女婿故事	史傳，志怪
					文中	以時序敘述故事		

				岐州佐史	文中	以時序敘述故事	志怪 人鬼互助 故事	史傳，志怪
				濱儀王氏	開篇	簡介人物	志怪 人鬼交往 故事	史傳，志怪 ，詩歌
					文中	以時序敘述故事		
				李叔齊	開篇	按時間敘述故事	志怪 影射安史 之亂，鬼 婦故事	史傳，志怪
				新繁縣令	文中	以時序敘述故事	志怪 人鬼戀故 事	史傳，志怪
				常夷	開篇	簡介人物	志怪 人鬼之誼 故事	史傳，志怪 ，書牘文， 駢文，志人
					文中	交代故事來源眞實		
					文中	以時序敘述故事		
				張守一	開篇	簡介人物，按時間 先後敘述故事	志怪 鬼助紂爲 虐故事	史傳，志怪 ，志人
				宇文覯	文末	補敘故事人物事件	志怪 鬼助人故 事	史傳，志怪 ，論說文， 公牘文，
					開篇	簡介人物，按時間 先後敘述故事		
				李瑩	開篇	由未嫁引出故事	志怪 鬼化成人 與家人生 活故事	史傳，志怪
					文中	按時間先後敘述故 事		
				韋璜	開篇	簡介人物	志怪 生人接受 鬼差遣故 事	史傳，志怪 ，詩歌
					文末	文末交代故事來源		
				薛萬石	開篇	簡介人物	志怪 鬼仍眷戀 照顧家人 故事	史傳，志怪
					文末	文末交代故事來源		
				李瀚	開篇	按時間敘述故事	志怪 死後強娶 夫人故事	史傳，志怪 ，論說文
				蕭審	開篇	簡介人物，按時間 先後敘述故事	志怪 貪官死後 受罰故事	史傳，志怪
				商順	開篇	簡介人物	志怪 鬼助人故 事	史傳，志怪
					文中	以時序敘述故事		
				李載	開篇	指出故事發生具體 時間	傳奇 死而復生 後，處理 家事再死 去故事	史傳，志怪

				朱自勸	文中	以時序敘述故事	傳奇 鬼幫助生 前友人故 事	史傳,志怪
				羅元則	開篇	簡介人物	傳奇 羅元則遇 鬼故事	史傳,志怪 ,書牘文
					文中	以時序敘述故事		
				李元平	開篇	簡介人物	傳奇 人鬼戀故 事	史傳,志怪 ,志人
					文中	以時序敘述故事		
				章仇兼瓊	開篇	按時間敘述故事	傳奇 先知故事	史傳,志怪 ,論說文
				杜萬	開篇	簡介人物	傳奇 女子死後 為羅剎妻 子故事	史傳,志怪
					文中	以時序敘述故事		
				盧贊善	開篇	簡介人物	志怪 精魅故事	史傳,志怪
					文中	以時序敘述故事		
				蔡四	開篇	簡介人物	傳奇 人鬼交往 故事	史傳,志怪
					文中	以時序敘述故事		
				東萊人女	文中	以時序敘述故事	志怪 還魂為人 故事	史傳,志怪
				鄭會	開篇	簡介人物	傳奇 還魂為人 故事,影 射安史之 亂	史傳,志怪
					文中	以時序敘述故事		
				王穆	開篇	簡介人物	傳奇 將士復生 故事	史傳,志怪
					文中	以時序敘述故事		
				湯氏子	文中	以時序敘述故事	志怪 生死前定 故事	史傳,志怪
				李彊友	開篇	簡介人物	傳奇 冥間從生 人中選取 官員故事	史傳,志怪
					文中	以時序敘述故事		
				隰州佐使	文中	以時序敘述故事	傳奇 冥間從生 人中選取 官員,冥 官索要錢 財故事	史傳,志怪 ,志人
				崔明達	開篇	簡介人物	志怪 冥間從生 人中選取 講經師, 冥官索要 錢財故事	史傳,志怪 ,志人
					文末	補敘在冥間的故事		
					文中	以時序敘述故事		

				費子玉	開篇	按時間敘述故事	志怪 冥間從生人中選取講經師，冥官索要錢財故事	史傳，志怪，志人
					文末	補敘在冥間的故事		
				魏靖	開篇	簡介人物	志怪 死而復生故事	史傳，志怪
					文中	以時序敘述故事		
				楊再思	開篇	按時間先後敘述故事	傳奇 死而復生故事，影射現實官員的無能、貪婪	史傳，志怪
					文末	交代故事來源真實可信		
				金壇王丞	開篇	簡介人物，指出故事發生具體時間	志怪 死而復生故事	史傳，志怪，志人
				韓朝宗	開篇	簡介人物，指出故事發生具體時間	傳奇 鬼宅故事，影射韓朝宗暴虐	史傳，志怪
				韋延之	開篇	簡介人物，指出故事發生具體時間	志怪 冥間追訟生人故事	史傳，志怪
				霍有鄰	開篇	簡介人物，指出故事發生具體時間	志怪 冥間追訟生人故事	史傳，志怪，志人
				皇甫恂	開篇	簡介人物，指出故事發生具體時間	傳奇 冥間追訟生人故事	史傳，志怪，志人
				裴齡	開篇	簡介人物，指出故事發生具體時間	志怪 冥間追訟生人，冥官索要錢財故事	史傳，志怪
				六合縣丞	開篇	簡介人物，指出故事發生具體時間	志怪 冥間追訟生人，冥官索要錢財故事	史傳，志怪，論說文
					文末	故事人物健在，以表故事真實可信		
				薛濤	開篇	簡介人物，指出故事發生具體時間	志怪 冥間追訟生人，冥官索要錢財故事	史傳，志怪
				鄧成	開篇	簡介人物，指出故事發生具體時間	志怪 冥間追訟生人，冥官索要錢財故事	史傳，志怪

			張瑤	文中	以時序敘述故事	志怪 冥間追訟生人，冥官索要錢財故事	史傳，志怪
			河南府史	開篇	簡介人物	志怪 冥官索要錢財故事	史傳，志怪
				文中	以時序敘述故事		
			周頌	開篇	簡介人物	志怪 冥間追訟生人，冥官索要錢財故事	史傳，志怪，志人
				文中	以時序敘述故事		
			盧弁	開篇	簡介人物	志怪 冥間追訟生人，誦經死而復生故事	史傳，志怪
				文中	以時序敘述故事		
				文末	補敘盧死時經歷		
			李及	開篇	簡介人物	志怪 冥間追訟生人故事，影射安史之亂	史傳，志怪
				文中	以時序敘述故事		
			阿六	開篇	簡介人物	志怪 冥間追訟生人，誦經免罪故事	史傳，志怪，書牘文
				文中	以時序敘述故事		
			郜澄	開篇	簡介人物	志怪 冥間追訟生人故事	史傳，志怪
				文中	以時序敘述故事		
			王勛	開篇	簡介人物	志怪 人神愛慕故事	史傳，志怪，志人
				文中	以時序敘述故事		
			劉長史女	開篇	簡介人物	傳奇 人鬼戀故事	史傳，志怪，詩，志人
				文中	以時序敘述故事		
			成弼	開篇	簡介人物	傳奇 道士煉金故事	史傳，志怪
				文中	以時序敘述故事		
			寶珠	開篇	由與故事相關寶物引出故事	傳奇 寶物故事	史傳，志怪，志人
				文中	以時序敘述故事		
			巴人	開篇	由巴人風俗引出故事	志怪 虎、神人故事	史傳，志怪
				文中	以時序敘述故事		
			費忠	開篇	由蠻人風俗引出故事	傳奇 虎故事	史傳，志怪
				文中	以時序敘述故事		

				虎婦	開篇	按時間敘述故事，簡介人物	志怪虎故事	史傳，志怪
				稽胡	開篇	簡介人物	志怪虎故事	史傳，志怪
					文中	以時序敘述故事		
				勤自勵	開篇	簡介人物，指出故事發生具體時間	志怪虎故事	史傳，志怪
				笛師	開篇	按時間敘述故事	志怪虎助人故事	史傳，志怪，詩
				張魚舟	開篇	按時間敘述故事	志怪虎故事	史傳，志怪
				王太	開篇	簡介人物	志怪虎故事	史傳，志怪
					文中	以時序敘述故事		
				松陽人	開篇	簡介人物	志怪虎故事	史傳，志怪
					文中	以時序敘述故事		
				虎恤人	開篇	簡介人物	志怪虎故事	史傳，志怪
					文中	以時序敘述故事		
				范端	開篇	簡介人物	志怪虎故事	史傳，志怪，志人
					文中	以時序敘述故事		
				石井崖	開篇	簡介人物	志怪虎故事	史傳，志怪，志人
					文中	以時序敘述故事		
				姚甲	開篇	簡介人物	志怪虎故事	史傳，志怪，志人
					文中	以時序敘述故事		
				楊氏	開篇	簡介人物	志怪羊精故事	史傳，志怪
					文中	以時序敘述故事		
				崔日用	開篇	按時間敘述故事	志怪豬精故事	史傳，志怪，志人
				天寶礦騎	開篇	按時間敘述故事	志怪鼠精故事	史傳，志怪
					文末	交代故事來源真實可信		
				閬州莫徭	開篇	簡介人物	志怪大象故事	史傳，志怪
					文中	以時序敘述故事		
				安南獵者	開篇	簡介人物	志怪大象故事	史傳，志怪
					文中	以時序敘述故事		
				冀州刺史子	開篇	簡介人物	志怪狼精故事	史傳，志怪
					文中	以時序敘述故事		
				鄭氏子	開篇	簡介人物	志怪狐精故事	史傳，志怪
					文中	以時序敘述故事		
				長孫無忌	開篇	簡介人物	志怪狐精故事	史傳，志怪，判文
					文中	以時序敘述故事		
				楊伯成	開篇	簡介人物	志怪狐精故事	史傳，志怪
					文中	以時序敘述故事		

				上官翼	開篇	簡介人物	志怪 狐精故事	史傳，志怪
					文中	以時序敘述故事		
				李參軍	開篇	簡介人物	志怪 狐精故事	史傳，志怪，詩歌
					文中	以時序敘述故事		
				汧陽令	開篇	簡介人物	志怪 狐精故事	史傳，志怪，志人
					文中	以時序敘述故事		
				李元恭	開篇	簡介人物	志怪 狐精故事	史傳，志怪，志人
					文中	以時序敘述故事		
				焦練師	開篇	按時間敘述故事	志怪 狐精故事	史傳，志怪，志人
				李氏	開篇	按時間敘述故事	傳奇 狐精故事	史傳，志怪，志人
				韋明府	開篇	按時間敘述故事	志怪 狐精故事	史傳，志怪，論說文，志人
				謝混之	開篇	簡介人物	志怪 狐精故事	史傳，志怪，祝文
					文中	以時序敘述故事		
				唐參軍	開篇	簡介人物	志怪 狐精故事	史傳，志怪，論說文，志人
					文中	以時序敘述故事		
				韋參軍	開篇	簡介人物	志怪 狐精故事	史傳，志怪
					文中	以時序敘述故事		
				代州民	開篇	簡介人物	志怪 狐精故事	史傳，志怪
					文中	以時序敘述故事		
				崔昌	開篇	簡介人物	志怪 狐精故事	史傳，志怪，論說文
					文中	以時序敘述故事		
				長孫甲	開篇	簡介人物	志怪 狐精故事	史傳，志怪
					文中	以時序敘述故事		
				劉眾愛	開篇	轉述他人所講故事	志怪 狐精故事	史傳，志怪
					文中	轉述他人所講故事		
				王黯	開篇	簡介人物	志怪 狐精故事	史傳，志怪
					文中	以時序敘述故事		
				孫甑生	開篇	簡介人物	志怪 狐精故事	史傳，志怪
					文中	以時序敘述故事		
				李麞	文中	以時序敘述故事	志怪 狐精故事	史傳，志怪，論說文
					文末	故事人物健在以表故事真實可信		
				李萇	開篇	按時間敘述故事	志怪 狐精故事	史傳，志怪，志人
				戶部令史妻	開篇	按時間敘述故事	志怪 蒼鶴精怪故事	史傳，志怪，志人

				謝二	開篇	按時間敘述故事	志怪 胡母班故事	史傳，志怪 ，論說文
				孫明	開篇	簡介人物	志怪 誦經得救故事	史傳，志怪
					文中	以時序敘述故事		
				魏恂	文中	按照時間敘述故事	志怪 誦經得以死而復生故事	史傳，志怪
					開篇	交代故事發生時間，轉述魏死後經歷		
				陳哲	開篇	簡介人物	志怪 得神護祐故事	史傳，志怪
					文中	按照時間敘述故事		
				僧道憲	開篇	簡介人物	志怪 誦經得救故事	史傳，志怪
					文中	按照時間敘述故事		
					文末	雲光寺七菩薩仍在，證明故事真實可信		
				李昕	開篇	簡介人物	志怪 誦經除鬼故事	史傳，志怪
					文中	以時序敘述故事		
				蘇頲	開篇	簡介人物	志怪 殺人改變富貴命故事	史傳，志怪
					文中	按照時間敘述故事		
				杜暹	文中	按照時間敘述故事	志怪 有富貴相免水災故事	史傳，志怪
				破山劍	文中	按照時間敘述故事	志怪 破山劍和胡商故事	史傳，志怪
				召皎	開篇	由故事發生背景引出故事	志怪 神人救助富貴人故事	史傳，志怪 ，志人
					文中	以時序敘述故事		
				李捎雲	開篇	簡介人物	志怪 食肉遭禍故事	史傳，志怪
					文中	以時序敘述故事		
				盧彥緒	文中	以時序敘述故事	志怪 開棺盜金釵後遭報故事	史傳，志怪 ，銘文
				豆盧榮	開篇	交代故事發生具體時間	志怪 家人亡魂託夢告知叛亂事，影射袁晁叛亂	史傳，志怪

				扶溝令	開篇	簡介人物	志怪 生前為惡，死後受罰故事	史傳，志怪
					文中	按照時間敘述故事		
				王方平	開篇	簡介人物	志怪 孝子故事	史傳，志怪
					文中	按照時間敘述故事		
				閻陟	開篇	簡介人物	志怪 人鬼戀故事	史傳，志怪
					文中	按照時間敘述故事		
				王籍	開篇	簡介人物	志怪 死而復生故事	史傳，志怪
					文中	交代故事發生具體時間		
				河間劉別駕	文中	按照時間敘述故事	志怪 人鬼戀故事	史傳，志怪
				趙佐	開篇	簡介人物	志怪 秦始皇召見生人告知天下大亂故事	史傳，志怪，論說文
					文中	以時序敘述故事		
				裴晟	開篇	由故事人物善於彈箏引出故事	志怪 死後魂回家教妹彈箏故事	史傳，志怪
					文中	以時序敘述故事		
				范俶	開篇	簡介人物	志怪 人鬼戀故事	史傳，志怪
					文中	按照時間敘述故事		
				高勵	開篇	簡介人物	志怪 為鬼吏膠馬腿故事	史傳，志怪
					文中	以時序敘述故事		
				鄭齊嬰	文中	按照時間敘述故事	志怪 五臟神故事	史傳，志怪
					文中	交代故事發生具體時間		
				蘇萊	開篇	交代故事發生具體時間	志怪 占卜娶婦故事，影射安祿山之亂	史傳，志怪
				洛陽婦人	開篇	交代故事發生具體時間	志怪 葉法善除魅故事	史傳，志怪
				晁良貞	開篇	簡介人物	志怪 不懼鬼故事	史傳，志怪
					文中	按照時間敘述故事		
				張寅	文中	按照時間敘述故事	志怪 不孝媳婦遭天譴故事	史傳，志怪

			燕鳳祥	開篇	簡介人物	志怪除魅故事	史傳，志怪
				文中	按照時間敘述故事		
			韋訓	文中	按照時間敘述故事	志怪除魅故事	史傳，志怪
			蘇丕女	文中	交代故事發生具體時間	志怪除魅故事	史傳，志怪
			蔣惟岳	開篇	簡介人物	志怪除魅故事	史傳，志怪，祝文
				文中	按照時間敘述故事		
			商鄉人	文中	按照時間敘述故事	志怪遇鬼故事	史傳，志怪
			梅先	開篇	轉述故事人物經歷	志怪死而復生故事	史傳，志怪
				文中	按照時間敘述故事		
			韋廣濟	開篇	由人物死而復生引出故事，轉述故事人物經歷	志怪死而復生故事	史傳，志怪
			周哲滯妻	開篇	簡介人物	志怪死而復生故事	史傳，志怪
				文中	交代故事發生具體時間		
			岐王範	開篇	交代故事發生具體時間	志怪誤送子故事	史傳，志怪
			太華公主	開篇	簡介人物	志怪轉世投胎故事	史傳，志怪
				文中	以時序敘述故事		
			孫緬家奴	文中	以時序敘述故事	志怪轉世投胎故事	史傳，志怪
			奴官冢	開篇	由冢引出故事	志怪盜墓故事	史傳，志怪
				文中	交代故事發生具體時間		
			蔡希閔	開篇	簡介人物	志怪暴雨卷來美婦故事	史傳，志怪
				文中	以時序敘述故事		
			徐景先	開篇	簡介人物	志怪溺愛子的故事	史傳，志怪
				文中	以時序敘述故事		
			歐陽忽雷	開篇	簡介人物	志怪與雷戰鬥的故事	史傳，志怪，詩歌
				文中	以時序敘述故事		
			青泥珠	開篇	交代故事發生具體時間	志怪寶珠和胡商的故事	史傳，志怪
			徑寸珠	開篇	簡介人物	志怪寶珠和胡商的故事	史傳，志怪
				文中	以時序敘述故事		

紫糸羯	開篇	交代故事發生具體時間	志怪 寶珠和胡商的故事	史傳,志怪
臨淮將	開篇	交代故事發生具體時間	志怪 除楊樹精故事	史傳,志怪
斑子	開篇	簡介山魈	志怪 山魈故事	史傳,志怪
	文中	交代故事發生具體時間		
劉薦	開篇	交代故事發生具體時間	志怪 山魈的故事	史傳,志怪
	文末	交代故事來源		
荊州人	文中	交代故事發生具體時間	志怪 倀鬼故事	史傳,志怪
劉老	開篇	簡介人物	志怪 倀鬼故事	史傳,志怪
	文中	以時序敘述故事		
虎婦	開篇	由人物入山返回引出故事	志怪 虎娶人婦故事	史傳,志怪
	文末	故事來源真實可信,轉述婦女經歷		
懌州刺史	文中	交代故事發生具體時間	志怪 蛇怪求人相助故事	史傳,志怪
涼州人牛	開篇	交代故事發生具體時間	志怪 胡商獻獸殺牛故事	史傳,志怪
韋有柔	文中	以時序敘述故事	志怪 轉世投胎為馬還債故事	史傳,志怪
崔惠童	開篇	交代故事發生具體時間	志怪 狗被殺後魂魄復仇故事	史傳,志怪
劉甲	開篇	交代故事發生具體時間	志怪 狐媚盜婦故事	史傳,志怪
王苞	開篇	簡介人物	志怪 除狐媚故事	史傳,志怪
	文中	以時序敘述故事		
嚴諫	文中	以時序敘述故事	志怪 除狐媚故事	史傳,志怪
楊氏女	開篇	簡介人物	志怪 狗肉去狐故事	史傳,志怪
		由古人傳說驗證狗肉去狐真實可信		
賀蘭進明	文中	以時序敘述故事	志怪 狐精故事	史傳,志怪

				王璿	開篇	簡介人物	志怪 狐媚故事	史傳,志怪
					文中	以時序敘述故事		
				餘干縣令	文中	交代故事發生具體時間	志怪 除蛇怪故事	史傳,志怪
				張騎士	開篇	轉述故事人所講經歷	志怪 迷途奇遇故事	史傳,志怪
					文中	以時序敘述故事		
				李齊物	文中	交代故事發生具體時間	志怪 除蛇怪故事	史傳,志怪
				海州獵人	文中	交代故事發生具體時間	志怪 助蛇故事	史傳,志怪
				擔生	文中	以時序敘述故事	志怪 蛇故事	史傳,志怪
				南海大蟹	開篇	轉述故事人所講經歷	志怪 胡商海外奇遇故事	史傳,志怪
					文中	以時序敘述故事		
				劉彥回	文中	以時序敘述故事	志怪 龜報恩故事	史傳,志怪
	顧況	不詳	是	仙遊記	文中	以時序敘述故事	傳奇 世外桃源故事	史傳,志怪,詩
《宣室志》	萬莊	天寶時人	否	放魚記（節文）	文末	交代故事來源	傳奇 魚精故事	史傳,志怪
					文中	以時序敘述故事		
《杜陽雜編》	杜確	733-802	否	楚寶傳	開篇	按時間敘述故事	傳奇 神仙治理亂世故事,影射安史之亂	史傳,志怪,志人
《國史補》	李舟	739-787	是	李车吹笛記	開篇	簡介人物	傳奇 笛藝高超故事	史傳,志怪,詩
					文中	以時序敘述故事		
《朝野僉載》	蕭時和	不詳	否	杜鵑舉傳	開篇	指出故事發生具體時間,由故事發生背景引出故事	傳奇 死而復生、改籍故事	史傳,志怪,詩,墓誌銘,志人
《異雜篇》	佚名	不詳	不詳	唐紹	開篇	簡介人物	傳奇 果報故事	史傳,志怪,論說文
					文中	以時序敘述故事		
	陳玄祐	不詳	不詳	離魂記	開篇	按時間敘述故事	傳奇 魂神分離故事	史傳,志怪,論說文,志人
					文末	交代故事來源		
不詳	沈既濟	不詳	否	任氏傳	開篇	簡介人物	傳奇 狐精故事	史傳,志怪,論說文,志人
					文中	以時序敘述故事		
					文末	交代故事來源,作者發表議論		

《異聞集》				枕中記	開篇	簡介人物	傳奇 夢故事	史傳,志怪,公牘文,論說文,駢文,志人
					文中	以時序敘述故事		
《靈怪集》	張薦	744-804	否	郭翰	開篇	簡介人物	傳奇 人神戀故事	史傳,志怪,詩歌,書牘文,賦,志人
					文中	以時序敘述故事		
				楊昭成	開篇	按時間敘述故事	傳奇 死而復生故事	史傳,志怪
				關司法	文中	以時序敘述故事	傳奇 神人故事	史傳,志怪,論說文,志人
				李令問	開篇	開篇簡介人物,指出故事發生具體時間	志怪 鬼故事	史傳,志怪
				鄭生	開篇	開篇簡介人物,指出故事發生具體時間	傳奇 離魂故事	史傳,志怪
				姚康成	文中	以時序敘述故事	傳奇 精魅故事	史傳,志怪,詩歌
				薛放曾祖	開篇	簡介人物	傳奇 精魅故事	史傳,志怪,志人
					文中	按照時間敘述故事		
				王生	開篇	開篇簡介人物,指出故事發生具體時間	傳奇 狐故事	史傳,志怪,書牘文
				中官	文中	以時序敘述故事	志怪 精魅吟詩故事	史傳,志怪,詩歌
				王鑒	開篇	簡介人物	志怪 不懼鬼神之人被鬼神殺死故事	史傳,志怪,志人
					文中	按照時間敘述故事		
《辨疑志》	陸長源	?-799	否	蕭穎士	文中	以時序敘述故事	志怪 誤認狐魅故事	史傳,志怪,志人
				李恒	開篇	簡介人物	志怪 揭露巫師騙人法術故事	史傳,志怪,志人
					文中	以時序敘述故事		
				姜撫先生	開篇	開篇簡介人物	傳奇 騙人道術故事	史傳,志怪,志人,論說文
					文中	以時序敘述故事		
				明思遠	開篇	簡介人物	志怪 信神被虎吃故事	史傳,志怪
					文中	按照時間敘述故事		

				周士龍	開篇	簡介人物	傳奇 假道術故事	史傳，志怪
					文中	按照時間敘述故事		
				李長源	開篇	指出故事發生具體時間	傳奇 揭露道術虛假的故事	史傳，志怪
				裴玄智	開篇	開篇簡介人物	志怪 騙取錢財的故事	史傳，志怪，詩歌
					文中	以時序敘述故事		
				石老化鶴	開篇	簡介人物	志怪 編造靈異故事	史傳，志怪
					文中	按照時間敘述故事		
				紙衣師	文中	交代故事發生具體時間	志怪 僧盜金佛故事	史傳
				雙聖燈	開篇	由故事發生地引出故事	志怪 把虎目看成神光故事	史傳，志怪
					文中	以時序敘述故事		
				澗州樓	開篇	由傳說引出故事	志怪 把蚊子當成鬼魅故事	史傳，志怪
					文中	以時序敘述故事		
《酉陽雜俎》	趙業	不詳	不詳	魂遊上清記	文中	以時序敘述故事	傳奇 魂魄進入仙境故事	史傳，志怪，詩
《明皇雜錄》	劉復	大曆年間	是	周廣傳（節文）	開篇	按時間敘述故事，簡介人物	傳奇 奇人故事	史傳，志怪
					文末	交代其有人做傳		
《宣室志》	鄭伸	749-807	否	稚川記	開篇	指出故事發生具體時間，簡介人物	傳奇 神仙故事	史傳，志怪，詩歌，志人
					文末	交代故事來源		
《異聞集》	李朝威	不詳	不詳	洞庭靈姻傳（柳毅傳）	開篇	按時間敘述故事，簡介人物	傳奇 胡母班故事	史傳，志怪，詩歌，駢文，賦，論說文，志人
					文末	交代寫作原因		
《神仙感遇傳》	鄭權	?-824	是	三女星精	開篇	簡介人物	傳奇 人仙婚戀故事	史傳，志怪，志人，賦
					文中	按照時間敘述故事		
《全唐文》	溫造	766-835	否	瞿柏庭記	開篇	簡介人物	傳奇 遇仙故事	史傳，志怪，志人
					文中	按照時間敘述故事		
					文末	文末交代故事來源，類似於後記		
《杜陽雜編》	李象先	元和年間	否	盧逍遙傳	開篇	簡介人物	傳奇 手工精巧故事	史傳，志怪
					文中	按照時間敘述故事		
					文末	文末交代作者身份		

《少玄本傳》	王建	766-?	否	崔少玄傳	開篇	簡介人物	傳奇 神仙故事	史傳，志怪，詩歌，志人
					文中	按照時間敘述故事		
					文末	文末交代故事來源		
	長孫巨澤	憲宗、穆宗時人	否	盧陲妻傳	開篇	開篇簡介人物	傳奇 神仙故事	史傳，志怪，論說文，詩
					文末	交代故事來源		
《昌黎先生集》	韓愈	768-825	是	毛穎傳	開篇	簡介人物	傳奇 述人物異事	史傳，志怪
					文中	按照時間敘述故事		
					文末	「太史公曰」議論		
				石鼎聯句詩序	開篇	簡介人物	傳奇 奇妙道士故事	史傳，志怪，詩，志人，論說文
《柳河東集》	柳宗元	773-819	是	李赤傳	開篇	簡介人物	傳奇 廁鬼故事	史傳，志怪，論說文，志人
					文中	按照時間敘述故事		
					文末	柳先生曰發表議論		
				河間傳	開篇	簡介人物	傳奇 淫婦故事	史傳，志怪，論說文，志人
					文中	按照時間敘述故事		
					文末	柳先生曰發表議論		
				童區寄傳	開篇	簡介人物	傳奇 聰慧小童故事	史傳，志怪，志人
					文中	按照時間敘述故事		
	許堯佐	不詳	是	柳氏傳	開篇	按時間敘述故事	傳奇 才子佳人故事，影射安史之亂	史傳，志怪，志人，詩歌，公牘文，論說文
					文末	敘述者對故事人物進行評價		
《異聞集》	白行簡	776-826	是	李娃傳	開篇	簡介人物，交代小說作者	傳奇 青樓女子故事	史傳，志怪，論說文，志人，詩，公牘文
					文中	以時序敘述故事		
					文末	作者對故事發表看法		
				三夢記	文中	文末議論，行簡領起	傳奇 夢故事	史傳，志怪，詩歌，論說文
					文中	簡介人物，以時序敘述故事		
					開篇	由夢的不同引出故事		
《異聞集》	李公佐	不詳	否	南柯太守傳	開篇	簡介人物	傳奇 夢故事	史傳，志怪，駢文，書牘文，公牘文，詩，志人
					文末	論贊		
					文中	以時序敘述故事		
				廬江馮媼傳	開篇	簡介人物	傳奇 鬼故事	史傳，志怪
					文中	按照時間敘述故事		
					文末	交代故事來源		

《戒幕閑談》				古嶽瀆經	開篇	由故事發生場景引出故事	傳奇 猿猴精故事	史傳,志怪,賦
					文末	徵奇話異,交代故事故事來源		
《異聞集》				謝小娥傳	文末	交代故事來源,君子曰領起	傳奇 俠女故事	史傳,志怪,論說文,志人
					開篇	簡介人物		
					文中	以時序敘述故事		
不詳				燕女墳記（節文）	開篇	簡介人物	傳奇 燕子與女子故事	史傳,志怪,詩
					文中	以時序敘述故事		
	元稹	779-831	是	鶯鶯傳	開篇	簡介人物	傳奇 才子佳人愛情故事	史傳,書牘文,論說文,詩,志人,賦
					文中	以時序敘述故事		
					文末	文末交代創作來龍去脈		
				感夢記（節文）	開篇	指出故事發生具體時間	傳奇 夢故事	史傳,志怪,詩歌
					文末	交代創作原因		
	李景亮	不詳	是	李章武傳	開篇	簡介人物	傳奇 人鬼戀	史傳,志怪,詩,論說文
					文中	以時序敘述故事		
	陳鴻	貞元長慶	是	長恨歌傳	開篇	按時間敘述故事	傳奇 人神戀,影射安史之亂	史傳,志怪,詩,賦,志人
					文中	交代故事創作緣由		
				開元升平源	文中	按時間敘述故事	傳奇 忠臣勸誡皇帝故事	史傳,志怪
	陳鴻祖	不詳	不詳	東城父老傳	開篇	簡介人物	傳奇 奇人故事	史傳,志怪,志人,詩,論說文
					文中	以時序敘述故事		
《全唐文》	崔蠡	不詳	是	義激	開篇	由故事場景引出人物	傳奇 俠女故事	史傳,志怪,志人,論說文
					文末	交代故事緣由		
					文中	以時序敘述故事		
《沈下賢文集》	沈亞之	?-833	是	異夢錄	開篇	按時間先後敘述故事	傳奇 人鬼戀、夢故事	史傳,志怪,詞,詩
				湘中怨解	開篇	開篇講述作文緣由	傳奇 人仙戀故事	史傳,志怪,辭,詩,論說文,
					文末	文末交代創作人		
					文中	以時序敘述故事		
				馮燕傳	開篇	簡介人物	傳奇 俠士故事	史傳,志怪,論說文
					文中	以時序敘述故事		
					文末	論贊		
《異聞集》				感異記	開篇	開篇簡介人物	傳奇 人神戀故事	史傳,志怪,祝文,詞,歌,書牘文
					文中	以時序敘述故事		

《沈下賢文集》				秦夢記	開篇	按時間先後敘述故事	傳奇 人神戀故事	史傳，志怪，詩歌，墓誌銘，論說文，辭
《解題敘》	南卓	？-854	是	煙中怨解（節文）	開篇	簡介人物	傳奇 人神戀故事	史傳，志怪，詩
					文中	以時序敘述故事		
《異聞集》	柳珵	不詳	不詳	上清傳	開篇	按時間敘述故事	傳奇 奇女子故事，影射官場鬥爭	史傳，論說文，志人
					文末	交代此事來源		
				劉幽求傳（殘文）	文末	交代故事出處	傳奇 奇人故事，影射官場鬥爭	史傳，志人
					文中	以時序敘述故事		
	盧弘止	不詳	是	昭義軍別錄（節文）	開篇	開篇簡介人物	傳奇 鬼報仇故事	史傳，志怪，志人
					文中	以時序敘述故事		
《龜從自敘》	崔龜從	？-853	是	宣州昭亭山梓華君神祠記	文末	議論	傳奇 夢故事	史傳，志怪，論說文
					文中	以時序敘述故事		
	王洙	不詳	是	東陽夜怪錄	開篇	開篇簡介人物	傳奇 精魅吟詩故事	史傳，志怪，詩，駢文，論說文，志人
					文中	以時序敘述故事		
	蔣防	不詳	否	霍小玉傳	開篇	簡介人物，按時間先後敘述故事	傳奇 才子佳人故事	史傳，志怪，詩，志人，賦，論說文
《靈異記》	裴約言	不詳	不詳	許至雍	開篇	開篇簡介人物	傳奇 法術招魂故事	史傳，志怪，詩
					文中	以時序敘述故事		
					文末	故事來源真實可信		
				韋安之	開篇	開篇簡介人物	傳奇 人鬼交往故事	史傳，志怪
					文中	以時序敘述故事		
《大唐新語》	劉肅	不詳	不詳	王義方	文中	以時序敘述故事	軼事小說 彈劾罪臣故事	史傳，志人，公牘文
				馮立	開篇	簡介人物	軼事小說 忠臣故事	史傳，志人
					文中	以時序敘述故事		
				淨滿	文中	以時序敘述故事	軼事小說 斷案故事	史傳，志人
				崔思競	文中	以時序敘述故事	軼事小說 斷案故事	史傳，志人
				安金藏	文中	以時序敘述故事	軼事小說 忠臣故事	史傳，志人
					文末	玄宗令史官記載其事		
				高宗王皇后	開篇	簡介人物	軼事小說 妃子爭寵故事	史傳，志怪，志人
					文中	以時序敘述故事		

				盧藏用	文中	以時序敘述故事	軼事小說隱逸故事	史傳，志人，論說文
				李秀才	開篇	簡介人物	軼事小說冒充賢才故事	史傳，志人
					文中	以時序敘述故事		
《通幽記》	陳劭	不詳	不詳	趙旭	開篇	開篇簡介人物	傳奇人仙戀故事	史傳，志怪，祝文，詩，論說文
					文中	以時序敘述故事		
					文末	交代趙旭事迹其它書也有記載		
				妙女	開篇	按時間敘述故事，簡介人物	傳奇成仙故事	史傳，志怪，詩
					文末	交代故事來源眞實可信		
				竇凝妾	開篇	按時間敘述故事，簡介人物	傳奇鬼復仇故事	史傳，志怪，書牘文，論說文
					文末	交代故事來源		
				東嚴寺僧	開篇	簡介人物	傳奇法術故事	史傳，志怪
					文中	以時序敘述故事		
				皇甫恂	開篇	簡介人物	志怪魂遊冥界故事	史傳，志怪
					文中	以時序敘述故事		
				崔咸	開篇	簡介人物	志怪人鬼戀故事	史傳，志怪
					文末	指出故事發生具體時間		
				牛爽	開篇	簡介人物，指出故事發生具體時間	傳奇精魅爲祟故事	史傳，志怪
				李伯禽	開篇	指出故事發生具時間	傳奇人神婚戀故事	史傳，志怪
				李咸	開篇	簡介人物	傳奇廁鬼故事	史傳，志怪
					文中	以時序敘述故事		
				盧仲海	文末	交代故事來源眞實可信	傳奇招魂得生還故事	史傳，志怪
					開篇	按時間敘述故事		
				王垂	開篇	由友情主題引出故事	傳奇鬼食人故事	史傳，志怪，志人
					文中	以時序敘述故事		
				蕭遇	開篇	簡介人物	志怪改葬故事	史傳，志怪
					文中	以時序敘述故事		
				劉參	開篇	指出故事發生具體時間	傳奇誤把賊人當鬼捉故事	史傳，志怪
				陸憑	開篇	簡介人物	傳奇鬼友故事	史傳，志怪，銘文，詩
					文中	以時序敘述故事		

				盧項	文中	以時序敘述故事	傳奇 鬼爲祟故事	史傳,志怪,志人
				李哲	文中	以時序敘述故事	傳奇 鬼爲祟故事	史傳,志怪,書牘文,志人
				劉凱	文中	以時序敘述故事	志怪 死而復生故事	史傳,志怪
				韋諷女奴	開篇	簡介人物	志怪 死而復生故事	史傳,志怪
					文中	以時序敘述故事		
					文中	倒敘人物死後冥間經歷		
				王掄	開篇	簡介人物	志怪 死而復生故事	史傳,志怪
					文中	倒敘人物死後冥間經歷		
				薛二娘	開篇	開篇簡介人物	傳奇 精魅爲祟故事	史傳,志怪,詩,祝文
					文中	以時序敘述故事		
				武丘寺	開篇	描述武丘寺環境	志怪 精魅故事	史傳,志怪,詩
				房陟	文中	交代故事發生具體時間	志怪 死前魂魄離身故事	史傳,志怪
					開篇	簡介故事人物		
				哥舒翰	開篇	由人物性格引出故事	志怪 與夜叉和鬼鬥故事	史傳,志怪
					文中	以時序敘述故事		
				盧瑗	開篇	交代故事發生具體時間	志怪 殺怪鳥卵故事	史傳,志怪
					文中	以時序敘述故事		
				老蛟	文中	以時序敘述故事	志怪 老蛟化美女食人故事	史傳,志怪
《集異記》	薛用弱	不詳	否	徐佐卿	開篇	按時間敘述故事	傳奇 箭術高超故事	史傳,志怪,詩,志人
				王積薪	文末	暗示故事眞實可信	傳奇 神人授棋術故事	史傳,志怪
					開篇	由狩獵主題引出故事		
				平等閣	開篇	按時間敘述故事	志怪 建寺故事	史傳,志怪
				裴珙	開篇	簡介人物	傳奇 死而復生故事	史傳,志怪,論說文
					文末	交代故事來源		
					文中	以時序敘述故事		

蕭穎士	文末	交代個故事來源	傳奇 子孫肖似 先人故事	史傳，論說 文
	開篇	簡介人物		
韋宥	開篇	簡介人物，指出故 事發生具體時間	志怪 龍故事	史傳，志怪
蔡少霞	開篇	簡介人物	傳奇 神人授予 銘文故事	史傳，志怪 ，銘文，詩
	文中	交代已有人爲其立 傳		
	文中	以時序敘述故事		
集翠裘	文末	與故事相關的事迹 在其它傳記中已有 記載	軼事小說 大臣鬥才 故事	史傳，志人
	開篇	按時間敘述故事		
王維	開篇	開篇簡介人物	傳奇 詩人故事 ，影射安 史之亂	史傳，志人
	文中	以時序敘述故事		
王渙之	開篇	簡介人物，指出故 事發生具體時間	傳奇 詩人故事	史傳，志人
邢曹進	開篇	簡介人物	志怪 神人治病 故事	史傳，論說 文，志怪
	文中	以時序敘述故事		
韋知微	開篇	按時間敘述故事， 簡介人物	志怪 山魈故事	史傳，志怪
葉法善	開篇	按時間敘述故事， 簡介人物	志怪 除怪故事	史傳，志怪
王四郎	開篇	簡介人物	傳奇 神人相助 故事	史傳，志怪
	文中	以時序敘述故事		
李清	文中	按時間敘述故事	傳奇 成仙故事	史傳，志怪 ，駢文，論 說文，詩
	開篇	簡介人物		
玉女	開篇	按時間敘述故事， 簡介人物	傳奇 神仙變爲 人故事	史傳，志怪
趙操	開篇	簡介人物	志怪 成仙故事	史傳，志怪
	文中	以時序敘述故事		
符契元	開篇	簡介人物	志怪 法術故事	史傳，志怪
	文中	以時序敘述故事		
茅安道	文末	故事來源眞實可信	傳奇 法術故事	史傳，志怪
	開篇	簡介人物		
	文中	以時序敘述故事		
李子车	開篇	簡介人物	傳奇 笛藝故事	史傳，志怪 ，志人，賦
	文中	以時序敘述故事		

				奚樂山	開篇	由故事發生場景引出故事	志怪 神人砍柴故事	史傳，志怪
					開篇	簡介人物		
					文中	以時序敘述故事		
				阿足師	開篇	簡介人物	志怪 神僧治病故事	史傳，志怪，志人
					文中	以時序敘述故事		
					文中	簡介人物		
				賈人妻	開篇	簡介人物	傳奇 俠女故事	史傳，志怪，志人
					文中	以時序敘述故事		
				衛庭訓	開篇	簡介人物	傳奇 人神爲友故事	史傳，志怪
					文中	以時序敘述故事		
				李納	開篇	按時間敘述故事	志怪 冥吏抓人故事	史傳，志怪
				淩華	開篇	簡介人物	志怪 冥吏抓人故事	史傳，志怪，志人，駢文
					文中	以時序敘述故事		
				沈隼	開篇	簡介人物，指出故事發生具體時間	傳奇 冥吏抓人故事	史傳，志怪，詩
				劉元迥	開篇	簡介人物	傳奇 用假煉金術行騙故事	史傳，志怪，志人
					文中	以時序敘述故事		
				陳導	開篇	簡介人物	傳奇 冥吏與人交往故事	史傳，志怪
					文中	以時序敘述故事		
				趙叔牙	開篇	按時間敘述故事	志怪 祈雨故事故事	史傳，志怪
				鄔濤	開篇	簡介人物	傳奇 人鬼戀故事	史傳，志怪
					文中	以時序敘述故事		
				徐智通	開篇	簡介人物	傳奇 斗法術故事	史傳，志怪
					文中	以時序敘述故事		
				李勉	開篇	簡介人物	傳奇 胡商故事	史傳，志怪
					文中	以時序敘述故事		
				裴越客	開篇	按時間敘述故事	傳奇 虎媒故事	史傳，志怪
					文末	故事眞實可信		
				丁嚴	開篇	按時間敘述故事	傳奇 虎故事	史傳，志怪，論說文
				韋仙翁	開篇	按時間敘述故事	傳奇 人仙交往故事	史傳，志怪
					文末	交代故事與史書的關係		

					張鎰	文中	以時序敘述故事	志怪 夢應驗故事	史傳，志怪
					裴通遠	文中	以時序敘述故事	志怪 路途載鬼故事	史傳，志怪
					狄梁公	開篇	由狄擅長針術引出故事	志怪 神醫故事	史傳，志怪
						開篇	簡介人物		
						文中	以時序敘述故事		
					寧王	開篇	由賓客宴話引出故事	志怪 伯樂識馬故事	史傳，志怪
						開篇	簡介人物		
						文中	以時序敘述故事		
					僵僧	開篇	交代故事發生具體時間	志怪 奇僧故事	史傳，志怪，志人
					魏淑	文末	僧像仍存，故事真實可信	志怪 齋戒除病故事	史傳，志怪
						開篇	交代故事發生具體時間		
					李欽瑤	開篇	交代故事發生具體時間	志怪 神射手故事	史傳，志怪，志人
					崔圓	開篇	交代故事發生具體時間	志怪 神祇為皇帝巡幸開路故事	史傳，志怪，賦
					張光晟	開篇	由人物性格引出故事	志怪 神諭應驗故事	史傳，志怪，志人
						開篇	簡介人物		
						文中	以時序敘述故事		
					馬總	開篇	簡介人物	志怪 神諭應驗故事	史傳，志怪
						文中	以時序敘述故事		
					劉禹錫	文中	以時序敘述故事	志怪 精怪故事	史傳，志怪
					張式	文中	以時序敘述故事	志怪 夢應驗故事	史傳，志怪
					李揆	文中	以時序敘述故事	志怪 陞官前吉兆故事	史傳，志怪，公牘文
					鄭郊	開篇	簡介人物	志怪 鬼改詩故事	史傳，志怪，詩
						文中	以時序敘述故事		

《幽怪錄》	牛僧孺	780-848	是	杜子春	開篇	簡介人物	傳奇 修煉仙術 故事	史傳,志怪 志人,論 說文
					文中	以時序敘述故事		
				裴諶	文中	按時間敘述故事	傳奇 修煉仙術 故事	史傳,志怪 ,論說文, 詩,志人
				韋氏	開篇	簡介人物	志怪 仙人下凡 後返回天 庭故事	史傳,志怪 ,論說文
					文中	以時序敘述故事		
				元無有	文中	按時間敘述故事	傳奇 精怪吟詩 故事	史傳,志怪 ,詩
				郭代工	開篇	以時序敘述故事	傳奇 除怪故事	史傳,志怪 ,論說文, 志人
				來君綽	文中	按時間敘述故事	傳奇 精怪故事	史傳,志怪
					開篇	隋煬帝東徵引出故事		
				崔環	開篇	簡介人物	志怪 冥吏抓人 故事	史傳,志怪 ,論說文
					文中	以時序敘述故事		
				柳歸舜	文中	按時間敘述故事	傳奇 進入仙境 故事	史傳,志怪 ,詩,賦
					開篇	簡介人物		
				崔書生	開篇	開篇簡介人物,指 出故事發生具體時 間	傳奇 人仙戀故 事	史傳,志怪 ,詩
				曹惠	文中	按時間敘述故事	傳奇 木偶精怪 故事	史傳,志怪
					開篇	簡介人物		
				滕庭俊	開篇	簡介人物	傳奇 精怪吟詩 故事	史傳,志怪 ,詩
					文中	以時序敘述故事		
				顧總	開篇	按時間敘述故事	傳奇 與已亡人 賦詩故事	史傳,志怪 ,詩
				居延部落 主	開篇	簡介人物	傳奇 袋怪故事	史傳,志怪 ,志人
					文中	以時序敘述故事		
				劉諷	開篇	按時間敘述故事	傳奇 釵怪故事	史傳,志怪 ,詩
				董慎	開篇	按時間敘述故事	傳奇 助冥吏斷 案故事	史傳,志怪 ,志人,論 說文,公牘 文,判文
				開元明皇 幸廣陵	開篇	按時間敘述故事	志怪 法術故事	史傳,志怪 ,公牘文, 詩

袁洪兒誇郎	開篇	簡介人物	傳奇人鬼戀故事	史傳,志怪,志人,詩,書牘文
	文中	以時序敘述故事		
張左	開篇	由張左倒敘所發生故事	志怪進入異域故事	史傳,志怪,詩,公牘文
蕭志忠	文末	交代故事發生時間	志怪仙人貶謫變為精怪的故事	史傳,志怪,詩
	開篇	簡介人物		
李汭言	文中	按時間敘述故事,倒敘與故事相關內容	傳奇神仙故事	史傳,志怪,公牘文
	開篇	由李倒敘所發生故事		
南纘	開篇	由李倒敘所發生故事	志怪與冥吏交往故事	史傳,志怪
	文中	以時序敘述故事		
侯遹	文中	簡介人物	志怪追債故事	史傳,志怪
	開篇	按時間敘述故事		
巴邛人	開篇	簡介人物	志怪神仙故事	史傳,志怪
	文中	以時序敘述故事		
劉法師	開篇	簡介人物,指出故事發生具體時間	志怪神仙異境故事	史傳,志怪
	文中	以時序敘述故事		
刁俊朝	文末	交代故事來源真實可信	傳奇猱精故事	史傳,志怪
	開篇	簡介人物		
	文中	以時序敘述故事		
古元之	文末	交代故事發生時間	傳奇神仙異境故事	史傳,志怪,詩
	開篇	古元之倒敘故事		
盧公煥	開篇	盜墓者倒敘所見	傳奇盜墓故事	史傳,志怪
		簡介人物		
	文中	以時序敘述故事		
吳全素	開篇	簡介人物	傳奇死而復生故事	史傳,志怪,論說文
	文中	以時序敘述故事		
掠剩使	文中	按時間敘述故事	傳奇冥吏故事	史傳,志怪,論說文,駢文
	開篇	簡介人物		
許元長（殘文）	開篇	簡介人物	志怪招魂故事	史傳,志怪
	文中	以時序敘述故事		
馬僕射總（殘文）	開篇	簡介人物	志怪冥吏抓人故事	史傳,志怪
	文中	以時序敘述故事		

				華山客	開篇	簡介人物	志怪 助狐成仙 故事	史傳,志怪 ,志人
					文中	以時序敘述故事		
				尹縱之	文中	按時間敘述故事	傳奇 人與精怪 之戀情故 事	史傳,志怪 ,詩,論說 文
					開篇	簡介人物		
				王煌	開篇	按時間敘述故事	傳奇 鬼惑人故事	史傳,志怪
				葉天師	開篇	按時間敘述故事	志怪 救助龍故 事	史傳,志怪
				岑曦	文末	交代故事來源	傳奇 遇鬼故事	史傳,志怪 ,論說文
					開篇	簡介人物		
					文中	以時序敘述故事		
				李沈	開篇	簡介人物	傳奇 人鬼之誼	史傳,志怪 ,論說文
					文中	以時序敘述故事		
				杜巫	文中	按時間敘述故事	志怪 仙藥故事	史傳,志怪
				鄭望	開篇	按時間敘述故事	志怪 人鬼相遇 故事	史傳,志怪
				岑順	開篇	簡介人物	傳奇 人助鬼戰 故事	史傳,志怪 ,檄文, 詩,書牘文
					文中	以時序敘述故事		
				盧頊表姨	文中	以時序敘述故事	鬼助人生 還故事	史傳,志怪
				狐誦天經 (節文)	文中	以時序敘述故事	志怪 盜狐天書 故事	史傳,志怪
《玄怪錄》				韋協律兄	開篇	由韋生兄凶引出故 事	志怪 殺精魅故 事	史傳,志怪
					開篇	簡介人物		
					文中	以時序敘述故事		
				蘇履霜	開篇	由討伐回紇引出故 事	志怪 遊歷冥間 故事	史傳,志怪
					文中	以時序敘述故事		
					文末	交代故事來源眞實 可信		
				景生	開篇	簡介人物	志怪 死而復生 故事	史傳,志怪
					文中	以時序敘述故事		
《報應記》	楊嗣復	783-848	是	楊媛徵驗	文中	以時序敘述故事	志怪 誦經得神 助故事	史傳,志怪
					開篇	簡介人物		

《續定命錄》	温畬	元和年間不詳	不詳	樊陽源	文中	以時序敘述故事	志怪富貴前定故事	史傳，志怪
				李行脩	文中	以時序敘述故事	傳奇招魂故事	史傳，志怪
				李稜	文中	以時序敘述故事	志怪富貴前定故事	史傳，志怪
				裴度	文中	以時序敘述故事	志怪官場鬥爭故事	史傳，志怪
				李顧言	文末	交代故事來源	志怪神人告知進士中舉時間的故事	史傳，志怪
					文中	交代故事發生具體時間		
				吳少誠	開篇	由逃官健引出故事	志怪告知官運故事	史傳，志怪
					文中	以時序敘述故事		
				崔玄亮	文中	以時序敘述故事	志怪天意授予官職故事	史傳，志怪，論說文
				韓皋	開篇	簡介人物	志怪富貴前定故事	史傳，志怪
					文中	以時序敘述故事		
				張正鉅	文中	交代故事發生具體時間	志怪能否中舉命運前定故事	史傳，志人，志怪
				劉禹錫	文中	由劉禹錫兒子科舉無成引出故事	逸事小說選拔人才不公的故事	史傳，志人，詩
				韋詞	文中	交代故事發生具體時間	志怪夢應驗故事	史傳，志怪
	佚名	不詳	不詳	周秦行記	開篇	按時間敘述故事	傳奇鬼故事	史傳，志怪，詩，志人
《博物志》	林登	不詳	不詳	黃花寺壁	開篇	按時間敘述故事	傳奇畫中精怪故事	史傳，志怪
				蕭思遇	開篇	簡介人物	傳奇遇仙故事	史傳，志怪，志人
					文中	以時序敘述故事		
				崔書生	文末	交代故事發生具體時間	傳奇人鬼戀故事	史傳，志怪，詩，銘文
					開篇	簡介人物		
					文中	以時序敘述故事		
				趙平原	文中	指出故事發生具體時間	傳奇魚精故事	史傳，志怪

《騰聽異志錄》	佚名	不詳	不詳	李令緒	開篇	簡介人物	傳奇 神仙相助 故事	史傳,志怪
					文中	以時序敘述故事		
《博異志》	鄭還古	不詳	是	敬元穎	開篇	簡介人物	傳奇 鏡精故事	史傳,志怪
					文中	以時序敘述故事		
				許漢陽	開篇	簡介人物	傳奇 龍女故事	史傳,志怪,詩
					文中	以時序敘述故事		
				王昌齡	文中	指出故事發生具體時間	傳奇 廟神派鯉魚送刀故事	史傳,志怪,祝文,詩
				張竭忠	開篇	指出故事發生具體時間	志怪 遇仙故事	史傳,志怪
				崔玄微	文中	交代故事來源真實可信	傳奇 精魅故事	史傳,志怪,詩
					開篇	以時序敘述故事		
				陰隱客	開篇	指出故事發生具體時間	傳奇 神仙洞窟故事	史傳,志怪,詩
				岑文本	開篇	指出故事發生具體時間	傳奇 銅錢怪故事,影射王莽之亂	史傳,志怪
				劉方玄	文中	以時序敘述故事	傳奇 遇鬼故事	史傳,志怪,詩,志人
				馬侍中	文中	以時序敘述故事	傳奇 仙人相救故事	史傳,志怪
				白幽囚	文中	以時序敘述故事	傳奇 神仙異境故事	史傳,志怪,詩
				楊真伯	開篇	簡介人物	傳奇 神仙故事	史傳,志怪,詩
					文中	以時序敘述故事		
				許建宗	開篇	由故事發生場景引出故事	志怪 法術故事	史傳,志怪
					文中	以時序敘述故事		
				馬奉忠	文中	以時序敘述故事	傳奇 鬼復仇故事	史傳,志怪,論說文
				崔無隱	開篇	由故事人物轉述故事	傳奇 復仇故事	史傳,志怪,論說文,志人
					文中	以時序敘述故事		
				呂鄉筠	文中	簡介人物	傳奇 神仙笛藝高超故事	史傳,志怪,詩
					文末	交代別書已有傳		
				李序	開篇	簡介人物	傳奇 神人幫助斷案故事	史傳,志怪,詩
					文末	故事發生地仍然可尋		
					文中	以時序敘述故事		

					張遵言	開篇	簡介人物	傳奇 狗神幫助 生人故事	史傳，志怪
						文中	以時序敘述故事		
					閻敬立	開篇	指出故事發生具體 時間	傳奇 遇鬼故事	史傳，志怪
					李全質	文中	按時間敘述故事	傳奇 人鬼互助 故事	史傳，志怪 ，論說文
					沈恭禮	開篇	簡介人物	傳奇 人鬼互助 故事	史傳，志怪 ，詩
						文中	以時序敘述故事		
					薛淙	開篇	簡介人物，僧轉述 故事	傳奇 夜叉故事	史傳，志怪 ，論說文， 志人
						文中	以時序敘述故事		
					張不疑	文中	以時序敘述故事	傳奇 盟器精怪 故事	史傳，志怪 ，志人
					鄭潔	開篇	簡介人物，由鄭轉 述故事	傳奇 死而復生 故事	史傳，志怪
						文中	以時序敘述故事		
					楊知春	文末	交代故事來源是真 實記錄	傳奇 盜墓故事	史傳，志怪
						開篇	指出故事發生具體 時間		
					蘇遏	開篇	指出故事發生具體 時間	傳奇 朽木精怪 故事	史傳，志怪
					趙齊高	開篇	指出故事發生具體 時間	傳奇 龍救助人 故事	史傳，志怪
					韋思恭	文中	交代故事來源真實 可信	傳奇 龍故事	史傳，志怪 ，論說文
						文中	指出世人要引以為 鑒		
						開篇	指出故事發生具體 時間		
					李黃	文末	交代故事來源真實 可信，指出世人要 引以為鑒	傳奇 蛇精故事	史傳，志怪 ，志人，賦
						開篇	指出故事發生具體 時間		
					李晝	文中	以時序敘述故事	志怪 精魅故事	史傳，志怪
					劉希昂	文中	以時序敘述故事	志怪 廁鬼故事	史傳，志怪
					趙昌時	開篇	交代故事發生具體 時間	志怪 是否戰死 由命決定 故事	史傳，志怪

《河東記》	薛漁思	不詳	不詳	蕭洞玄	開篇	簡介人物	傳奇 修煉仙丹 未果故事	史傳,志怪 ,賦
					文中	以時序敘述故事		
				葉淨能	開篇	簡介人物	傳奇 酒缸精魅 故事	史傳,志怪 ,志人
					文中	以時序敘述故事		
				韋丹	文末	補敘與故事相關內容	傳奇 黿精故事	史傳,志怪
					開篇	簡介人物		
					文中	以時序敘述故事		
				呂群	開篇	指出故事發生具體時間和人物	傳奇 命運前定 故事	史傳,志怪 ,志人,詩
				李敏求	開篇	由人物落魄遭遇引出故事	傳奇 遊歷冥間 故事	史傳,志怪 ,論說文, 志人
					文中	以時序敘述故事		
				獨孤遐叔	開篇	指出故事發生具體時間	傳奇 夢故事	史傳,志怪 ,詩,論說 文
				胡媚兒	文末	交代故事發生具體時間	傳奇 寶物故事	史傳,志怪
					文中	以時序敘述故事		
				板橋三娘子	開篇	由故事發生地引出故事,簡介人物	傳奇 法術變驢 故事	史傳,志怪 ,志人
					文中	以時序敘述故事		
				盧佩	開篇	指出故事發生具體時間	傳奇 人鬼婚戀 故事	史傳,志怪 ,志人
				党國清	開篇	由故事發生地引出故事,簡介人物	志怪 夢故事	史傳,志怪
					文中	以時序敘述故事		
				柳澥	開篇	簡介人物	志怪 遇鬼故事	史傳,志怪
					文中	以時序敘述故事		
				王錡	開篇	簡介人物	傳奇 鬼助人故事,影射溫造之亂	史傳,志怪
					文中	以時序敘述故事		
				馬朝	開篇	簡介人物	志怪 冥吏抓人 故事	史傳,志怪
					文中	以時序敘述故事		
				韓弇	文中	按時間敘述故事	志怪 鬼託生前 友人幫助 故事	史傳,志怪 ,詩
					開篇	由故事發生背景引出故事		
				韋浦	文末	交代故事發生的具體時間	傳奇 鬼助人故 事	史傳,志怪
					開篇	簡介人物		

				鄭訓	開篇	簡介人物	傳奇 人死後拜 訪朋友故 事	史傳，志怪 ，志人
					文中	以時序敘述故事		
				成叔弁	開篇	簡介人物	傳奇 精怪欲娶 世間女子 故事	史傳，志怪 ，詩
					文中	以時序敘述故事		
				韋齊休	開篇	簡介人物	傳奇 死後安置 家事故事	史傳，志怪 ，駢文，詩
					文中	以時序敘述故事		
				段何	開篇	簡介人物	傳奇 鬼欲嫁人 故事	史傳，志怪 ，詩
					文中	以時序敘述故事		
				蘊都師	開篇	簡介人物	傳奇 夜叉故事	史傳，志怪 ，志人
					文中	以時序敘述故事		
				許琛	開篇	由故事發生場景引 出故事	傳奇 死而復生 故事	史傳，志怪
					文中	以時序敘述故事		
				崔紹	開篇	簡介人物	傳奇 死而復生 故事	史傳，志怪
					文中	以時序敘述故事		
				辛察	開篇	交代故事發生具體 時間	傳奇 死而復生 故事	史傳，志怪
				申屠澄	開篇	簡介人物	傳奇 虎婦故事	史傳，志怪 ，詩
					文中	以時序敘述故事		
				盧從事	開篇	簡介人物	傳奇 化驢償債 故事	史傳，志怪
					文中	以時序敘述故事		
				李知微	開篇	簡介人物	傳奇 精魅故事	史傳，志怪
					文中	以時序敘述故事		
				李自良	開篇	簡介人物	傳奇 狐故事	史傳，志怪 ，志人，公 牘文
					文中	以時序敘述故事		
				慈恩塔院 女仙	開篇	交代故事發生具體 時間	志怪 精魅題詩 故事	史傳，志怪 ，詩
				臧夏	文末	交代題詩仍存	志怪 精魅吟詩 故事	史傳，志怪 ，詩
					開篇	簡介人物		
					文中	以時序敘述故事		
				龔播	開篇	簡介人物	志怪 神人授予 財富故事	史傳，志怪
					文中	以時序敘述故事		
《前定錄》	鍾輅	不詳	是	鄭虔	開篇	簡介人物	志怪 鬼預言命 運應驗故 事	史傳，志怪
					文中	以時序敘述故事		

					裴諶	開篇	交代故事發生具體時間	志怪 應驗故事	史傳，志怪
					劉邈之	開篇	簡介人物	志怪 應驗故事	史傳，志怪
						文中	以時序敘述故事		
					武殷	開篇	簡介人物	傳奇 婚姻前定故事	史傳，志怪
						文中	以時序敘述故事		
					豆盧署	開篇	簡介人物	志怪 夢應驗故事	史傳，志怪
						文中	以時序敘述故事		
					喬琳	開篇	簡介人物	志怪 占卜者所言應驗故事	史傳，志怪，志人
						文中	以時序敘述故事		
					李敏求	開篇	簡介人物	志怪 魂遊冥界故事	史傳，志怪
						文中	以時序敘述故事		
					韓晉公	文末	表明故事真實可信	志怪 食物前定故事	史傳，志怪，志人
						文中	以時序敘述故事		
					張宣	開篇	簡介人物	志怪 夢中女子所言應驗故事	史傳，志怪
						文中	以時序敘述故事		
					杜思溫	文中	以時序敘述故事	志怪 遇鬼告知命運，所言應驗故事	史傳，志怪
					李相國揆	文中	以時序敘述故事	志怪 命運前定故事	史傳，志怪，志人
					薛少殷	文中	以時序敘述故事	志怪 死而復生故事	史傳，志怪
					袁孝叔	開篇	簡介人物	傳奇 命運前定故	史傳，志怪，志人
						文中	以時序敘述故事		
						文末	交代故事來源真實可信		
					韋泛	開篇	簡介人物	志怪 死而復生故事	史傳，志怪
						文中	以時序敘述故事		
					馬遊秦	文中	由故事人物講述故事	志怪 徵驗故事	史傳，志怪
						開篇	簡介人物		
					陸賓虞	文中	以時序敘述故事	志怪 先知故事	史傳，志怪
					陳彥博	文中	以時序敘述故事	有志怪 夢應驗故事	史傳，志怪

				柳及	開篇	簡介人物	志怪	史傳，志怪
					文中	以時序敘述故事	鬼告知人命運故事	
				沙門道昭	開篇	簡介人物	志怪	史傳，志怪
					文中	以時序敘述故事	奇僧故事	
				張轅	開篇	簡介人物	志怪	史傳，志怪
					文中	以時序敘述故事	夢應驗故事	
				龐嚴	開篇	簡介人物	志怪	史傳，志怪
					文中	以時序敘述故事	夢應驗故事	
				王璠	文中	以時序敘述故事	志怪 夢應驗故事	史傳，志怪
				延陵包鬝	開篇	簡介人物	志怪	史傳，志怪 ，銘文
					文中	以時序敘述故事	讖語應驗故事	
《續幽怪錄》	李復言	不詳	否	楊敬眞	開篇	簡介人物	傳奇	史傳，志怪 ，志人，詩
					文中	以時序敘述故事	修煉成仙故事	
				辛公平上仙	開篇	簡介人物	傳奇	史傳，志怪 ，論說文
					文中	以時序敘述故事	徵驗故事	
				涼國武公李愬	文末	交代創作目的	志怪	史傳，志怪 ，論說文，詩
					文中	以時序敘述故事	夢應驗故事	
					開篇	簡介人物		
				薛中丞存誠	文中	交代故事發生具體時間	志怪	史傳，志怪
					文末	指出人物事迹國史已有記錄	迎世人為仙故事	
					開篇	交代故事發生具體時間		
				麒麟客	開篇	簡介人物	志怪	史傳，志怪 ，志人，詩
					文中	以時序敘述故事	神遊仙界故事	
				盧僕射從史	開篇	由人物經歷引出故事	志怪	史傳，志怪 ，論說文
					文中	以時序敘述故事	招魂故事	
				李岳州	開篇	由人物經歷引出故事	志怪	史傳，志怪 ，論說文，志人
					文中	以時序敘述故事	鬼因私情助人故事	
				張質	開篇	由人物經歷引出故事	志怪	史傳，志怪
					文中	以時序敘述故事	冥間受罰故事	
					文末	交代故事來源眞實可信		

韋令公皋	開篇	由人物經歷引出故事	志怪 忍辱負重成就功名故事，影射朱之亂	史傳，志怪，志怪，論說文
	文中	以時序敘述故事		
鄭虢州騑夫人	文中	以時序敘述故事	志怪 婚姻前定故事	史傳，志怪，志人
薛偉	開篇	簡介人物	傳奇 人化魚故事	史傳，志怪，詩，公牘文，論說文，志人
	文中	以時序敘述故事		
蘇州客	文中	故事人物自己敘述故事	傳奇 胡母班故事	史傳，志怪，論說文，志人
	開篇	簡介人物		
	文中	以時序敘述故事		
張庚	開篇	簡介人物	傳奇 遇神女故事	史傳，志怪，詩
	文中	以時序敘述故事		
房杜二相國	開篇	簡介人物	傳奇 奇人故事	史傳，志怪，志人
	文中	以時序敘述故事		
錢方義	開篇	簡介人物	傳奇 廁鬼故事	史傳，志怪，論說文
	文中	以時序敘述故事		
	文末	交代故事來源真實可信		
張逢	開篇	簡介人物	傳奇 人化虎故事	史傳，志怪，詩，論說文，志人
	文中	以時序敘述故事		
寶玉妻	開篇	簡介人物	傳奇 人神婚戀故事	史傳，志怪
	文中	倒敘家人尋找張逢		
定婚店	開篇	簡介人物	傳奇 婚姻前定故事	史傳，志怪，論說文，志人
	文中	以時序敘述故事		
葉令女	文中	按時間敘述故事	傳奇 虎促成姻緣故事	史傳，志怪
	開篇	簡介人物		
驢言	開篇	簡介人物	志怪 死後化驢償債故事	史傳，志怪，論說文
	文中	以時序敘述故事		
	文末	交代故事來源		
木工蔡榮	文中	按時間敘述故事	傳奇 躲避冥吏故事	史傳，志怪，論說文
	文末	交代故事來源真實可信		
	開篇	簡介人物		
梁革	文中	按時間敘述故事	傳奇 死而復生故事	史傳，志怪，書牘文，志人
	文末	交代故事來源真實可信		

			李衛公靖	文末	交代故事來源眞實可信	傳奇 行雨故事	史傳，志怪，志人，論說文
				開篇	簡介人物		
				文中	以時序敘述故事		
			張老	開篇	簡介人物	傳奇 神仙娶人間女子故事	史傳，志怪，論說文，詩，志人
				文末	交代故事來源眞實可信		
				文中	以時序敘述故事		
			尼妙寂	開篇	簡介人物	傳奇 俠女故事	史傳，志怪，志人，論說文
				文中	以時序敘述故事		
				文末	交代創作緣由		
			李紳	文末	交代故事來源眞實可信	傳奇 遇仙故事	史傳，志怪，論說文
				開篇	簡介人物		
				文中	以時序敘述故事		
			延州婦人	開篇	簡介人物	志怪 鎖骨菩薩故事	史傳，志怪
				文中	以時序敘述故事		
			琴臺子	開篇	簡介人物	傳奇 鬼託付生人撫育孩子故事	史傳，志怪
				文中	以時序敘述故事		
				文末	交代故事來源眞實可信		
			唐儉	開篇	簡介人物	傳奇 遇鬼故事	史傳，志怪，論說文
				文中	以時序敘述故事		
			馬震	開篇	簡介人物	志怪 死人復活，見家人後化爲白骨故事	史傳，志怪
				文中	以時序敘述故事		
			党氏女	開篇	簡介人物	傳奇 死後投胎於仇家復仇故事	史傳，志怪，論說文
				文中	以時序敘述故事		
《幽怪錄》			王國良	開篇	簡介人物	傳奇 言辭污穢之人死後冥間受罰故事	史傳，志怪，志人，論說文
				文中	以時序敘述故事		
			葉氏婦	開篇	簡介人物	傳奇 有奇術婦人故事	史傳，志怪，志人
				文中	以時序敘述故事		
				文末	故事來源眞實可信		
			齊饒州	開篇	簡介人物	傳奇 救助亡妻復活故事	史傳，志怪，論說文，判文，志人
				文中	以時序敘述故事		
				文末	交代故事來源眞實可信		

				張寵奴	文中	以時序敘述故事	傳奇 犬精助人 故事	史傳，志怪 ，論說文
《玄怪錄》	佚名	不詳	不詳	齊推女	文中	以時序敘述故事	傳奇 救助亡妻 復活故事	史傳，志怪
《仙傳拾遺》	劉無名	開成年間	否	劉無名	開篇	簡介人物	傳奇 修煉道術 故事	史傳，志怪 ，論說文
					文中	以時序敘述故事		
					文末	交代故事來源		
《會昌解頤錄》	佚名	不詳	不詳	韋丹	文中	交代故事來源，韋丹自己為人陳述故事	志怪 成仙故事	史傳，志怪 ，志人
					開篇	簡介人物		
					文中	以時序敘述故事		
				黑叟	文中	以時序敘述故事	傳奇 神仙故事	史傳，志怪 ，祝文
				張卓	開篇	簡介人物	傳奇 革仙山由 來故事	史傳，志怪
					文中	以時序敘述故事		
				賈耽	文中	以時序敘述故事	傳奇 神醫故事	史傳，志怪
				麴思明	開篇	簡介人物	志怪 神算子故 事	史傳，志怪 ，論說文
					文中	以時序敘述故事		
				祖價	開篇	簡介人物	傳奇 與鬼書生 吟詩故事	史傳，志怪 ，詩
					文中	以時序敘述故事		
				牛生	文中	以時序敘述故事	傳奇 冥吏助人 故事	史傳，志怪
				元自虛	開篇	簡介人物	傳奇 虎故事	史傳，志怪
					文中	以時序敘述故事		
				劉立	開篇	簡介人物	傳奇 亡妻轉生 再次嫁人 故事	史傳，志 怪，志人
					文中	以時序敘述故事		
				史無畏	開篇	簡介人物	志怪 死後復仇 故事	史傳，志怪
					文中	以時序敘述故事		
				峽口道士	文中	以時序敘述故事	傳奇 虎故事	史傳，志怪
				張立本	文中	以時序敘述故事	志怪 狐媚故事	史傳，志怪 ，詩
《定命錄》	呂道生	不詳	不詳	段文昌	開篇	簡介人	志怪 神算子故 事	史傳，志怪 ，志人，詩
					文中	以時序敘述故事		

				李太尉軍士	開篇	由里巷百姓轉述故事，故事來源真實可信	志怪 頭斷不死故事	史傳，志怪
					文中	以時序敘述故事		
				王超	開篇	簡介人物	志怪 先知故事	史傳，志怪
					文中	以時序敘述故事		
				宋恽	文中	以時序敘述故事	志怪 命不該得官故事	史傳，志怪，公牘文
				沈七	開篇	由人物善於占卜引出故事，簡介人物	志怪 卜人神算故事，影射安史之亂	史傳，志怪
					文中	以時序敘述故事		
				安祿山	文中	以時序敘述故事	志怪 安祿山的神異故事	史傳，志怪
				馮七	文中	以時序敘述故事	志怪 卜人神算故事，影射安史之亂	史傳，志怪
				李淳風	文中	以時序敘述故事	志怪 神算子故事	史傳，志怪
				楊貴妃	文中	以時序敘述故事	志怪 神算子故事	史傳，志怪
				玄宗	文中	以時序敘述故事	志怪 夢應驗故事	史傳，志怪
《芝田錄》				五原將校	文中	以時序敘述故事	傳奇 頭斷後復生故事	史傳，志怪
《續定命錄》				崔朴	文中	以時序敘述故事	傳奇 命運前定故事	史傳，志怪，詩
《集異記》	陸勛	不詳	否	王安國	開篇	簡介人物	傳奇 雪冤故事	史傳，志怪
					文中	以時序敘述故事		
				汪鳳	開篇	簡介人物	傳奇 讖語、猴神故事，影射安史之亂	史傳，志怪，銘文
					文中	以時序敘述故事		
				劉惟清	開篇	由故事發生場景引出故事	傳奇 與陰兵戰故事，影射李同捷之亂	史傳，志怪，論說文
					文中	以時序敘述故事		

				李佐文	文中	以時序敘述故事	傳奇 遇鬼故事 ，影射人 間百姓貧 窮	史傳，志怪 ，論說文
					文末	有人曾見過故事人 物，表明故事真實 可信		
				金友章	開篇	簡介人物	傳奇 人與枯骨 精婚戀故 事	史傳，志怪 ，志人
					文中	以時序敘述故事		
				宮山僧	文中	以時序敘述故事	傳奇 雪冤故事	史傳，志怪
				李楚賓	開篇	簡介人物	志怪 除怪故事	史傳，志怪 ，志人
					文中	以時序敘述故事		
				光化寺客	開篇	簡介人物	傳奇 人、花精 相戀故事	史傳，志怪 ，志人
					文中	以時序敘述故事		
				王瑤	開篇	簡介人物	傳奇 虎故事	史傳，志怪
					文中	以時序敘述故事		
				崔韜	開篇	簡介人物	傳奇 娶虎婦故 事	史傳，志怪
					文中	以時序敘述故事		
				楊褒	開篇	簡介人物	志怪 忠犬故事	史傳，志怪
					文中	以時序敘述故事		
				鄭韶	開篇	簡介人物	志怪 忠犬故事	史傳，志怪
					文中	以時序敘述故事		
				柳超	開篇	簡介人物	志怪 忠犬故事	史傳，志怪 ，志人
					文中	以時序敘述故事		
				齊瓊	開篇	簡介人物	志怪 義犬故事	史傳，志怪
					文中	以時序敘述故事		
				胡志忠	文中	以時序敘述故事	志怪 犬精故事	史傳，志怪 ，詩
				李汾	開篇	簡介人物	志怪 人豬精相 戀故事	史傳，志怪 ，志人
					文中	以時序敘述故事		
				崔商	文中	以時序敘述故事	志怪 猿猱精怪 故事	史傳，志怪 ，詩
				徐安	開篇	簡介人物	志怪 狐精故事	史傳，志怪
					文中	以時序敘述故事		
				僧宴通	開篇	簡介人物	志怪 狐妖故事	史傳，志怪
					文中	以時序敘述故事		
				朱覲	開篇	簡介人物	志怪 除蛇妖故 事	史傳，志怪
					文中	以時序敘述故事		
				鄧元佐	開篇	簡介人物	傳奇 螺精故事	史傳，志怪
					文中	以時序敘述故事		

				高元裕	文中	以時序敘述故事	志怪 夢應驗故事	史傳，志怪，論說文，志人
				于凝	開篇	簡介人物，由傳說引出故事	傳奇 路遇枯骨精魅故事	史傳，志怪
					文中	以時序敘述故事		
				嘉陵江巨木	文中	以時序敘述故事	志怪 奇木乍現，預知官運故事	史傳，志怪
				范翊	開篇	簡介人物	志怪 忠犬故事	史傳，志怪
					文中	以時序敘述故事		
				盧言	開篇	簡介人物	志怪 忠犬故事	史傳，志怪
					文中	以時序敘述故事		
				田招	開篇	簡介人物	志怪 殺犬遭報故事	史傳，志怪
					文中	以時序敘述故事		
				裴度	文中	以時序敘述故事	志怪 犬故事	史傳，志怪
				薛夔	文中	以時序敘述故事	志怪 狐媚怕犬故事	史傳，志怪
				裴伷	文中	以時序敘述故事	志怪 鼈出海顛倒晝夜故事	史傳，志怪
《譚賓錄》	胡璩	晚唐人	不詳	白孝德	開篇	簡介人物	志怪 白孝德戰龍仙故事	史傳，志怪
					文中	以時序敘述故事		
				孫思邈	開篇	簡介人物	志怪 談論醫術人生道理的故事	史傳，志怪，駢文，賦，詩，
					文中	以時序敘述故事		
	佚名	不詳	不詳	紀夢	開篇	簡介人物	傳奇 冥吏娶世間女子故事	史傳，志怪，詩
					文中	以時序敘述故事		
《戎幕閑談》	韋絢	796-866	否	鄭仁筠	開篇	簡介人物	傳奇 生人為冥吏故事，影射安史之亂	史傳，志怪，論說文，志人
					文中	以時序敘述故事		
				暢璀	開篇	簡介人物	傳奇 冥吏故事	史傳，志怪，志人
					文中	以時序敘述故事		
				費雞師	開篇	簡介人物	志怪 神算子故事	史傳，志怪
					文中	以時序敘述故事		

書名	作者	時代		篇名				
				顏眞卿	開篇	簡介人物	傳奇 奇人故事，影射安史之亂	史傳,志怪,志人
					文中	以時序敘述故事		
					文中	《別傳》亦記載了顏眞卿事迹		
《盧氏雜說》	盧言	晚唐	否	鄭還古	文中	以時序敘述故事	傳奇 才子佳人故事	史傳,志怪,詩
				江陵士子	開篇	簡介人物	逸事小說 才子佳人故事	史傳,詩
					文中	以時序敘述故事		
				洛中舉人	文中	以時序敘述故事	軼事小說 才子佳人故事	史傳,詩
《乾𠌫子》	溫庭筠	晚唐	否	陳義郎	開篇	簡介人物	傳奇 復仇故事	史傳,志人
					文中	以時序敘述故事		
				陽城	開篇	簡介人物	軼事小說 友情故事	史傳,志人
					文中	以時序敘述故事		
					文末	《唐史》記載此事		
				李丹	文中	以時序敘述故事	軼事小說 李丹幫助賢士故事	史傳,志人
				閻濟美	開篇	簡介人物	傳奇 幫助賢士故事	史傳,詩,志人
					文中	以時序敘述故事		
				裴弘泰	開篇	簡介人物	軼事小說 酒量過人故事	史傳,志人
					文中	以時序敘述故事		
				竇乂	開篇	簡介人物	傳奇 精明商人故事	史傳,志人
					文中	以時序敘述故事		
					文末	故事人物的子孫仍在，以表故事眞實可信		
				梅權衡	開篇	簡介人物	傳奇 奇才故事	史傳,志人,賦
					文中	以時序敘述故事		
				王諸	文中	以時序敘述故事	傳奇 才子佳人婚戀故事	史傳,志怪
				華州參軍	開篇	簡介人物	傳奇 才子佳人故事	史傳,志怪,志人
					文中	以時序敘述故事		
				寇鄘	文中	以時序敘述故事	傳奇 鬼屋故事	史傳,志怪,志人
				王愬	文中	以時序敘述故事	傳奇 精怪故事	史傳,志怪
				曹朗	文中	以時序敘述故事	傳奇 鬼爲祟故事	史傳,志怪
					文末	交代故事盡人皆知，實可信		

				薛弘機	開篇	簡介人物	傳奇 樹精故事	史傳，志怪 ，詩
					文中	以時序敘述故事		
				何讓之	文中	以時序敘述故事	傳奇 狐精故事	史傳，志怪 ，詩
				趙存	開篇	簡介人物	傳奇 氣量寬人 的故事	史傳，志人
					文中	以時序敘述故事		
				苑論	文中	以時序敘述故事	軼事小說 奇人故事	史傳，志人
				裴樞	開篇	簡介人物	軼事小說 執著考取 科舉故事	史傳，志人
					文中	以時序敘述故事		
				鄭群玉	開篇	簡介人物	志怪 神算子故 事	史傳，志怪
					文中	以時序敘述故事		
				道政坊宅	文中	以時序敘述故事	志怪 生人趕走 鬼魅故事	史傳，志怪
				李僖伯	文中	以時序敘述故事， 轉述故事	志怪 精魅故事	史傳，志怪
					文末	交代故事來源		
				張弘讓	文中	以時序敘述故事	志怪 新婦死而 復生故事	史傳，志怪
					文末	交代故事來源真實 可信		
				梁仲朋	開篇	簡介人物	志怪 精魅故事	史傳，志怪
					文中	以時序敘述故事		
				孟嫗	開篇	轉述故事人物所講 故事	志怪 神算老婦 的故事	史傳，志怪
					文中	以時序敘述故事		
				邢君牙	文中	以時序敘述故事	傳奇 奇客故事	史傳，志人 ，志怪
				一行	開篇	簡介人物	傳奇 一行抓北 斗勸諫皇 帝大赦天 下的故事	史傳，志怪 ，志人，論 說文
					文中	以時序敘述故事		
					文末	交代故事人盡皆知 及創作的原因		
《酉陽雜俎》	段成式	803？ -863	否	王布	文中	以時序敘述故事	志怪 神人寄生 人體故事	史傳，志怪
					開篇	交代故事發生具體 時間		
				鄭仁本弟	文中	以時序敘述故事	志怪 遇仙故事	史傳，志怪
				蓬求	開篇	由傳說引出故事， 簡介人物	志怪 遇仙故事	史傳，志怪
					文中	以時序敘述故事		
				龍宮仙方	開篇	簡介人物	志怪 救助龍故 事	史傳，志怪
					文中	以時序敘述故事		

				裴沆	開篇	指出故事敘述者	傳奇 遇仙故事	史傳，志怪
					文中	以時序敘述故事		
				齊州僧	開篇	轉述史書記載了此故事	志怪 神仙異境故事	史傳，志怪
					文中	以時序敘述故事		
				邢和璞	開篇	簡介人物	傳奇 遇仙故事	史傳，志怪，志人
					文中	以時序敘述故事		
					文中	故事是段聽刑所說		
				權同休	文中	以時序敘述故事	志怪 遇仙故事	史傳，志怪，志人
					開篇	簡介人物		
				盧山人	文中	以時序敘述故事	傳奇 神仙警示世人避災禍故事	史傳，志怪
				張延賞	文中	以時序敘述故事	志怪 法術故事	史傳，志怪
				李秀才	文中	以時序敘述故事	志怪 用法術報仇故事	史傳，志怪
				翟乾祐	開篇	簡介人物	傳奇 平覆險灘故事	史傳，志怪，論說文
					文中	以時序敘述故事		
				辟塵巾	文中	以時序敘述故事	志怪 寶物故事	史傳，志怪
				馬侍中	文中	以時序敘述故事	志怪 寶物故事	史傳，志怪
				京西店老人	開篇	轉述故事人物故事	傳奇 劍術高超故事	史傳，志怪
					文中	以時序敘述故事		
				蘭陵老人	文中	以時序敘述故事	傳奇 奇翁故事	史傳，志怪
				俠僧	文中	以時序敘述故事	傳奇 俠僧故事	史傳，志怪，志人
				盧生	文中	以時序敘述故事	志怪 神仙警示世人慎用煉金術故事	史傳，志怪，志人
				薛平	文中	以時序敘述故事	傳奇 俠士故事	史傳，志怪
					文末	故事來源真實可信		
				崔羅什	文中	以時序敘述故事	傳奇 人鬼婚戀故事	史傳，志怪
				邱濡	開篇	由邱轉述故事	傳奇 夜叉娶世間女子	史傳，志怪，志人
					文中	以時序敘述故事		
				長鬚國	文中	以時序敘述故事	傳奇 人跟精怪婚戀故事	史傳，志怪，詩，志人

			僧智圓	文中	以時序敘述故事	傳奇 精魅報復 僧故事	史傳，志怪 ，志人
			劉積中	文中	以時序敘述故事	傳奇 精魅與人 之間的恩 怨故事	史傳，志怪
			守宮	文中	以時序敘述故事	傳奇 守宮精魅 爲祟故事	史傳，志怪
			新羅	開篇	簡介人物	傳奇 蠶神故事	史傳，志怪
				文中	以時序敘述故事		
			葉限	開篇	由傳說引出故事	傳奇 灰姑娘故 事	史傳，志怪
				文中	以時序敘述故事		
			李和子	文中	以時序敘述故事	志怪 殺生遭冥 吏追捕故 事	史傳，志怪 ，志人
				開篇	指出故事發生具體 時間		
			柳城	文中	以時序敘述故事	傳奇 畫畫技藝 高超故事	史傳，志怪 ，志人
				文末	故事眞實可信		
			郭汾仲兄	文中	以時序敘述故事	志怪 遇冥吏故 事	史傳，志怪 ，志人
			辛秘	文中	以時序敘述故事	志怪 遇神人故 事	史傳，志怪
			王申子	文中	以時序敘述故事	傳奇 蛇精食人 故事	史傳，志怪
			王用	文中	以時序敘述故事	傳奇 人變虎故 事	史傳，志怪
				文末	交代故事來源眞實 可信		
			李簡	文中	以時序敘述故事	傳奇 借屍還生 故事	史傳，志怪
				文末	故事來源眞實可信		
			鄭瓊羅	文末	交代故事來源眞實 可信	傳奇 遇冤鬼故 事	史傳，志怪 ，詩
				文中	以時序敘述故事		
			張和	文中	以時序敘述故事	傳奇 神仙洞窟 故事	史傳，志怪
			郝惟諒	開篇	簡介人物	傳奇 幫助女鬼 故事	史傳，志怪 ，志人
				文中	以時序敘述故事		
			顧玄績	文中	以時序敘述故事	傳奇 煉丹故事	史傳，志怪

				孫咸	文中	以時序敘述故事，倒敘人物死後經歷	志怪 死而復生故事	史傳，志怪
				陳昭	文中	以時序敘述故事	志怪 死而復生故事	史傳，志怪
				高涉	文中	以時序敘述故事	志怪 死而復生故事	史傳，志怪
				田宣	文中	以時序敘述故事	志怪 胡母班故事	史傳，志怪
				瓊樓金闕	開篇	簡介人物	志怪 神算子故事	史傳，志怪
					文中	以時序敘述故事		
				陽狂	開篇	簡介人物	志怪 奇僧故事	史傳，志怪
					文中	以時序敘述故事		
					文末	交代故事來源		
				崔玄暉	文末	交代故事來源真實可信	軼事小說 則天故事，影射則天任用酷吏	史傳，志怪，志人
					開篇	由則天任用酷吏引出故事		
					文中	以時序敘述故事		
				蘇州義師	文中	交代故事發生具體時間	志怪 奇僧故事	史傳，志怪
				射摩舍利	開篇	由突厥祖先海神引出故事	志怪 海神故事	史傳，志怪
					文中	交代突厥人襲來由		
				山人王固	開篇	簡介人物	志怪 奇人擊鼓技藝高超故事	史傳，志怪
					文中	以時序敘述故事		
				張儼	文中	以時序敘述故事	志怪 奇人扎針使之腳力好故事	史傳，志怪
				宋青春	文中	以時序敘述故事	志怪 奇劍故事	史傳，志怪，詩，志人
				李廓	文中	以時序敘述故事	志怪 神算子故事	史傳，志怪
					文末	故事來源真實可信		
				泰山	文末	交代故事來源真實可信	軼事小說 依靠岳父官位得以陞遷故事	史傳，志人
					開篇	由封禪引出故事		
				襄陽舉人	開篇	由與舉人相遇引出故事	志怪 遇鬼舉人故事	史傳，志怪，詩
					文中	以時序敘述故事		

				顧非熊	開篇	由顧況喪子引出故事	志怪 投胎轉世故事	史傳，志怪，詩
					文中	以時序敘述故事		
					文末	故事來源眞實可信		
				李邈	文中	交代故事來源眞實可信	志怪 盜冢故事	史傳，志怪
					開篇	轉述故事人物經歷		
				波斯女王	文中	以時序敘述故事	志怪 女兒化海神築城故事	史傳，志怪
				龜茲	開篇	簡介人物	志怪 龍故事	史傳，志怪
					文中	以時序敘述故事		
				乾陀國	開篇	由王的神勇引出故事	志怪 國王復仇故事	史傳，志怪
					文中	以時序敘述故事		
				邵敬伯	文中	以時序敘述故事	傳奇 劭敬伯被神人召見故事，影射宋武帝滅燕事	史傳，志怪
					文末	交代傳說杜林下有河伯冢		
				段氏	文中	以時序敘述故事	傳奇 妒婦津故事	史傳，志怪，志人
					開篇	由傳說引出故事		
				柳氏	文中	以時序敘述故事	志怪 精魅爲崇故事	史傳，志怪
					開篇	交代故事發生具體時間		
				賈耽	開篇	由旱情引出故事	志怪 奇術獲取軍糧故事	史傳，志怪
					文中	以時序敘述故事		
				王庚	文中	以時序敘述故事	志怪 遇鬼吏抓人故事	史傳，志怪
				蘇湛	文中	以時序敘述故事	志怪 除蜘蛛怪故事	史傳，志怪
				劉錄事	開篇	簡介人物，交代故事發生具體時間	志怪 食魚得怪病故事	史傳，志怪
				白將軍	開篇	轉述他人講述的傳說故事	志怪 遇龍故事	史傳，志怪
					文中	以時序敘述故事		
				孟不疑	開篇	由東平的安定引出故事	志怪 遇精魅故事	史傳，志怪，詩
					文中	以時序敘述故事		
				戴詧	文中	以時序敘述故事	志怪 洞中怪魅故事	史傳，志怪

				史秀才	開篇	簡介人物	志怪 遇龍故事	史傳，志怪
					文中	以時序敘述故事		
				景乙	文中	以時序敘述故事	志怪 精魅故事	史傳，志怪
				僧惠恪	開篇	由僧力舉石臼引出故事	志怪 除石臼精魅故事	史傳，志怪
					文中	以時序敘述故事		
				鈕氏	開篇	簡介人物	志怪 身懷奇術老婦的故事	史傳，志怪
					文中	以時序敘述故事		
					文末	交代老婦仍健在表故事眞實可信		
				僧智通	開篇	簡介人物	志怪 除青銅怪故事	史傳，志怪
					文中	以時序敘述故事		
				國子監明經	開篇	簡介人物	志怪 夢應驗故事	史傳，志怪
					文中	以時序敘述故事		
				僧契宗兄	文中	以時序敘述故事	志怪 蠱故事	史傳，志怪，論說文
				利俗坊百姓	文中	以時序敘述故事	志怪 傳播疾病使者的故事	史傳，志怪
				光宅坊民	文中	以時序敘述故	志怪 除鬼故事	史傳，志怪
				王惲	開篇	簡介人物	志怪 夢故事	史傳，志怪
					文中	以時序敘述故事		
				鄧儼	文中	以時序敘述故事	志怪 冥司召喚生人故事	史傳，志怪
				姚司馬	開篇	簡介人物	志怪 精魅爲祟故事	史傳，志怪
					文中	以時序敘述故事		
				三清使者	開篇	由傳說引出故事	志怪 捕獲三清使者故事	史傳，志怪
					文中	以時序敘述故事		
				田氏	文中	以時序敘述故事	志怪 人、精魅相戀故事	史傳，志怪，論說文
					文末	議論，成士認爲老翁與仙無緣		
					開篇	交代故事發生具體時間		
				義寧坊狂人	文中	以時序敘述故事	志怪 奇仙故事	史傳，志怪，志人
				趙懷正	文中	以時序敘述故事	志怪 怪枕故事	史傳，志怪
					文末	交代故事來源		
				李固	文中	以時序敘述故事	志怪 神算子故事	史傳，志怪

盧冉	文末	交代故事來源真實可信	志怪 夢變魚並應驗故事	史傳,志怪
	開篇	簡介人物		
	文中	以時序敘述故事		
衡嶽道人	文末	交代故事來源真實可信	志怪 迷途遇奇道士故事	史傳,志怪
	文中	以時序敘述故事		
韓滉	開篇	由傳說引出故事	傳奇 斷案故事	史傳,志怪,論說文
	文中	以時序敘述故事		
僧智燈	文中	以時序敘述故事	志怪 誦經免死故事	史傳,志怪
王從貴妹	文中	以時序敘述故事	志怪 誦經免死故事	史傳,志怪
左營伍伯	文中	以時序敘述故事	志怪 誦經免死故事	史傳,志怪,志人
僧惟恭	文中	以時序敘述故事	志怪 死而復生故事	史傳,志怪
王沔	文中	以時序敘述故事	志怪 誦經得救故事	史傳,志怪
僧法正	開篇	由經常誦經引出故事	志怪 誦經免死故事	史傳,志怪
	文中	以時序敘述故事		
	文末	故事來源真實可信		
沙彌道陰	開篇	簡介人物	志怪 誦經得救故事	史傳,志怪
	文中	以時序敘述故事		
	文末	交代故事來源真實可信		
何軫	開篇	簡介人物	志怪 誦經之人死後的怪異故事	史傳,志怪
	文中	以時序敘述故事		
王忠幹	文中	交代故事發生具體時間	志怪 神人相助故事	史傳,志怪
王殷	開篇	簡介人物	志怪 誦經得救故事	史傳,志怪,志人
	文中	以時序敘述故事		
趙安	文中	交代故事發生具體時間	志怪 誦經免罪故事	史傳,志怪
	開篇	由經常誦經引出故事		
	文中	以時序敘述故事		

				三史王生	開篇	簡介人物	傳奇 虛妄、侮慢書生故事	史傳,志怪,志人,論說文
					文中	以時序敘述故事		
《纂異記》	李玫	大中時人	否	豐州揵子	文末	故事人物仍健在	志怪 死而復生故事	史傳,志怪
					文中	以時序敘述故事		
				嵩嶽嫁女	文中	以時序敘述故事	傳奇 婚戀故事	史傳,志怪,公牘文,詩
					開篇	簡介人物		
				陳季卿	開篇	簡介人物	傳奇 借助仙術雲遊故事	史傳,志怪,詩
					文中	以時序敘述故事		
				劉景復	開篇	由風俗引出故事	傳奇 畫精故事	史傳,志怪,詩歌
					文中	以時序敘述故事		
				張生	開篇	簡介人物	傳奇 夢感應故事	史傳,志怪,歌
					文中	以時序敘述故事		
				蔣琛	開篇	簡介人物	傳奇 精靈鬼怪夜聚故事	史傳,志怪,論說文,賦,歌,辭
					文中	以時序敘述故事		
				三史王生	開篇	簡介人物	傳奇 虛妄、侮慢書生故事	史傳,志怪,志人,論說文
					文中	以時序敘述故事		
				張生	開篇	簡介人物	傳奇 書生與上帝討論孟子的故事	史傳,志怪,駢文,辭,志人
					文中	以時序敘述故事		
				韋鮑生妓	文中	以時序敘述故事	傳奇 遇仙故事	史傳,志怪,駢文,賦,辭
					開篇	簡介人物		
				許生	文中	以時序敘述故事	傳奇 精怪故事	史傳,志怪,詩
				浮梁張令	開篇	簡介人物	傳奇 向神仙祈求延壽故事	史傳,志怪,論說文,書牘文
					文中	以時序敘述故事		
				楊稹	開篇	簡介人物	傳奇 遇精魅故事	史傳,志怪,詩
					文中	以時序敘述故事		
				齊君房	開篇	簡介人物	傳奇 感悟身前世故事	史傳,志怪,志人
					文中	以時序敘述故事序		
				徐玄之	開篇	簡介人物	傳奇 精魅故事	史傳,志怪,駢文,公牘文,論說文,志人
					文中	以時序敘述故事		

				滎陽氏	開篇	簡介人物	傳奇 鬼訴冤求人改葬故事	史傳,志怪,公牘文
					文中	以時序敘述故事		
《明皇雜錄》	鄭處誨	不詳	是	韋詵	開篇	簡介人物	軼事小說 嫁女故事	史傳,志人
					文中	以時序敘述故事		
				姚崇	開篇	由姚崇與張銜有隙引出故事	軼事小說 同朝大臣相鬥故事	史傳,志人
					文中	以時序敘述故事		
				張果	開篇	簡介人物	傳奇 張果的神異故事	史傳,志怪,志人,公牘文
					文中	以時序敘述故事		
				房琯	文中	以時序敘述故事	志怪 前世故事	史傳,志怪
				孫生	文中	以時序敘述故事	志怪 神算子故事	史傳,志怪
				蘇頲	開篇	簡介人物	軼事小說 才子故事	史傳,志人
					文中	以時序敘述故事		
				楊暄	開篇	簡介人物	軼事小說 國忠兒子考進士故事	史傳,志人
					文中	以時序敘述故事		
	曹鄴	不詳	是	梅妃傳	開篇	簡介人物	傳奇 梅妃、楊貴妃與玄宗故事,影射安史之亂	史傳,志怪,志人,賦,詩,論說文
					文中	以時序敘述故事		
《獨異志》	李冗	咸通時人	否	張寶藏	文中	以時序敘述故事	志怪 官運故事	史傳,志怪,志人
				李源	文末	指出故事發生具體時間	志怪 轉世投胎故事,影射安史之亂	史傳,志怪
					開篇	簡介人物		
					文中	以時序敘述故事		
				陳子昂	開篇	簡介人物	軼事小說 陳子昂成名故事	史傳,志人
					文中	以時序敘述故事序		
				李佐	開篇	簡介人物	軼事小說 影射安史之亂,子尋父故事	史傳,志人
					文中	以時序敘述故事		
				李灌	開篇	簡介人物	軼事小說 義友還寶珠故事	史傳,志人
					文中	以時序敘述故事		
				韋隱	文中	以時序敘述故事	志怪 魂神相離故事	史傳,志怪

				狗頭新婦	開篇	由侍奉父母不孝引出故事	志怪 不孝遭報故事	史傳，志怪
					文中	以時序敘述故事		
				韓晉公責江神	文中	以時序敘述故事	志怪 江神歸還錢財故事	史傳，志怪
				孫思邈祈雨	文中	以時序敘述故事	志怪 求雨故事	史傳，志怪
				中部民	文中	以時序敘述故事	軼事小說 復仇故事	史傳，志人
				王瓊天譴	文中	以時序敘述故事	志怪 占卜故事	史傳，志怪
				針眉間	文中	以時序敘述故事	軼事小說 神醫治病故事	史傳，志人
				韓幹	開篇	由擅長畫馬引出故事	志怪 為鬼畫馬故事	史傳，志怪
					文中	以時序敘述故事		
				盧懷慎	文中	以時序敘述故事	軼事小說 清廉官吏的故事	史傳，志人
				李祐婦	文中	以時序敘述故事	志怪 亂軍中生子故事	史傳，志怪
				日者言禍	文中	以時序敘述故事	志怪 先知故事	史傳，志怪
				傅亦制胡僧	開篇	由不信佛法引出故事	志怪 鬥佛法故事	史傳，志怪
					文中	以時序敘述故事序		
				侯蟲	文中	以時序敘述故事	軼事小說 信義之士故事	史傳，志人
				吳道子畫神鬼	開篇	由善畫引出故事	志怪 畫家故事	史傳，志怪
					開篇	簡介人物		
					文中	以時序敘述故事		
				李源	開篇	簡介人物	志怪 轉世投胎故事，影射安史之亂	史傳，志怪
					文中	以時序敘述故事		
				邵進	文中	以時序敘述故事	志怪 頭斷復活故事	史傳，志怪
《奇事記》	李隱	不詳	不詳	王常	開篇	簡介人物	志怪 神人授予黃白術故事	史傳，志人
					文中	以時序敘述故事		

				冉遂	開篇	簡介人物	傳奇 人神戀故 事（虹丈夫 類故事）	史傳，志怪
					文中	以時序敘述故事		
					文末	交代故事真實		
《大唐奇事》				咎規	開篇	簡介人物	傳奇 狐精故事	史傳，志怪
					文中	以時序敘述故事		
				管子文	文中	以時序敘述故事	傳奇 筆精故事	史傳，志人， 駢文
				廉廣	開篇	簡介人物	傳奇 神人授予 神筆故事	史傳，志怪
					文中	以時序敘述故事		
				虢國夫人	開篇	簡介人物	傳奇 木精故事	史傳，志怪
					文中	以時序敘述故事		
				李義	開篇	簡介人物	傳奇 犬精故事	史傳，志怪 ，論說文， 祝文，志人
					文中	以時序敘述故事序		
				王守一	文中	以時序敘述故事	志怪 神醫故事	史傳，志怪
				朱化	文中	以時序敘述故事序	志怪 鬼復仇故 事	史傳，志怪 ，論說文
					開篇	簡介人物		
				王武	文中	以時序敘述故事	志怪 泥馬化駿 馬故事	史傳，志怪 ，志人
					開篇	簡介人物		
				狐龍	文中	以時序敘述故事	志怪 狐龍故事	史傳，志怪 ，論說文
				劉潛女	文中	以時序敘述故事序	志怪 鸚鵡精魅 為祟故事	史傳，志怪
					開篇	簡介人物		
《逸史》	盧肇	不詳	是	盧李二生	開篇	簡介人物	傳奇 修煉成仙 故事	史傳，志怪 ，詩，論說 文
					文中	以時序敘述故事		
				李林甫	開篇	簡介人物	傳奇 謫仙下凡 後返回神 仙世界故 事，影射 安史之亂 、林甫擅 權	史傳，志怪 ，志人
					文中	以時序敘述故事		
				崔生	文中	以時序敘述故事	傳奇 神仙異境 故事	史傳，志怪
				呂生	開篇	簡介人物	志怪 修煉仙術 故事	史傳，志怪
					文中	以時序敘述故事		
				姚泓	文中	以時序敘述故事	志怪 遇仙故事	史傳，志怪 ，論說文

			齊映	文中	以時序敘述故事	志怪 遇仙故事	史傳,志怪
			魏方進弟	開篇	簡介人物	傳奇 神仙謫降 人間故事	史傳,志怪 ,志人
				文中	以時序敘述故事
			楊越公弟	文中	以時序敘述故事	志怪 遇仙故事	史傳,志怪
			劉晏	開篇	簡介人物	傳奇 救神仙得 助故事	史傳,志怪
				文中	以時序敘述故事
			章仇兼瓊	開篇	簡介人物	傳奇 遇太白仙 故事	史傳,志怪 ,志人
				文中	以時序敘述故事
			黃尊師	文中	以時序敘述故事	志怪 遇仙故事	史傳,志怪
			裴老	文中	以時序敘述故事	傳奇 裴老示意 王員外道 術故事	史傳,志怪 ,志人
			李虞	文中	以時序敘述故事	傳奇 桃花源類 故事	史傳,志怪 ,論說文
			瞿道士	文中	以時序敘述故事	志怪 修煉成仙 故事	史傳,志怪
				文末	此事金陵父老經常 傳
			白樂天	文末	此事被金陵父老常 傳	傳奇 神仙異境 故事	史傳,志怪 ,詩
			太陰夫人	文末	此事金陵父老經常 傳	傳奇 人神婚戀 故事	史傳,志怪
				文中	以時序敘述故事
			虞卿女子	文中	以時序敘述故事	志怪 遇仙後成 仙故事	史傳,志怪
			蕭氏乳母	開篇	蕭侍郎轉述乳母的 故事	志怪 吃人間食 物不得成 仙故事	史傳,志怪
				文中	以時序敘述故事
			吳清妻	文中	以時序敘述故事	志怪 成仙故事	史傳,志怪 ,詩
			馬士良	文中	以時序敘述故事	傳奇 人神婚戀 故事	史傳,志怪 ,志人
			許飛瓊	文中	以時序敘述故事	傳奇 神仙召凡 人故事	史傳,志怪 ,詩
			騾鞭客	開篇	簡介人物	志怪 神仙相助 煉金故事	史傳,志怪 ,志人
				文中	以時序敘述故事

				賈耽	文中	以時序敘述故事	傳奇 謫仙與神 仙交往故 事	史傳，志怪
				陳生	開篇	簡介人物	傳奇 神仙救助 世人故事	史傳，志怪
					文中	以時序敘述故事		
				迴向寺狂 僧	開篇	由唐玄宗夢引出故 事	傳奇 謫仙故事 ，影射安 史之亂	史傳，志怪
					文中	以時序敘述故事		
				華陽李尉	文中	以時序敘述故事	傳奇 鬼報仇故 事	史傳，志怪
				樂生	文中	以時序敘述故事	傳奇 生前冤死 ，死後復 仇故事	史傳，志怪 ，論說文
				宋申錫	文中	以時序敘述故事	傳奇 生前冤死 ，死後復 仇故事	史傳，志怪
				盧叔倫女	文中	以時序敘述故事	傳奇 復仇故事	史傳，志怪
				盧叔敏	文中	以時序敘述故事	傳奇 被賊殺後 復仇故事	史傳，志怪
				嚴武盜妾	開篇	簡介人物	傳奇 鬼復仇故 事	史傳，志怪
					文中	以時序敘述故事		
				尉遲敬德	文中	以時序敘述故事	志怪 神人接濟 世人故事	史傳，志怪
				崔圓	開篇	簡介人物	傳奇 善待崔相 得免死故 事	史傳，志怪
					文中	以時序敘述故事		
				術士	開篇	轉述術士故事	志怪 預知人所 食食物故 事	史傳，志怪 ，論說文
					文中	以時序敘述故事		
				李栖筠	文中	以時序敘述故事	志怪 先知故事	史傳，志怪
				孟君	文中	以時序敘述故事	志怪 先知故事	史傳，志怪
				李公	文中	以時序敘述故事	志怪 預知人所 食食物故 事	史傳，志怪 ，論說文

				李宗回	開篇	簡介人物	志怪 預知人所食食物故事	史傳，志怪，論說文
					文中	以時序敘述故事		
				李藩	開篇	簡介人物	志怪 預知人官職故事	史傳，志怪，論說文，志人
					文中	以時序敘述故事		
				袁滋	開篇	由故事發生地引出故事	志怪 謫仙故事	史傳，志怪，志人
					文中	以時序敘述故事		
				崔潔	開篇	簡介人物	傳奇 遇仙故事	史傳，志怪，論說文
					文中	以時序敘述故事		
				李敏求	文中	以時序敘述故事	志怪 死而復生故事	史傳，志怪
				李君	文中	以時序敘述故事	傳奇 仙人預知命運並助凡人故事	史傳，志怪，志人
				孟簡	開篇	簡介人物	傳奇 除蠱故事	史傳，志怪，志人
					文中	以時序敘述故事		
				牛錫庶	開篇	簡介人物	志怪 先知故事	史傳，志怪
					文中	以時序敘述故事		
				李謩	開篇	簡介人物	傳奇 笛藝高超故事	史傳，志人，志怪，詩
					文中	以時序敘述故事		
				皇甫弘	文中	以時序敘述故事	志怪 石神故事	史傳，志怪
				蕭復弟	開篇	簡介人物	傳奇 遇水仙故事	史傳，志怪
					文中	以時序敘述故事		
				東洛張生	開篇	簡介人物	傳奇 夜叉故事	史傳，志怪，論說文
					文中	以時序敘述故事		
				李主簿妻	開篇	簡介人物	傳奇 金天王娶人婦故事	史傳，志怪，論說文
					文中	以時序敘述故事		
				樊澤	文中	以時序敘述故事	傳奇 託夢抓盜墓賊故事	史傳，志怪
				張公洞	文中	以時序敘述故事	志怪 神仙異境故事	史傳，志怪
				任生	開篇	簡介人物	傳奇 人神戀故事	史傳，志怪，詩
					文中	以時序敘述故事		
				羅公遠	文中	以時序敘述故事	傳奇 法術助明皇遊月宮故事	史傳，志怪

				羅方遠	開篇	簡介人物	傳奇 神仙法術 故事	史傳，志怪
					文中	以時序敘述故事		
				李石	開篇	簡介人物	志怪 凡人助仙 鶴故事	史傳，志怪
					文中	以時序敘述故事		
				夢鍾馗 （節文）	開篇	轉述《逸史》內容	傳奇 畫藝高超 故事	史傳，志怪
					文中	以時序敘述故事		
				李吉甫	開篇	由發生災情引出故事	志怪 道士神藥 救助百姓 故事	史傳，志怪
					文中	以時序敘述故事		
				李元	開篇	由盧隱居引出故事	志怪 道士邀請 盧修道故 事	史傳，志怪
					文中	以時序敘述故事		
				鄭居中	開篇	簡介人物	志怪 仙解故事	史傳，志怪
					文中	以時序敘述故事		
				鄭君	文中	以時序敘述故事	志怪 奇人故事	史傳，志怪
				張士政	文中	以時序敘述故事	志怪 術士故事	史傳，志怪
				治針道士	文中	以時序敘述故事	志怪 神醫故事	史傳，志怪
				宋師儒	開篇	簡介人物	志怪 神算子故 事	史傳，志怪 ，志人
					文中	以時序敘述故事		
				張及甫	文中	以時序敘述故事	志怪 同夢故事	史傳，志怪
				唐慶	文中	以時序敘述故事	志怪 報前世恩 故事	史傳，志怪
				公孫綽	文中	以時序敘述故事	志怪 鬼訴冤故 事	史傳，志怪
				鄭還古	文中	以時序敘述故事	志怪 夢應驗故 事	史傳，志怪
				李參軍	文中	以時序敘述故事	志怪 神算子故 事	史傳，志怪
				奚陟	文中	以時序敘述故事	志怪 夢應驗故 事	史傳，志怪
				王播	開篇	簡介人物	志怪 夢應驗故 事	史傳，志怪
					文中	以時序敘述故事		

				裴度	文中	以時序敘述故事	志怪 侍奉尊神故事	史傳，志怪
				嚴安之	文中	以時序敘述故事	志怪 冥吏抓賊故事	史傳，志怪，公牘文
				凌波女	開篇	由玄宗晝寢引出故事	志怪 夢神女故事	史傳，志怪
					文中	以時序敘述故事		
				判狀赦死	文中	以時序敘述故事	志怪 神算子故事，影射朱泚之亂	史傳，志怪
				李嶠不富	文中	以時序敘述故事	志怪 李嶠不能享福的故事	史傳，志怪，志人
《瀟湘錄》	柳祥	不詳	不詳	益州老父	文中	以時序敘述故事	傳奇 謫仙故事	史傳，志怪，駢文，論說文
				襄陽老叟	開篇	簡介人物	志怪 木匠遇仙故事	史傳，志怪，駢文
					文中	以時序敘述故事		
				瀚海神	文中	以時序敘述故事	傳奇 人助精魅故事	史傳，志怪
				張安	文中	以時序敘述故事	志怪 鬼魂要求為之立祠故事	史傳，志怪，志人，論說文
				奴蒼璧	文中	以時序敘述故事	志怪 死而復生故事，影射安史之亂	史傳，志怪，公牘文
				王常	開篇	簡介人物	志怪 神人授予黃白術救濟蒼生故事	史傳，志怪，志人
					文中	以時序敘述故事		
				喬龜年	開篇	簡介人物	志怪 孝子不能以孝為自己謀利故事	史傳，志怪，論說文
					文中	以時序敘述故事		
				魏徵	開篇	簡介人物	志怪 遇鼠精故事	史傳，志怪，論說文
					文中	以時序敘述故事		
				李勣女	文中	以時序敘述故事	志怪 遇鬼故事	史傳，志怪

				楊國忠	文中	以時序敘述故事	傳奇 女子告誡 國忠故事	史傳，志怪 ，論說文
				梁守威	文中	以時序敘述故事	志怪 遇鬼故事 ，影射安 史之亂	史傳，志怪 ，論說文
				張勛	文中	以時序敘述故事	志怪 鬼王授予 兵書故事	史傳，志怪
				呼延冀	開篇	簡介人物	傳奇 遇狐故事	史傳，志怪 ，書牘文
					文中	以時序敘述故事		
				安鳳	開篇	簡介人物	志怪 死後仍與 友人相見 故事	史傳，志怪 ，詩，書牘 文
					文中	以時序敘述故事		
				鄭紹	開篇	簡介人物	志怪 人鬼婚戀 故事	史傳，志怪 ，論說文
					文中	以時序敘述故事		
				孟氏	開篇	簡介人物	傳奇 人精怪戀 故事	史傳，志怪 ，詩，論說 文
					文中	以時序敘述故事		
				歐陽敏	文中	以時序敘述故事	志怪 遇鬼故事	史傳，志怪 ，論說文
				车穎	開篇	簡介人物	傳奇 鬼幫助生 人做壞事 故事	史傳，志怪
					文中	以時序敘述故事		
				姜修	開篇	簡介人物	傳奇 與酒甕飲 酒故事	史傳，志怪 ，志人
					文中	以時序敘述故事		
				王屋薪者	開篇	簡介人物	傳奇 精怪故事	史傳，志怪 ，論說文
					文中	以時序敘述故事		
				馬舉	文中	以時序敘述故事	傳奇 棋精故事	史傳，志怪 ，駢文
				張班	文中	以時序敘述故事	傳奇 遇精故事	史傳，志怪 ，詩，志人
				賈秘	文中	以時序敘述故事	傳奇 遇精故事	史傳，志怪
				楊眞	開篇	簡介人物	傳奇	史傳，志怪 ，論說文
					文中	以時序敘述故事	人變虎故 事	
				趙倜	開篇	簡介人物	傳奇 虎故事	史傳，志怪
					文中	以時序敘述故事		
				周義	開篇	簡介人物	傳奇 虎故事	史傳，志怪 ，志人
					文中	以時序敘述故事		
				于遠	開篇	簡介人物	傳奇 神馬故事	史傳，志怪 ，志人
					文中	以時序敘述故事		

				張全	文中	以時序敘述故事	志怪 人變馬故事	史傳，志怪
				杜修己	開篇	簡介人物	傳奇 犬精故事	史傳，志怪
					文中	以時序敘述故事		
				嵩山老僧	文中	以時序敘述故事	傳奇 鹿精故事	史傳，志怪 ，詩
				王祐	開篇	簡介人物	傳奇 鹿精故事	史傳，志怪 ，駢文，論 說文
					文中	以時序敘述故事		
				朱仁	開篇	簡介人物	傳奇 鼠精故事	史傳，志怪
					文中	以時序敘述故事		
				楚江漁者	開篇	簡介人物	傳奇 猿精故事	史傳，志怪 ，論說文， 志人
					文中	以時序敘述故事		
				焦封	文中	以時序敘述故事	傳奇 人與猩猩 精婚戀故 事	史傳，志怪 ，詩，論說 文
				貞元末布 衣	文中	以時序敘述故事	傳奇 神人故事	史傳，志怪 ，詩，駢 文，志人
				崔導	文中	以時序敘述故事	志怪 變為桔樹 還債故事	史傳，志怪
				汾水老姥	文中	以時序敘述故事	志怪 鯉魚精魅 故事	史傳，志怪 ，祝文
				李審言	文中	以時序敘述故事	志怪 人變羊故 事	史傳，志怪
				逆旅道士	文中	以時序敘述故事	志怪 道士除鼠 怪故事	史傳，志怪
				王眞妻	開篇	簡介人物	志怪 人蛇戀故 事	史傳，志怪
					文中	以時序敘述故事		
				僧法志	文中	以時序敘述故事	志怪 黿精故事	史傳，志怪
				蝦蟆	開篇	由高宗生病引出故 事	志怪 武后執政 前的預兆 故事	史傳，志怪
					文中	以時序敘述故事		
				白鳳銜書	文中	由貴妃晝寢引出故 事	志怪 敕書宣告 貴妃的罪 狀故事	史傳，志 怪，公牘文
					文中	以時序敘述故事		

《全唐文》	高元顥	大中至咸通時人	否	侯眞人降生臺記憶	開篇	簡介人物，指出故事發生具體時間	傳奇 修煉成仙故事	史傳，志怪，詩
					文中	倒敘與故事情節相關人物的經歷		
	房千里	不詳	是	楊娼傳	開篇	簡介人物	傳奇 青樓女子故事	史傳，志怪，論說文
					文中	以時序敘述故事		
	薛調	830-872	是	無雙傳	開篇	簡介人物	傳奇 才子佳人故事	史傳，志怪，論說文，書牘文，志人
					文中	以時序敘述故事		
					文中	倒敘與故事倒情節相關人物的經歷		
《異聞錄》	佚名	不詳	不詳	后土夫人傳	開篇	簡介人物	傳奇 人神婚戀故事，影射武則天時期的酷刑	史傳，志怪，志人，賦
					文中	以時序敘述故事		
	羅隱	833-910	是	中元傳	開篇	簡介人物	傳奇 王勃創作《騰王閣序》的故事	史傳，志怪，詩，駢文，志人
					文中	以時序敘述故事		
《宣室志》	張讀	834-886	是	尹君	文中	以時序敘述故事	志怪 道士故事	史傳，志怪
				十仙子	開篇	由玄宗夢引出故事	志怪 神授音樂故事	史傳，志怪，公牘文
					文中	以時序敘述故事		
				章全素	開篇	簡介人物	傳奇 修煉仙丹未果故事	史傳，志怪
					文中	以時序敘述故事		
				尹眞人（又崔君）	文中	以時序敘述故事	傳奇 尹仙人石函故事	史傳，志怪
				房建	開篇	簡介人物	志怪 道士故事	史傳，志怪
					文中	以時序敘述故事		
				侯道華	文中	以時序敘述故事	志怪 道士成仙故事	史傳，志怪，詩
				閭丘子	開篇	簡介人物	傳奇 神仙下凡考驗凡人能否成仙故事	史傳，志怪，志人
					文中	以時序敘述故事		
				程逸人	開篇	簡介人物	志怪 神人救助生人使之復活故事	史傳，志怪
					文中	以時序敘述故事		
				駱玄素	開篇	簡介人物	志怪 神人授予法術故事	史傳，志怪
					文中	以時序敘述故事		

俞叟	開篇	簡介人物	傳奇 法術故事	史傳,志怪,論說文
	文中	以時序敘述故事		
石旻	文末	交代故事來源	志怪 法術故事	史傳,志怪,論說文
	開篇	簡介人物		
楊居士	開篇	簡介人物	傳奇 法術故事	史傳,志怪
	文中	以時序敘述故事		
王先生	文末	交代故事來源	傳奇 神仙法術故事	史傳,志怪
	開篇	簡介人物		
	文中	以時序敘述故事		
周生	文中	以時序敘述故事	志怪 法術故事	史傳,志怪
惠照	文中	以時序敘述故事	志怪 歷經幾世的奇僧故事	史傳,志怪,志人
	文末	故事與史書相對照,真實可信		
廣陵大師	文中	以時序敘述故事	志怪 僧成佛故事	史傳,志怪,志人,論說文
鑒師	文中	以時序敘述故事	志怪 畫中人與生人相見故事	史傳,志怪
李德裕	文中	以時序敘述故事	志怪 死而復生故事	史傳,志怪
許文度	文中	以時序敘述故事	志怪 死而復生故事	史傳,志怪
師夜光	開篇	簡介人物	志怪 死後復仇故事	史傳,志怪
	文中	以時序敘述故事		
李生	開篇	簡介人物	志怪 果報故事	史傳,志怪,志人,論說文
	文中	以時序敘述故事		
鄭生	開篇	簡介人物	傳奇 死後託生人雪冤故事	史傳,志怪,志人
	文中	以時序敘述故事		
樊宗諒	文中	以時序敘述故事	志怪 冤魂化成狐指示生人報仇故事	史傳,志怪,論說文
聖畫	文中	以時序敘述故事	傳奇 鴿精畫畫故事	史傳,志怪
		倒敘故事,交代與故事相關背景		

			婁師德	文中	以時序敘述故事	志怪 夢遊地府 故事	史傳，志怪
			侯生	開篇	簡介人物	志怪 果報故事	史傳，志怪
				文中	以時序敘述故事		
			淮南軍卒	文中	以時序敘述故事	傳奇 替冥官送 信故事	史傳，志怪 ，論說文
			陳袁生	開篇	交代故事發生的具 體時間，簡介人物	傳奇 助神故事	史傳，志 怪,論說文
			夏陽趙尉	開篇	交代故事發生的具 體時間	傳奇 遇精魅故 事	史傳，志怪 ，詩
			鄭德楙	開篇	交代故事發生的具 體時間	傳奇 人鬼婚戀 故事	史傳，志怪 ，志人
			陸喬	開篇	交代故事發生的具 體時間	傳奇 人鬼相遇 談論詩賦 和天下興 衰故事	史傳，志怪 ，志人，詩
			郭翥	開篇	交代故事發生的具 體時間，簡介人物	志怪 死屍冒充 人爲祟故 事	史傳，志怪
			太原部將	開篇	交代故事發生的具 體時間，簡介人物	志怪 鬼魅取人 性命故事	史傳，志怪
			董觀	開篇	簡介人物	志怪 遇鬼魂遊 冥界故事	史傳，志怪 ，論說文
				文中	以時序敘述故事		
				文末	交代故事來源		
			吳任生	文中	以時序敘述故事	志怪 法術故事	史傳，志怪
				開篇	簡介人物		
			村人陳翁	開篇	由旱情引出故事	志怪 神人救助 百姓故事	史傳，志怪
			崔澤	文中	以時序敘述故事	志怪 災難前的 異兆故事	史傳，志怪
				文中	簡介人物		
			崔御史	開篇	由故事發生場景引 出故事	傳奇 爲鬼改葬 故事	史傳，志怪 ，祝文
				文中	以時序敘述故事		
			李重	開篇	交代故事發生的具 體時間	傳奇 遇鬼故事	史傳，志怪
			王坤	文中	以時序敘述故事	傳奇 鬼爲祟故 事	史傳，志怪

				朱峴女	開篇	簡介人物	傳奇	史傳,志怪
					文中	倒敘人物經歷	夜叉故事	,祝文
				陳越石	開篇	簡介人物	傳奇	史傳,志怪
					文中	交代故事發生的具體時間	夜叉故事	
				廬江民	開篇	交代故事發生的具體時間	傳奇 精怪相鬥故事	史傳,志怪
				謝翱	開篇	簡介人物	傳奇 人鬼戀故事	史傳,志怪 ,詩
					文中	以時序敘述故事		
					文末	交代故事來源真實可信		
				崔谷	開篇	交代故事發生的具體時間,簡介人物	傳奇 筆怪故事	史傳,志怪 ,詩
				張秀才	開篇	交代故事發生的具體時間	傳奇 精魅故事	史傳,志怪 ,志人
				獨孤彥	開篇	交代故事發生的具體時間,簡介人物	傳奇 精魅故事	史傳,志怪 ,論說文
				竹季貞	文中	以時序敘述故事	傳奇 借他人身體還魂故事	史傳,志怪
				郃惠連	開篇	交代故事發生的具體時間	傳奇 冥間選派生人為官故事	史傳,志怪 ,志人
				張汶	文中	倒敘人物冥間經歷	傳奇 亡兄抓世間弟弟充當冥吏故事	史傳,志怪
				劉溉	開篇	指出故事發生具體時間	傳奇 死而復生故事	史傳,志怪 ,詩歌
					文中	倒敘冥間經歷		
					文末	交代故事來源真實可信		
				呂生	文末	故事來源真實可信	傳奇 水銀精魅為祟故事	史傳,志怪 ,志人
					開篇	交代故事發生的具體時間		
				玉清三寶	開篇	簡介人物	傳奇 遇仙故事	史傳,志怪
					文中	以時序敘述故事		
				地下肉芝	開篇	簡介人物	傳奇 成仙故事	史傳,志怪
					文中	以時序敘述故事		
				盧虔	開篇	由故事發生場景引出故事	傳奇 精魅為祟故事	史傳,志怪 ,書牘文
					文中	以時序敘述故事		

				趙生	開篇	交代故事發生的具體時間，簡介人物	志怪人參精助人故事	史傳，志怪，志人
				任頊	開篇	交代故事發生的具體時間，簡介人物	傳奇救助黃龍故事	史傳，志怪
				李徵	開篇	簡介人物	傳奇人變虎故事	史傳，志怪，志人，論說文
					文中	以時序敘述故事		
				韓生	開篇	交代故事發生的具體時間，簡介人物	傳奇犬精為祟故事	史傳，志怪
				張鋌	開篇	交代故事發生的具體時間，簡介故事人物	傳奇龜、虎、猿猴、狐精魅故事	史傳，志怪
				楊叟	開篇	交代故事發生的具體時間和故事人物	傳奇猿精故事	史傳，志怪，論說文
				林景玄	開篇	簡介人物	傳奇狐精故事	史傳，志怪
					文中	以時序敘述故事		
				尹瑗	文中	以時序敘述故事	傳奇狐精故事	史傳，志怪
					開篇	簡介人物		
				計眞	開篇	交代故事發生的具體時間，簡介人物	傳奇狐精故事	史傳，志怪，論說文
				韋子春	文中	以時序敘述故事	志怪除蛇精故事	史傳，志怪
				石憲	開篇	簡介人物	志怪蛙精故事	史傳，志怪
					文中	以時序敘述故事		
				陸顒	開篇	簡介人物	傳奇胡商識消面蟲故事	史傳，志怪
					文中	以時序敘述故事		
				張景	開篇	簡介人物	傳奇螬蟱精魅為祟故事	史傳，志怪
					文中	以時序敘述故事		
				唐休璟門僧	文中	以時序敘述故事	志怪先知故事	史傳，志怪
				盧郁	開篇	簡介人物	傳奇石火通精魅故事	史傳，志怪
					文中	以時序敘述故事		
				張詵	開篇	交代故事發生的具體時間	傳奇夢應驗現實故事	史傳，志怪
				虞鄉道士	文中	以時序敘述故事	志怪拾得金兔故事	史傳，志怪
				裴少尹	開篇	交代故事發生的具體時間	傳奇狐精為祟故事	史傳，志怪

				袁隱居	開篇	交代故事發生具體時間	志怪 神算子故事	史傳，志怪
				李賀	文中	簡介人物	志怪 李賀死後冥間得志故事	史傳，志怪，論說文
					開篇	簡介人物		
					文中	以時序敘述故事		
				馮漸	開篇	簡介人物	志怪 術士故事	史傳，志怪，志人，書牘文
					文中	以時序敘述故事		
				韋臯	文中	交代故事發生具體時間，由會食引出故事	志怪 後世投胎重逢故事	史傳，志怪
				辛七師	開篇	簡介人物	志怪 好佛法成佛故事	史傳，志怪
					文中	以時序敘述故事		
				趙蕃	文中	交代故事發生具體時間	志怪 神算子故事	史傳，志怪
				十光佛	文中	交代故事發生具體時間	志怪 建造佛像由來故事	史傳，志怪
				道嚴	開篇	簡介人物	志怪 佛求助故事	史傳，志怪
					文中	以時序敘述故事		
				雞卵	文中	交代故事發生具體時間	志怪 雞卵訴苦故事	史傳，志怪
					開篇	由唐敬宗崇佛引出故事		
				寧勉	開篇	簡介人物	志怪 神助人故事	史傳，志怪，志人
					文中	以時序敘述故事		
				悟真寺僧	開篇	交代故事發生具體時間	志怪 骷髏誦經故事	史傳，志怪
				王洞微	文末	交代故事發生具體時間	志怪 殺生而死故事	史傳，志怪
					開篇	簡介人物		
				叱金像	開篇	由金像傳說引出故事	志怪 金像預測王位時間故事	史傳，志怪
					文中	以時序敘述故事		
				劉遵古	文中	插敘與故事相關背景	志怪 神書預知未來故事	史傳，志怪
				盧眞猶子	文中	交代故事發生具體時間	志怪 許願信佛法故事	史傳，志怪

				太白老僧	開篇	交代故事發生具體時間，簡介人物	志怪 法術故事	史傳,志怪,志人
				開業寺	開篇	交代故事發生具體時間	志怪 夢應驗故事	史傳,志怪
				元載張謂	開篇	由元載與張謂友善引出故事	志怪 神人救人故事	史傳,志怪
					文中	以時序敘述故事		
				韓愈	文中	以時序敘述故事	志怪 神人召喚韓愈故事	史傳,志怪
				李回	文中	以時序敘述故事	志怪 巫婆招神故事	史傳,志怪
				郗元位	文中	簡介人物	志怪 遇神卒故事	史傳,志怪
					文中	以時序敘述故事		
				盧嗣宗	文中	以時序敘述故事	志怪 戲弄神遭禍故事	史傳,志怪,志人
				高生	開篇	交代故事發生具體時間	志怪 藥除病鬼故事	史傳,志怪
				李林甫	文中	以時序敘述故事	志怪 神算子幫去災故事	史傳,志怪
				竇裕	開篇	交代故事發生具體時間	傳奇 路途遇亡友鬼魂	史傳,志怪,詩
				潯陽李生	開篇	簡介人物	志怪 遇鬼故事	史傳,志怪,祝文
					文中	以時序敘述故事		
				成公達	文中	以時序敘述故事	志怪 夢應驗故事	史傳,志怪
				胡澄	開篇	簡介人物	志怪 死前異兆故事	史傳,志怪
					文中	以時序敘述故事		
				辛神邕	文中	按時間敘述故事	志怪 生死天定故事	史傳,志怪
				唐燕士	文中	以時序敘述故事	志怪 遇鬼秀才故事	史傳,志怪,詩
				曹唐	文中	以時序敘述故事	志怪 魂神分離故事	史傳,志怪,詩
				東萊客	文中	以時序敘述故事	志怪 犬為祟故事	史傳,志怪

				交城里人	文中	以時序敘述故事	志怪 除魅故事	史傳，志怪
				河東街吏	文中	交代故事敘述具體時間	志怪 漆精魅故事	史傳，志怪
				鄭氏女	開篇	簡介人物	志怪 先知故事	史傳，志怪
					文中	以時序敘述故事		
				僧法長	開篇	簡介人物	志怪 鬼魅帶來災難故事	史傳，志怪
					文中	以時序敘述故事		
				清江郡叟	開篇	簡介人物	志怪 夢應驗故事	史傳，志怪
					文中	以時序敘述故事		
				鄔載	開篇	交代故事敘述具體時間	志怪 先知故事	史傳，志怪，銘文
				韓愈	文中	以時序敘述故事	志怪 除蛟龍故事	史傳，志怪，銘文
				裴度	開篇	交代故事具體時間	志怪 石讖故事，影射李愬之亂	史傳，志怪，銘文
				張惟清	開篇	由故事發生地引出故事	志怪 神人請求修建廟宇故事	史傳，志怪
					文中	以時序敘述故事		
				王璠	文中	以時序敘述故事	志怪 石讖故事	史傳，志怪，銘文
					開篇	交代故事具體時間		
				柳光	開篇	交代故事具體時間，簡介人物	志怪 石讖故事	史傳，志怪，銘文，詩
				蕭氏子	開篇	交代故事具體時間，簡介人物	志怪 戰雷神故事	史傳，志怪
				智空	開篇	簡介人物	志怪 雷神殺死蛟龍故事	史傳，志怪，祝文
					文中	以時序敘述故事		
				楊詢美從子	文中	以時序敘述故事	志怪 雷神故事	史傳，志怪
				韋思玄	開篇	交代故事具體時間	志怪 紫金精故事	史傳，志怪，志人
				李員	開篇	簡介人物	志怪 缶精故事	史傳，志怪，詩
					文中	以時序敘述故事		
				嚴生	開篇	簡介人物	志怪 胡商和寶珠故事	史傳，志怪
					文中	以時序敘述故事		

				三寶村	開篇	由傳說引出故事	志怪 寶鏡、劍 精魅故事	史傳，志怪
					文中	以時序敘述故事		
				江夏從事	文中	以時序敘述故事	志怪 除樹精魅故事	史傳，志怪
				劉皂	文中	以時序敘述故事	志怪 除蓬蔓精魅故事	史傳，志怪
				蕭昕	文中	以時序敘述故事	志怪 遇龍故事	史傳，志怪
				盧君暢	文中	以時序敘述故事	志怪 遇龍故事	史傳，志怪
				法善寺	文中	以時序敘述故事	志怪 遇龍故事	史傳，志怪
				河內崔守	開篇	簡介人物	志怪 死後為牛 還前世罪 孽故事	史傳，志怪，志人
					文中	以時序敘述故事		
				唐玄宗龍馬	開篇	由玄黃石可以長生引出故事	志怪 龍馬故事	史傳，志怪，志人
					文中	以時序敘述故事		
				王薰	文中	以時序敘述故事	志怪 驢精故事	史傳，志怪
				趙叟	文中	以時序敘述故事	志怪 忠犬故事	史傳，志怪
				郭釗	文中	以時序敘述故事	志怪 誦經免罪故事	史傳，志怪
				李甲	文中	以時序敘述故事	志怪 鼠報恩故事	史傳，志怪，論說文
				王合	開篇	簡介人物	志怪 殺生死後 為狼故事	史傳，志怪
					文中	以時序敘述故事		
				晉陽民家	開篇	簡介人物	志怪 狸貓精魅故事	史傳，志怪
					文中	以時序敘述故事		
				吳唐	文中	以時序敘述故事	志怪 果報故事	史傳，志怪
					開篇	簡介人物		
				王長史	開篇	由傳說引出故事	志怪 除猿猴精魅故事	史傳，志怪
					文中	以時序敘述故事		
				祁縣民	文中	以時序敘述故事	志怪 狐媚故事	史傳，志怪
				韋氏子	文中	以時序敘述故事	志怪 遇狐媚故事	史傳，志怪

				無畏師	文中	以時序敘述故事	志怪 蛇精故事，影射安史之亂	史傳，志怪
				利州李祿事	文中	以時序敘述故事	志怪 死前異兆故事	史傳，志怪
				睢陽鳳	開篇	交代故事敘述具體時間	志怪 怪鳥故事	史傳，志怪
					文末	交代故事來源		
				鄞郡人	開篇	簡介人物	志怪 海鷗除蛟故事	史傳，志怪
					文中	以時序敘述故事		
				周氏子	開篇	簡介人物	志怪 鵝精託夢求助故事	史傳，志怪
					文中	以時序敘述故事		
				呂生妻	開篇	簡介人物	志怪 死後託夢告知家人轉世為鳥故事	史傳，志怪
					文中	以時序敘述故事		
				韋氏子	開篇	由故事發生地引出故事	志怪 鳥精魅故事	史傳，志怪
					文中	交代故事敘述具體時間		
				韓愈	文中	插敘與故事相關背景	志怪 精魅故事	史傳，志怪，碑文，祝文
					開篇	由韓愈被貶引出故事		
				柳宗元	開篇	簡介人物	志怪 魚精託夢求助故事	史傳，志怪
					文中	以時序敘述故事		
				柳沂	開篇	簡介人物	志怪 魚精故事	史傳，志怪
					文中	以時序敘述故事		
				王叟	文中	以時序敘述故事	志怪 蚯蚓咬人致死故事	史傳，志怪
				韋君	開篇	簡介人物	志怪 蜘蛛死後復仇故事	史傳，志怪
					文中	以時序敘述故事		
				楊氏	開篇	簡介人物	志怪 神賜錢財和治病藥故事	史傳，志怪
					文中	以時序敘述故事		
《甘澤謠》	袁郊	不詳	否	懶殘	文中	以時序敘述故事	志怪 奇僧故事	史傳，志怪
					開篇	簡介人物		
				魏先生	開篇	簡介人物	傳奇 奇人故事	史傳，志怪，駢文，論說文
					文中	以時序敘述故事		

				紅線	開篇	簡介人物	傳奇 俠女故事	史傳,志怪 ,書牘文, 詩
					文中	以時序敘述故事		
				許雲封	開篇	簡介人物	傳奇 笛師故事 ,影射安 史之亂	史傳,志怪 ,論說文, 詩
					文中	以時序敘述故事		
				韋騶	開篇	簡介人物	傳奇 水神故事	史傳,志怪 ,論說文, 志人
					文中	以時序敘述故事		
				秦娥	開篇	簡介人物	傳奇 花妖故事	史傳,志怪
					文中	以時序敘述故事		
				圓觀	開篇	簡介人物	傳奇 投胎轉世 故事	史傳,志怪 ,詩,志人
					文中	以時序敘述故事		
				陶峴	開篇	簡介人物	傳奇 三寶故事	史傳,志怪 ,駢文,詩 歌,志人
					文中	以時序敘述故事		
《陰德傳》	佚名	不詳	不詳	劉弘敬	開篇	簡介人物	志怪 陰德免災 故事	史傳,志怪 ,駢文,論 說文
					文中	以時序敘述故事		
				韋判官	文中	以時序敘述故事	傳奇 失信於冥 司遭禍故 事	史傳,志怪
				達奚盈盈 傳(節文)	開篇	簡介人物	傳奇 聰慧女子 故事	史傳,志人
					文中	以時序敘述故事		
《續仙傳》	裴鉶	不詳	否	元柳二公	開篇	交代故事發生具體 時間,簡介人物	傳奇 遇仙故事	史傳,志怪 ,賦,詩, 志人
					文中	以時序敘述故事		
《傳奇》				崔煒	開篇	交代故事發生具體 時間,簡介人物	傳奇 遇仙故事	史傳,志怪 ,書牘文, 詩,祝文, 公牘文
					文中	以時序敘述故事		
				陶尹二君	文中	以時序敘述故事	傳奇 遇仙故事 ,影射秦 始皇暴政	史傳,志怪 ,駢文, 詩,志人
				許棲巖	開篇	簡介人物	傳奇 遇仙故事	史傳,志怪
					文中	以時序敘述故事		
				裴航	開篇	交代故事發生具體 時間,簡介人物	傳奇 人仙婚戀 故事	史傳,志怪 ,詩,賦
					文中	以時序敘述故事		
				湘媼	開篇	交代故事發生具體 時間,簡介人物	傳奇 仙姑故事	史傳,志 怪,賦
					文中	以時序敘述故事		

				封陟傳	開篇	交代故事發生具體時間和故事人物	傳奇 人仙婚戀故事	史傳，志怪，志人，駢文，賦，詩，判文
					文中	以時序敘述故事		
				薛昭傳	開篇	交代故事發生具體時間和故事人物	傳奇 遇仙故事	史傳，志怪，詩，
					文中	以時序敘述故事		
				金剛仙	開篇	交代故事發生具體時間和故事人物	傳奇 救助蜘蛛精怪故事	史傳，志怪
					文中	以時序敘述故事		
				崑崙奴	開篇	交代故事發生具體時間和簡介故事人物	傳奇 俠客故事	史傳，志怪，志人，詩
					文中	以時序敘述故事		
				聶隱娘	開篇	簡介人物	傳奇 俠女故事	史傳，志怪
					文中	以時序敘述故事		
				周邯	開篇	交代故事發生具體時間和故事人物	傳奇 水精故事	史傳，志怪，論說文
					文中	以時序敘述故事		
				張無頗	文中	以時序敘述故事	傳奇 人神婚戀故事	史傳，志怪，詩
				蕭曠	開篇	由故事發生場景引出故事	傳奇 人神相遇故事	史傳，志怪，詩，賦
					文中	以時序敘述故事		
					文末	交代故事來源		
				曾季衡	文中	以時序敘述故事	傳奇 人鬼戀故事	史傳，志怪，詩
				趙合	開篇	交代故事發生具體時間和故事人物	傳奇 救助鬼故事，影射黨羌之亂	史傳，志怪，詩
				顏濬	開篇	交代故事發生具體時間和故事人物	傳奇 人鬼相遇故事，影射陳後主失政、楊廣暴政	史傳，志怪，駢文，詩
					文中	以時序敘述故事		
				韋自東	開篇	交代故事發生具體時間和故事人物	傳奇 煉製仙丹故事	史傳，志怪，詩
					文中	以時序敘述故事		
				盧涵	開篇	交代故事發生具體時間和故事人物	傳奇 精魅為祟故事	史傳，志怪，詩
					文中	以時序敘述故事		

			陳鸞鳳	開篇	交代故事發生具體時間和故事人物	傳奇與雷神戰鬥故事	史傳，志怪，志人
				文中	以時序敘述故事		
			江叟	開篇	交代故事發生具體時間和故事人物	傳奇樹神指示江叟尋得仙人並成仙故事	史傳，志怪
				文中	以時序敘述故事		
			馬拯	開篇	交代故事發生具體時間和故事人物	傳奇虎變人後食人故事	史傳，志怪，詩
			王居貞	開篇	簡介人物	傳奇人變虎故事	史傳，志怪
				文中	以時序敘述故事		
			寧茵	文中	以時序敘述故事	傳奇遇精魅故事	史傳，志怪，詩
			蔣武	開篇	交代故事發生具體時間和故事人物	傳奇助猩猩除巴蛇故事	史傳，志怪
				文中	以時序敘述故事		
			孫恪	開篇	交代故事發生具體時間和故事人物	傳奇人與猿精婚戀故事	史傳，志怪，賦，詩，駢文，論說文
				文中	以時序敘述故事		
			高昱	開篇	交代故事發生具體時間和故事人物	傳奇魚精故事	史傳，志怪
				文中	以時序敘述故事		
			文簫	開篇	簡介人物	傳奇人神婚戀故事	史傳，志怪，詩，志人，判文
				文中	以時序敘述故事		
			張不疑	開篇	簡介人物	傳奇人與盟器精魅相戀故事	史傳，志怪，詩
				文中	以時序敘述故事		
《仙傳拾遺》			楊通幽	開篇	簡介人物	傳奇道士的神奇法術故事	史傳，志怪，公牘文，論說文
				文中	以時序敘述故事		
《鄭德璘傳》			鄭德璘傳	開篇	交代故事發生具體時間和簡介故事人物	傳奇與水仙為友故事	史傳，志怪，詩，賦
《虬鬚傳》			虬鬚客傳	文中	以時序敘述故事	傳奇俠客故事	史傳，志怪，志人，公牘文，論說文

《傳記》				鄧甲	開篇	交代故事發生具體時間和故事人物	傳奇 道士授予神術除蛇、治療蛇毒故事	史傳，志怪
					文中	以時序敘述故事		
				姚坤	文中	以時序敘述故事	傳奇 狐精報恩故事	史傳，志怪，詩歌
《本事詩》	孟棨	元和、長慶年間	是	窈娘	文中	以時序敘述故事	軼事小說 女子殉情故事	史傳，詩
				韓翊	開篇	簡介人物	傳奇 才子佳人故事	史傳，論說文，公牘文，詩歌
					文中	以時序敘述故事		
					文末	交代故事來源及創作原因		
				崔護	開篇	簡介人物	傳奇 因情而死、因情而復活的故事	史傳，志怪，祝文，論說文
					文中	以時序敘述故事		
				杜牧	開篇	簡介人物	軼事小說 杜牧的詩情和性情	史傳，志人，詩
					文中	以時序敘述故事		
				李逢吉	開篇	簡介人物	軼事小說 奪他人妓故事	史傳，志人，詩
					文中	以時序敘述故事		
				賣餅者妻	文中	以時序敘述故事	軼事小說 前夫與妻子見面故事	史傳，詩，志人
				開元宮人	文中	以時序敘述故事	軼事小說 詩歌傳情故事	史傳，詩，志人
				朱滔軍中士子	文中	以時序敘述故事	軼事小說 夫妻賦詩免軍役故事	史傳，詩，志人
				浙西妓	文中	以時序敘述故事	軼事小說 成人之美故事	史傳，詩，志人
				許渾夢	文中	以時序敘述故事	志怪 小說 夢故事	史傳，志怪
				李白	文中	以時序敘述故事	軼事小說 李白善於賦詩故事	史傳，詩，論說文，志人
				幽州衙將妻	開篇	簡介人物	志怪 鬼母戀子故事	史傳，志怪，詩
					文中	以時序敘述故事		

				駱賓王	文中	以時序敘述故事	逸事小說 駱賓王連 詩故事	史傳，詩，志人
				樂昌公主	文中	以時序敘述故事	軼事小說 破鏡重圓 故事	史傳，詩
	佚名	不詳	不詳	南部煙花錄（隋遺錄）	文中	以時序敘述故事	傳奇 隋煬帝故事	史傳，志怪，詩，公牘文
《異聞集》	佚名	不詳	不詳	華嶽靈姻傳（節文）	文中	以時序敘述故事	傳奇 人神婚戀故事	史傳，志怪
《青瑣高議》	佚名	不詳	不詳	隋煬帝海山記	文中	以時序敘述故事	傳奇 隋煬帝故事	史傳，志怪，公牘文，詞，詩，論說文，志人
	佚名	不詳	不詳	迷樓記	文中	以時序敘述故事	傳奇 隋煬帝故事	史傳，志怪，公牘文，詩，論說文
				開河記	文中	以時序敘述故事	傳奇 隋煬帝故事	史傳，志怪，公牘文，詩，銘文，志人
《松窗錄》	李濬	晚唐	不詳	李白清平調詞	文中	以時序敘述故事	軼事小說 李白的故事	史傳，詞
《開天傳信記》	鄭棨	?-899	是	萬回師	開篇	簡介人物	志怪 奇人故事	史傳，志怪，志人
					文中	以時序敘述故事		
				麴秀才	開篇	簡介人物	志怪 法術故事	史傳，志怪
					文中	以時序敘述故事		
《雲溪友議》	范攄	晚唐	否	苧羅遇	文中	以時序敘述故事	志怪 人神戀故事	史傳，志怪，詩
				南海非	文中	以時序敘述故事	傳奇 才子佳人故事	史傳，詩
				玉簫化	開篇	簡介人物	傳奇 才子佳人故事	史傳，志怪，詩
					文中	以時序敘述故事		
				苗夫人	開篇	簡介人物	傳奇 選婿故事	史傳，志人，論說文，詩
					文中	以時序敘述故事		
				窺衣幃	開篇	簡介人物	傳奇 女婿故事	史傳，志人
					文中	以時序敘述故事		
				魯公明	開篇	簡介人物	軼事小說 斷離婚案故事	史傳，志人，判文，志人
					文中	以時序敘述故事		

				眞詩解	開篇	簡介人物	軼事小說 夫妻分合 故事	史傳，詩， 志人
					文中	以時序敘述故事		
				巫詠難	文中	以時序敘述故事	軼事小說 賦詩逞才 故事	史傳，詩， 賦
				嚴黃門	文中	以時序敘述故事	志怪 嚴黃門怪 事	史傳，志怪 ，詩
				舞娥異	文中	以時序敘述故事	傳奇 舞妓故事	史傳，詩， 志人
				葬書生	開篇	簡介人物	志怪 助鬼改葬 故事	史傳，志怪 ，詩
					文中	以時序敘述故事		
				錢塘論	文中	以時序敘述故事	軼事小說 逞才賦詩 故事	史傳，詩
				辭雍氏	開篇	簡介人物	軼事小說 賦詩逞才 故事	史傳，志 人，詩歌
					文中	以時序敘述故事		
				衡陽道	文中	以時序敘述故事	軼事小說 避禍故事	史傳，志怪 ，志人
				南黔南	文中	以時序敘述故事	軼事小說 才士的坎 坷經歷故 事	史傳，詩， 志人
				祝墳應	文中	以時序敘述故事， 簡介人物	志怪 神人授予 才學故事	史傳，詩
				郭僕奇	開篇	簡介人物	軼事小說 愛好賦詩 奴僕故事	史傳，詩， 志人
					文中	以時序敘述故事		
				艶陽詞	文中	以時序敘述故事	軼事小說 文士娛樂 故事	史傳，詩， 詞
				閨婦歌	文中	以時序敘述故事	軼事小說 張籍故事	史傳，詩
				江客仁	文末	交代故事來源	軼事小說 才學之士 瑣事	史傳，詩
					開篇	簡介人物		
					文中	以時序敘述故事		
《尚書故實》	李綽	不詳	否	張嘉祐	開篇	由公自述故事	志怪 爲鬼改葬 故事	史傳，志怪
					文中	以時序敘述故事		
					文末	交代所建廟宇仍 在，故事眞實可信		
				韋卿材	文中	以時序敘述故事	志怪 神仙異境 故事	史傳，志怪
					開篇	由盧好道，喜言神 仙事，引出故事		

				李約	開篇	由李約與胡商相遇引出故事	志怪 忠義、可靠人故事	史傳，志怪
					文中	以時序敘述故事		
				隱者濟急	文中	以時序敘述故事	志怪 隱者救濟窮困之人故事	史傳，志怪
				李抱眞	文中	以時序敘述故事	軼事小說 巧計從寺廟獲得錢財故事	史傳，志怪
				李勉	開篇	交代故事發生具體時間	軼事小說 忠義、可靠人故事	史傳，志人
					文中	以時序敘述故事		
	陸藏用	不詳	不詳	神告錄	開篇	交代故事發生具體時間	志怪 國運前定故事	史傳，志怪，論說文
					文中	以時序敘述故事		
不詳	佚名	不詳	不詳	冥音錄	開篇	簡介人物	傳奇 鬼教侄女音樂故事	史傳，志怪
					文中	以時序敘述故事		
《三水小牘》	皇甫枚	天祐中人	否	非煙傳	開篇	簡介人物	傳奇 才子佳人故事	史傳，志怪，志人，書牘文，詩歌，論說文
					文中	以時序敘述故事		
					文末	三水人曰議論		
				埋蠱受禍	開篇	由故事發生背景引出故事——饑荒	傳奇 蠱復仇故事	史傳，志怪
					文中	以時序敘述故事		
				王玄沖登華山蓮花峰	文中	以時序敘述故事	志怪 爬山奇遇故事	史傳，志怪，志人
				王知古爲狐招婿	文中	以時序敘述故事	傳奇 狐精故事	史傳，志怪
					文末	三水人曰議論		
				陳璠臨刑賦詩	開篇	簡介人物	傳奇 暴虐人故事	史傳，志怪，志人，詩
					文中	以時序敘述故事		
					文末	三水人曰議論		
				郟城令陸存遇賊偷生李庭妻崔氏罵賊被殺	開篇	簡介人物	軼事小說 迂腐儒生和忠烈女子故事	史傳，志人
					文中	以時序敘述故事		
				夏侯禎黷女靈皇甫枚爲禱乃免	文中	以時序敘述故事	傳奇 神女故事	史傳，志怪，祝文
				殷保晦妻封氏罵賊死	開篇	簡介人物	傳奇 忠烈女子故事	史傳，志怪，志人
					文中	以時序敘述故事		
					文末	三水人曰議論，交代故事來源		

				鄭大王聘嚴郜女爲子婦	開篇	簡介人物	志怪 神人娶生 人爲妻	史傳，志怪 ，志人
					文中	以時序敘述故事		
				侯元違神之戒兵敗見殺	文末	交代故事來源	傳奇 濫用神人 授予法術 致禍故事	史傳，志怪 ，詩
					開篇	簡介人物		
					文中	交代故事發生具體時間		
				魚玄機笞斃綠翹致戮	開篇	簡介人物	傳奇 鬼復仇故事	史傳，志怪 ，詩歌，祝 文，論說文
					文中	交代故事發生具體時間		
				溫京兆	開篇	簡介人物	傳奇 酷吏遭報 故事	史傳，志怪 ，志人
					文中	以時序敘述故事		
				王表	開篇	簡介人物	傳奇 鬼向酷吏 復仇故事	史傳，志怪 ，志人，論 說文
					文中	以時序敘述故事		
					文末	三水人曰議論		
				卻要	開篇	簡介人物	傳奇 聰慧女子 故事	史傳，志人
					文中	以時序敘述故事		
					文末	交代寫作緣由		
				玉匣記	文中	以時序敘述故事	志怪 石讖故事	史傳，志怪 ，銘文，論 說文
				韓文公從大聖討讎	文中	以時序敘述故事	志怪 死前異兆 故事	史傳，志怪
				元積烹鯉魚得鏡	文中	以時序敘述故事	志怪 奇鏡故事	史傳，志怪
					文末	交代故事來源		
				永福湖水變血	文中	以時序敘述故事	志怪 天象異常 預示災難 故事	史傳，志怪
				冠蓋山獲古銅斗	文中	以時序敘述故事	志怪 讖語故事	史傳，志怪
				白角櫛之異	文末	交代寫作原因	志怪 遇奇物故 事	史傳，志怪
					文中	以時序敘述故事		
				韋玭馬禍	開篇	簡介人物	志怪 因馬得禍 故事	史傳，志怪
					文中	以時序敘述故事		
				衛慶耕田得大珠	開篇	簡介人物	志怪 寶珠使之 致富故事	史傳，志怪
					文中	以時序敘述故事		
				董漢勛謔陣沒同僚	開篇	簡介人物	逸事小說 勇士爲國 捐軀故事	史傳，志怪
					文中	以時序敘述故事		

				趙將軍凶宅	文中	以時序敘述故事	志怪 凶宅故事	史傳,志怪
				黑水將軍靈異	文中	以時序敘述故事	志怪 神靈護祐故事	史傳,志怪
				李約遇老父求負	文中	以時序敘述故事	志怪 遇壞棺木精魅故事	史傳,志怪
				張謀孫鑿池犯太歲	開篇	簡介人物	志怪 犯太歲而亡故事	史傳,志怪,志人
					文中	以時序敘述故事		
				從諫	文中	以時序敘述故事	志怪 信佛故事	史傳,志怪
					開篇	簡介人物		
				宋柔	文中	以時序敘述故事	志怪 鬼復仇故事,影射黃巾起義	史傳,志怪
				李龜壽	文中	以時序敘述故事	軼事小說 俠士故事	史傳,志怪,祝文,志人
					文末	三水人議論		
				皮日休	文中	交代故事發生具體時間,簡介人物,交代寫作原因	軼事小說 才子不拘禮法故事	史傳,志人
					文末	三水曰議論		
					開篇	簡介人物		
				桂林韓生	文中	以時序敘述故事	志怪 法術故事	史傳,志怪
					開篇	簡介人物		
《異聞集》及《廣異記》	陳翰	唐末	否	僕僕先生	開篇	簡介人物	傳奇 神仙故事	史傳,志怪,祝文
					文中	以時序敘述故事		
				王生	文中	簡介人物	傳奇 除奸臣故事	史傳
					文中	以時序敘述故事		
				賈籠	文中	以時序敘述故事	傳奇 先知故事	史傳,志怪,公牘文
				神異記（節文）	文中	文中多處交代故事與歷史史書記載相符合	志怪 冥吏抓人審問故事	史傳,志怪
					開篇	由夢引出故事		
				漕店人	文中	以時敘述時事	志怪 亡人索要錢財故事	史傳,志怪
				櫻桃青衣	文中	以時序敘述故事	傳奇 人鬼婚戀故事	史傳,志怪

《異聞錄》				獨孤穆	文中	以時序敘述故事	傳奇 人鬼相遇 故事，影 射隋朝戰 亂和滅亡	史傳，志怪 ，詩
					文中	倒敘與故事相關內容		
				解襆人	文中	以時序敘述故事	志怪 冥吏故事	史傳，志怪
				雍州人	文中	以時序敘述故事	志怪 殺怪獲罪 故事	史傳，志怪
《抒情詩》	盧瓌	不詳	不詳	李翱女	文中	以時序敘述故事	軼事小說 女子識佳 婿故事	史傳，詩
				李蔚	文中	以時序敘述故事	軼事小說 孫處士爲 船工開脫 罪責故事	史傳，詞， 詩
				李進周	文中	以時序敘述故事	志怪 讖語故事	史傳，志怪 ，詩
				薛宜僚	開篇	簡介人物	志怪 情緣相感 而亡故事	史傳，志怪 ，詩
					文中	以時序敘述故事		
				韋檢	文中	以時序敘述故事	志怪 才子佳人 故事	史傳，志怪 ，詩
	佚名	不詳	不詳	雙女墳記 （節文）	開篇	簡介人物	志怪 憑弔亡女 ，女現身 故事	史傳，志怪
					文中	以時序敘述故事		
《神仙感遇傳》	杜光庭	850-933	否	王杲	開篇	簡介人物	志怪 金人求人 建築寺廟 故事	史傳，志怪
					文中	以時序敘述故事		
				葉遷韶	開篇	簡介人物	志怪 救雷公得 助故事	史傳，志怪
					文中	以時序敘述故事		
				车羽賓	開篇	簡介人物	志怪 救助神仙 ，神仙授 予生髮藥 故事	史傳，志怪
					文中	以時序敘述故事		
				王從玘	開篇	簡介人物	志怪 老叟助王 免災故事	史傳，志怪
					文中	以時序敘述故事		
				宋文才	開篇	簡介人物	志怪 神仙異境 故事	史傳，志怪 ，詩
					文中	以時序敘述故事		
				王可交	開篇	簡介人物	志怪 有仙骨成 仙故事	史傳，志怪 ，公牘文
					文中	以時序敘述故事		

					邵圖	開篇	簡介人物	志怪 成仙故事	史傳，志怪
						文中	以時序敘述故事		
					金庭客	開篇	簡介人物	志怪 誤入神仙 異境故事	史傳，志怪
						文中	以時序敘述故事		
					費玄眞	開篇	簡介人物	志怪 奇僧故事	史傳，志怪 ，詩
						文中	以時序敘述故事		
					白椿夫	開篇	簡介人物	志怪 道士行善 成仙故事	史傳，志怪 ，詩
						文中	以時序敘述故事		
					曹橋潘尊師	開篇	簡介人物	志怪 神仙授予 奇術助其 成仙故事	史傳，志怪 ，論說文
						文中	以時序敘述故事		
					王子芝	開篇	簡介人物	志怪 神仙法術 故事	史傳，志怪
						文中	以時序敘述故事		
					謝璠	開篇	簡介人物	志怪 遇仙授予 法術救助 世人故事	史傳，志怪
						文中	以時序敘述故事		
					梓州牛頭寺僧	文中	以時序敘述故事	傳奇 煉金術故 事	史傳，志怪
					仁公瑾	開篇	簡介人物	志怪 煉金術致 禍故事	史傳，志怪
						文中	以時序敘述故事		
					崔希眞	開篇	簡介人物	志怪 遇仙故事	史傳，志怪
						文中	以時序敘述故事		
					吳淡醋	開篇	簡介人物	志怪 神仙助人 故事	史傳，志怪
						文中	以時序敘述故事		
					楊大夫	開篇	簡介人物	傳奇 死而復生 故事	史傳，志怪
						文中	以時序敘述故事		
							倒敘人物冥間經歷		
					薛逢	開篇	簡介人物	傳奇 神仙異境 故事	史傳，志怪
						文中	以時序敘述故事		
						文末	根據《地理志》推 究地理形成原因		
					僧悟玄	開篇	簡介人物	傳奇 神仙助人 進入神仙 異境故事	史傳，志怪
						文中	以時序敘述故事		
					費冠卿	開篇	簡介人物	傳奇 遇仙故事	史傳，志怪
						文中	以時序敘述故事		

				吳善經	文中	以時序敘述故事	志怪 遇仙故事	史傳，志怪
				楊晦之	文中	以時序敘述故事	志怪 遇仙故事	史傳，志怪
				文廣通	開篇	簡介人物	志怪 遇仙故事	史傳，志怪
					文中	以時序敘述故事		
				韓滉	文中	以時序敘述故事	志怪 遇仙故事	史傳，志怪 ，詩
				韋弇	開篇	簡介人物	傳奇 遇仙故事	史傳，志怪
					文中	以時序敘述故事		
				于濤	開篇	簡介人物	志怪 遇仙故事	史傳，志怪 ，志人
					文中	以時序敘述故事		
				維揚十友	開篇	簡介人物	傳奇 不食人參 而錯過成 仙故事	史傳，志怪
					文中	以時序敘述故事		
				張鎬妻	開篇	簡介人物	傳奇 人仙婚戀 故事	史傳，志怪
					文中	以時序敘述故事		
				張士平	開篇	簡介人物	志怪 神仙治病 故事	史傳，志怪
					文中	以時序敘述故事		
				釋玄照	開篇	簡介人物	傳奇 孫思邈助 世人抓精 怪故事	史傳，志怪
					文中	以時序敘述故事		
				吉宗老	開篇	簡介人物	志怪 奇道士故 事	史傳，志怪
					文中	以時序敘述故事		
				王叡	開篇	簡介人物	志怪 奇道士故 事	史傳，志怪 ，詩
					文中	以時序敘述故事		
				令狐絢	開篇	簡介人物	志怪 奇道士故 事	史傳，志怪
					文中	以時序敘述故事		
					文末	交代記載故事的作 者		
				楊初	開篇	簡介人物	志怪 得仙藥成 仙故事	史傳，志怪
					文中	以時序敘述故事		
					文末	交代故事來源		
				豐尊師	開篇	簡介人物	志怪 奇道士故 事	史傳，志怪
					文中	以時序敘述故事		
				劉景	開篇	簡介人物	志怪 入仙境故 事	史傳，志怪 ，詩
					文中	以時序敘述故事		

				陳簡	開篇	簡介人物	志怪 遇道士授予丹藥故事	史傳，志怪，公牘文
					文中	以時序敘述故事		
				相國盧鈞	開篇	簡介人物	志怪 道士相救故事	史傳，志怪
					文中	以時序敘述故事		
				薛長官	開篇	簡介人物	志怪 學道故事	史傳，志怪
					文中	以時序敘述故事		
				東明油客	開篇	簡介人物	志怪 油客煉金故事	史傳，志怪
					文中	以時序敘述故事		
				王璘	開篇	簡介人物	志怪 遇精魅故事	史傳，志怪，志人
					文中	以時序敘述故事		
				越僧懷一	文中	以時序敘述故事	志怪 跟隨仙人學道故事	史傳，志怪，詩
				杜晦	文中	以時序敘述故事	志怪 道士丹藥救助病人故事	史傳，志怪
				蜀民	文中	以時序敘述故事	志怪 世外桃源故事	史傳，志怪
				康知晦	開篇	簡介人物	志怪 道士助康成仙故事	史傳，志怪
					文中	以時序敘述故事		
				道士王纂	開篇	簡介人物	志怪 神仙讓道士救助天下百姓故事	史傳，志怪
					文中	以時序敘述故事		
				二十七仙	文中	以時序敘述故事	志怪 神仙洞窟故事	史傳，志怪
					文末	交代另有作者寫贊序記載此事		
				楊伯醜	開篇	簡介人物	志怪 奇道士故事	史傳，志怪
					文中	以時序敘述故事		
				張殖	開篇	簡介人物	志怪 法術故事	史傳，志怪
					文中	以時序敘述故事		
				唐若山	開篇	簡介人物	傳奇 道士授煉金術度其成仙故事	史傳，志怪，公牘文
					文中	以時序敘述故事		
				劉白雲	開篇	簡介人物	志怪 神仙故事	史傳，志怪
					文中	以時序敘述故事		

				翟前祐	開篇	簡介人物	志怪 神仙平險灘故事	史傳，志怪
					文中	以時序敘述故事		
				成眞人	開篇	簡介人物	志怪 神仙故事，影射安史之亂	史傳，志怪，詩
					文中	以時序敘述故事		
				陳復休	開篇	簡介人物	志怪 神仙故事	史傳，志怪，詩
					文中	以時序敘述故事		
				今母元君（西王母傳）	開篇	簡介人物	傳奇 西王母、漢武帝故事	史傳，志怪，論說文，詩
					文中	以時序敘述故事		
					文末	簡要摘錄有關西王母的故事		
《墉城集仙錄》				雲華夫人	開篇	簡介人物	傳奇 神仙故事	史傳，志怪，駢文，論說文
					文中	以時序敘述故事		
				嬰母	開篇	簡介人物	志怪 孝順使之成仙故事	史傳，志怪，論說文
					文中	以時序敘述故事		
				九天玄女	開篇	簡介人物	志怪 助皇帝成仙故事	史傳，志怪
					文中	以時序敘述故事		
				王氏	開篇	簡介人物	志怪 成仙故事	史傳，志怪
					文中	以時序敘述故事		
					文末	交代要爲天師立傳		
				徐仙姑	開篇	簡介人物	志怪 神仙故事	史傳，志怪
					文中	以時序敘述故事		
				緱仙姑	文中	交代故事發生具體時間	志怪 神仙故事	史傳，志怪
					開篇	簡介人物		
				黃觀福	開篇	簡介人物	志怪 謫仙返迴天庭故事	史傳，志怪
					文中	以時序敘述故事		
				王奉仙	開篇	簡介人物	志怪 神仙故事	史傳，志怪，論說文
					文中	以時序敘述故事		
				薛玄同	開篇	簡介人物	傳奇 神仙故事	史傳，志怪，公牘文
					文中	以時序敘述故事		
				魏夫人	開篇	簡介人物	志怪 神仙故事	史傳，志怪，祝文，駢文，詩，論說文
					文中	以時序敘述故事		
				邊洞玄	開篇	簡介人物	傳奇 神仙幫助人成仙故事	史傳，志怪，志人，論說文
					文中	以時序敘述故事		

				楊正見	文末	交代故事來源及作者	志怪 成仙故事	史傳，志怪 ，志人
					開篇	簡介人物		
					文中	以時序敘述故事		
				謝自然	開篇	簡介人物	志怪 神仙幫助人成仙故事	史傳，志怪
					文中	以時序敘述故事		
《仙傳拾遺》				王妙想	開篇	簡介人物	志怪 神仙故事	史傳，志怪 ，論說文
					文中	以時序敘述故事		
				驪山姥	開篇	簡介人物	志怪 神仙故事	史傳，志怪 ，論說文
					文中	以時序敘述故事		
				萬寶常	開篇	簡介人物	傳奇 神仙授予萬寶常音樂才能後助其成仙故事，影射隋朝滅亡	史傳，志怪
					文中	以時序敘述故事		
				薛肇	開篇	簡介人物	傳奇 成仙故事	史傳，志怪 ，詩
					文中	以時序敘述故事		
				馬周	開篇	簡介人物	傳奇 神仙幫助脫厄故事	史傳，志怪
					文中	以時序敘述故事		
					文末	國史已有記載，此書已詳細記載		
				司命君	開篇	簡介人物	傳奇 遇仙故事	史傳，志怪
					文中	以時序敘述故事		
				凡八兄	開篇	簡介人物	傳奇 神仙故事	史傳，志怪
					文中	以時序敘述故事		
				許老翁	開篇	簡介人物	傳奇 神仙故事	史傳，志怪
					文中	以時序敘述故事		
				馮大亮	開篇	簡介人物	志怪 神仙助人故事	史傳，志怪
					文中	以時序敘述故事，人物表達了要求垂名國史的願望		
				陽平謫仙	開篇	簡介人物	傳奇 謫仙故事	史傳，志怪 ，志人
					文中	以時序敘述故事		
				穆將符	開篇	簡介人物	志怪 隱仙故事	史傳，志怪 ，志人
					文中	以時序敘述故事		
				王太虛	開篇	簡介人物	志怪 神仙助人成仙故事	史傳，志怪
					文中	以時序敘述故事		

					李球	開篇	簡介人物	志怪 神仙洞窟 故事	史傳,志怪
						文中	以時序敘述故事		
					陳惠虛	開篇	簡介人物	志怪 神仙故事	史傳,志怪 ,詩
						文中	以時序敘述故事		
					韓愈外甥	開篇	簡介人物	傳奇 奇人故事	史傳,志怪 ,志人,詩
						文中	以時序敘述故事		
					韋蒙妻	開篇	簡介人物	志怪 成仙故事	史傳,志怪
						文中	以時序敘述故事		
						文中	轉述許氏講述故事		
					張定	文末	交代故事發生具體 時間	志怪 神仙授予 法術成仙 故事	史傳,志怪
						開篇	簡介人物		
						文中	以時序敘述故事		
					九天使者	文中	交代故事發生具體 時間	志怪 神人授意 玄宗建寺 廟故事	史傳,志怪
						文中	交代故事發生具體 時間		
					任三郎	文中	以時序敘述故事	志怪 神算子故 事	史傳,志怪
					黃齊	開篇	簡介人物	志怪 神仙故事	史傳,志怪
						文中	以時序敘述故事		
					胡氏子	開篇	簡介人物	志怪 胡商與寶 珠故事	史傳,志怪
						文中	以時序敘述故事		
					巴川崔令	開篇	簡介人物	志怪 精魅故事	史傳,志怪
《錄異記》					李生	開篇	簡介人物	志怪 奇人故事	史傳,志怪
						文中	以時序敘述故事		
						文中	插敘與故事情節相 關內容		
					進士崔生	開篇	簡介人物	傳奇 遇神故事	史傳,志怪
						文中	以時序敘述故事		
《闕史》	高彥休	854-?	是		丁約劍解	文中	以時序敘述故事	傳奇 得道人相 助修煉成 仙故事	史傳,志怪 ,論說文
						開篇	交代故事發生具體 時間		
						文末	參寥子曰		
					滎陽公大 度	開篇	簡介人物	軼事小說 清儉之人 故事	史傳,論說 文,志人
						文中	以時序敘述故事		
					裴丞相古 器	開篇	簡介人物	軼事小說 向古好奇 人故事	史傳,志人
						文中	以時序敘述故事		
					杜紫薇牧 湖州	開篇	簡介人物	傳奇 才子佳人 故事	史傳,志人 ,詩
						文中	以時序敘述故事		

				秦中子得先人書	開篇	簡介人物	志怪法術故事	史傳,志怪,論說文
					文中	以時序敘述故事		
					文末	參寥子曰		
				趙江陰政事	文中	以時序敘述故事	傳奇斷案雪冤故事	史傳,志怪
					文末	參寥子曰		
				崔尚書雪冤獄	開篇	簡介人物	傳奇斷案雪冤故事	史傳,志怪
					文中	以時序敘述故事		
				王居士神丹	開篇	簡介人物	志怪丹藥救助人故事	史傳,志怪,志人
					文中	以時序敘述故事		
					文末	參寥子曰		
				韋進士見亡妓	開篇	簡介人物	傳奇人鬼婚戀故事	史傳,志怪,詩
					文中	以時序敘述故事		
					文末	參寥子曰		
				滄州釣飛詔	開篇	交代故事發生具體時間,簡介人物	志怪祭祀撈回詔書故事	史傳,志怪,論說文
					文末	議者曰結束		
				李文公夜醮	開篇	簡介人物	志怪不信鬼神遭懲罰故事	史傳,志怪,論說文
					文中	以時序敘述故事		
				齊將軍義犬	開篇	簡介人物	志怪義犬故事	史傳,志人
					文末	參寥子曰結束全篇		
				鄭少尹及第	開篇	簡介人物	志怪神算子故事	史傳,志人
					文中	以時序敘述故事		
					文末	交代故事來源		
				李可及戲三教	文中	轉述故事人物講述故事	軼事小說戲謔人故	史傳,志人,論說文
					文末	交代寫作緣由,議論		
					開篇	由優孟故事引出全篇		
				薛氏子爲左道所誤	開篇	簡介人物	軼事小說假冒法術騙取錢財故事	史傳,志人
					文中	以時序敘述故事		
					文末	參寥子曰		
《劇談錄》	康駢	不詳	是	王鮪活崔相國公歌妓	開篇	簡介人物	傳奇神人授以法術救人復活故事	史傳,志怪
					文中	以時序敘述故事		
					文中	倒敘人物死後經歷		
				潘將軍失珠	文中	以時序敘述故事	傳奇俠客故事	史傳,志怪
					文末	交代故事眞實可信		
				續坤驦馬	文中	以時序敘述故事	傳奇奇馬故事	史傳,志怪,論說文

				袁相雪換金縣令	開篇	交代故事發生具體時間	傳奇 斷案雪冤故事	史傳,志怪,論說文
					文中	以時序敘述故事		
				狄惟謙請雨	開篇	交代故事發生具體時間	傳奇 殺雨師請雨故事	史傳,志怪,公牘文
					文中	以時序敘述故事		
				田膨郎偷玉枕	開篇	由玉枕爲寶物引出故事	傳奇 俠士故事	史傳,志怪
					文中	以時序敘述故事		
				慈恩寺牡丹	文中	以時序敘述故事	傳奇 盜牡丹故事	史傳,志人
					開篇	由賞牡丹引出故事		
				張季宏逢惡新婦	開篇	交代故事發生具體時間	傳奇 身有絕技的媳婦故事	史傳,志人
					文中	以時序敘述故事		
				玉蕊院眞人降	開篇	由奇花引出故事	傳奇 花仙故事	史傳,志怪,詩,判文
					文中	以時序敘述故事		
				崔道樞食井魚	開篇	由舉進士不順引出故事	傳奇 殺雨龍受罰故事	史傳,志怪
					文中	以時序敘述故事		
				洛中豪士	文中	以時序敘述故事	傳奇 奢侈之人淪落的故事	史傳,志人,論說文
					開篇	交代故事發生具體時間		
				嚴史君遇終南隱者	開篇	交代故事發生具體時間	傳奇 迷途入仙境故事,影射安史之亂	史傳,志怪,詩
					文中	以時序敘述故事		
				李鄩侯救竇庭芝	開篇	交代故事發生具體時間	軼事小說 救助竇庭芝故事	史傳,志人
				龍待詔相笏	開篇	交代故事發生具體時間	傳奇 神算子故事	史傳,志怪
					文中	以時序敘述故事		
				郭尋見窮鬼	文中	以時序敘述故事	志怪 窮鬼窮命的故事	史傳,志怪,志人
				裴晉公天津橋遇老人	文中	以時序敘述故事	志怪 神算子故事	史傳,志怪,公牘文
				道流相夏侯譙公	文中	以時序敘述故事	志怪 神算子故事	史傳,志怪
				管萬敵遇壯士	開篇	交代故事發生具體時間	志怪 鬥力故事	史傳,志怪
					文中	以時序敘述故事		

				李生見神物遺酒	開篇	交代故事發生具體時間	志怪 神逼人飲酒故事	史傳，志怪，志人
					文中	以時序敘述故事		
					文末	交代故事來源真實可信		
				說方士	文中	以時序敘述故事	志怪 道士故事	史傳，志怪
					開篇	由武帝好神仙之術引出故事		
				廣謫仙怨詞	開篇	由動亂背景引出故事	軼事小說 賦詞感慨國事，影射安史之亂	史傳，詞，志人
					文中	以時序敘述故事		
				元相國謁李賀	文中	按時間敘述故事	軼事小說 李賀故事	史傳，志人
					開篇	交代故事發生具體時間		
				劉平兒見安祿山魑魅	文中	以時序敘述故事	志怪 動亂前的異兆，影射安史之亂	史傳，志怪
《南楚新聞》	尉遲樞	不詳	不詳	秦匡謀	文中	以時序敘述故事	志怪 誤殺將士遭報故事	史傳，志怪，論說文
				王使君	開篇	簡介人物	軼事小說 誤冒籍故事	史傳，志人
					文中	以時序敘述故事		
				關圖妹	開篇	簡介人物	傳奇 才子佳人婚戀故事	史傳，詩
					文中	以時序敘述故事		
				段成式	開篇	簡介人物	志怪 不知名書信故事	史傳，志怪，書牘文
					文中	以時序敘述故事		
				郭使君	開篇	簡介人物	傳奇 少年戰亂淪落的故事，影射黃巢起義和唐末政局混亂	史傳，志人
					文中	以時序敘述故事		
				李德權	文中	交代故事發生時間	傳奇 權傾一時的官員淪落故事，影射陳敬瑄干預國政	史傳，志人
					開篇	簡介人物		

	李繁	不詳	不詳	鄴侯外傳	文中	簡介人物	傳奇 鄴侯故事，影射唐末政局	史傳，志怪，志人，論說文，詩
					文中	以時序敘述故事		
						文中初領起，倒敘人物經歷		
					文末	鄴侯故事在國史中已有記載		
《北夢瑣言》	孫光憲	唐末	否	劉道濟幽窗夢（節文）	開篇	交代故事發生時間	傳奇 夢故事	史傳，志怪
					文中	以時序敘述故事		
				劉山甫題天王（節文）	開篇	簡介人物	志怪 題詩得罪神靈故事	史傳，志怪，詩
					文中	以時序敘述故事		
				白蓮女惑蘇昌遠（節文）	開篇	交代故事發生時間	志怪 蓮花精故事	史傳，志怪，論說文
				柳鵬舉誘五弦姡（節文）	開篇	交代故事發生時間	志怪 才子佳人故事	史傳，志怪
				雲芳子魂事李茵（節文）	開篇	交代故事發生時間	志怪 人鬼戀故事	史傳，志怪
				窊靈祟（節文）	開篇	交代故事發生時間	志怪 人妖戀故事	史傳，志怪
				高燕公神筆（節文）	開篇	交代故事發生時間，簡介人物	志怪 除妖故事	史傳，志怪
				李氏女（節文）	開篇	交代故事發生時間	軼事小說 戰亂中女子憑藉智慧保身故事，影射黃巢起義	史傳，論說文，志人
				張翱輕傲（節文）	開篇	交代故事發生時間	軼事小說 恃才得禍故事	史傳，志人，公牘文
				張璟爲靈廟草奏（節文）	文中	以時序敘述故事	志怪 爲廟神寫奏章故事	史傳，志怪
				張建章傳（節文）	文中	以時序敘述故事	傳奇 遇仙故事	史傳，志怪
《聞奇錄》	不詳	不詳	不詳	蘇檢	文中	以時序敘述故事	傳奇 夢故事	史傳，志怪，詩
				畫工	文中	以時序敘述故事	傳奇 人仙婚戀故事	史傳，志怪
《原化記》	皇甫氏	不詳	否	馮俊	開篇	交代故事發生時間和簡介人物	傳奇 神仙洞窟故事	史傳，志怪
					文中	以時序敘述故事		

				採藥民	開篇	交代故事發生時間和簡介人物	傳奇 神仙洞窟故事	史傳,志怪
					文中	以時序敘述故事		
				李衙公	開篇	簡介人物	志怪 得神仙相助治病故事	史傳,志怪
					文中	以時序敘述故事		
				裴氏子	文中	以時序敘述故事	傳奇 神仙救助行善之人並幫助其成仙故事,影射安史之亂	史傳,志怪
					文末	講述故事來源		
					開篇	交代故事發生時間		
				柏葉仙人	開篇	簡介人物	傳奇 成仙故事	史傳,志怪
					文中	以時序敘述故事		
				拓跋大郎	開篇	交代故事發生時間	傳奇 輕視神仙遭罰故事	史傳,志怪,志人
						簡介人物		
				崔希真	文中	以時序敘述故事	傳奇 與神仙交往故事	史傳,志怪
				李山人	開篇	交代故事發生時間	志怪 與道士交往故事	史傳,志怪
					文中	以時序敘述故事		
				薛尊師	開篇	簡介人物	傳奇 求仙學道故事,影射唐玄宗喜愛道術	史傳,志怪
					文中	以時序敘述故事		
				賀知章	文中	以時序敘述故事	志怪 學道故事	史傳,志怪,論說文
				王卿	開篇	交代故事發生時間,簡介人物	傳奇 學道故事	史傳,志怪
					文中	以時序敘述故事		
				張山人	開篇	由人物被貶引出故事	傳奇 道士幫助脫厄故事	史傳,志怪
					文中	以時序敘述故事		
				陸生	開篇	交代故事發生時間	傳奇 道士故事	史傳,志怪,詩
					文中	以時序敘述故事		
				胡蘆生	文中	以時序敘述故事	傳奇 先知故事	史傳,志怪
				吳堪	開篇	簡介人物	傳奇 螺精故事	史傳,志怪
					文中	以時序敘述故事		
				華嚴和尚	開篇 文中	簡介人物 以時序敘述故事	傳奇 和尚死後變蛇復仇故事	史傳,志怪

				相衞間僧	開篇	簡介人物	志怪 得奇僧助 後善於講 經故事	史傳，志怪
					文中	以時序敘述故事		
				崔尉子	開篇	交代故事發生時間	傳奇 爲父復仇 故事	史傳，志怪
						簡介人物		
					文中	以時序敘述故事		
				王叟	文中	以時序敘述故事	傳奇 吝嗇夫妻 故事	史傳，志怪 ，志人
				嘉興繩技	開篇	交代故事發生時間	傳奇 奇人繩技 高超故事	史傳，志怪
					文中	以時序敘述故事		
				車中女子	文中	以時序敘述故事	傳奇 奇術故事	史傳，志人
				崔愼思	文中	以時序敘述故事	傳奇 俠女故事	史傳，志人
				義俠	文中	以時序敘述故事	傳奇 俠士故事	史傳，志人
				李老	開篇	交代故事發生時間	傳奇 先知故事	史傳，志怪
					文中	以時序敘述故事		
				周邯	文中	以時序敘述故事	傳奇 水精故事	史傳，志怪
				張仲殷	開篇	簡介人物	傳奇 神射手故事	史傳，志怪
					文中	以時序敘述故事		
				畫琵琶	文中	以時序敘述故事	傳奇 書生畫琵琶故事	史傳，志怪
				劉氏子妻	開篇	簡介人物	傳奇 意外得妻故事	史傳，志怪，志人
					文中	以時序敘述故事		
				鬻餅胡	文中	以時序敘述故事	傳奇 寶珠與胡商故事	史傳，志人
				魏生	開篇	簡介人物	傳奇 胡商故事	史傳，志怪
					文中	以時序敘述故事		
				京洛士人	開篇	簡介人物	傳奇 樹神與木工故事	史傳，志怪
					文中	以時序敘述故事		
				韋氏	開篇	簡介人物	傳奇 迷途遇龍故事	史傳，志怪
					文中	以時序敘述故事		
				張老	文中	以時序敘述故事	傳奇 龍故事	史傳，志怪，志人
				天寶選人	開篇	交代故事發生時間	傳奇 虎故事	史傳，志怪
					文中	以時序敘述故事		

				中朝子	開篇	簡介人物	傳奇 虎媒故事	史傳，志怪
					文中	以時序敘述故事		
				南陽士人	文中	以時序敘述故事	傳奇 人變虎故事	史傳，志怪
				張俊	開篇	簡介人物	傳奇 殺虎故事	史傳
					文中	以時序敘述故事		
				潯陽獵人	開篇	簡介人物	志怪 殺虎故事	史傳，志怪
					文中	以時序敘述故事		
				柳幷	文中	以時序敘述故事	傳奇 人化虎故事	史傳，志怪
				嵩山客	開篇	交代故事發生時間和簡介人物	傳奇 殺龍遭災故事	史傳，志怪
					文中	以時序敘述故事		
				京都儒生	文中	以時序敘述故事	傳奇 膽小人故事	史傳，志怪，志人
				蕭穎士	文中	以時序敘述故事	志怪 奇翁故事	史傳，志怪
				鄭冊	開篇	簡介人物	志怪 成仙故事	史傳，志怪
					文中	以時序敘述故事		
				潘老人	開篇	簡介人物	志怪 奇翁故事	史傳，志怪
					文中	以時序敘述故事		
				漁人	文中	以時序敘述故事	志怪 奇鏡故事	史傳，志怪
					開篇	由故事發生地引出故事		
				西市人	文中	以時序敘述故事	志怪 冥吏誤抓生人故事	史傳，志怪
					開篇	交代故事發生具體時間		
				楚州人	文中	以時序敘述故事	志怪 冥吏娶生人妻故事	史傳，志怪
				房集	開篇	交代故事發生具體時間	志怪 災難前的異兆故事	史傳，志怪
				韋滂	開篇	交代故事發生具體時間	志怪 除鬼故事	史傳，志怪
					文中	以時序敘述故事		
				華亭堰典	開篇	交代故事發生具體時間	志怪 做錯事遭天譴故事	史傳，志怪，論說文，銘文
					文中	以時序敘述故事		
				守船者	開篇	由故事發生地引出故事	志怪 胡人與寶珠故事	史傳，志怪
					文中	以時序敘述故事		

				李奴	文中	以時序敘述故事	志怪 虎故事	史傳，志怪
					開篇	簡介人物		
				戴文	文中	以時序敘述故事	志怪 貪婪之人死後變爲牛償還罪孽	史傳，志怪，志人
					開篇	交代故事發生具體時間		
				韓晞	文中	以時序敘述故事	志怪 馬救主人故事	史傳，志怪
				江東客馬	文中	以時序敘述故事	志怪 馬故事	史傳，志怪
				章華	文中	以時序敘述故事	志怪 狗救主故事	史傳，志怪
				衛中丞姊	文中	以時序敘述故事	志怪 蛇故事	史傳，志怪，志人
				相魏貧民	文中	以時序敘述故事	志怪 果報故事	史傳，志怪
				何諷	開篇 文中	交代故事發生具體時間 以時序敘述故事	志怪 錯失成仙機緣故事	史傳，志怪
《續仙傳》	沈汾	唐末五代人	否	玄眞子	開篇	簡介人物	傳奇 成仙故事	史傳，志怪，詞
					文中	以時序敘述故事		
				藍采和	文末	交代故事眞實可信	傳奇 神仙故事	史傳，志怪，詞
					開篇	簡介人物		
					文中	以時序敘述故事		
				朱儒子	開篇	簡介人物和童子峰來歷，有傳說痕迹	志怪 成仙故事	史傳，志怪
					文中	以時序敘述故事		
				宜君王老	開篇	簡介人物，升仙莊的來歷，有傳說痕迹	傳奇 成仙故事	史傳，志怪
					文中	以時序敘述故事		
				馬自然	開篇	簡介人物	傳奇 神仙故事	史傳，志怪，志人，詩
					文中	以時序敘述故事		
				許碏	開篇	簡介人物	傳奇 神仙故事	史傳，志怪，詩
					文中	以時序敘述故事		
				宋玄白	開篇	簡介人物	傳奇 神仙故事	史傳，志怪，志人
					文中	以時序敘述故事		
				酆去奢	開篇	簡介人物，有傳說痕迹	傳奇 神仙故事	史傳，志怪
					文中	以時序敘述故事		

				裴玄靜	開篇	簡介人物	傳奇 成仙故事	史傳，志怪
					文中	以時序敘述故事		
				戚逍遙	開篇	簡介人物	傳奇 成仙故事	史傳，志怪 ，詩
					文中	以時序敘述故事		
				許宣平	開篇	簡介人物	傳奇 神仙故事	史傳，志怪 ，詩
					文中	以時序敘述故事		
				劉商	開篇	簡介人物	傳奇 成仙故事	史傳，志怪 ，駢文，詩
					文中	以時序敘述故事		
				劉晤	開篇	簡介人物	志怪 成仙故事	史傳，志怪
					文中	以時序敘述故事		
				李珏	開篇	簡介人物	傳奇 成仙故事	史傳，志怪 ，詩，志人
					文中	以時序敘述故事		
				王可交	開篇	簡介人物	傳奇 成仙故事	史傳，志怪
					文中	以時序敘述故事		
				司馬承禎	開篇	簡介人物	傳奇 神仙故事 ，影射走 終南捷徑 之徒	史傳，志怪 ，論說文， 志人
					文中	以時序敘述故事		
				聶師道	開篇	簡介人物	傳奇 成仙故事	史傳，志怪 ，志人，祝 文，公牘文
					文中	以時序敘述故事		
				殷文祥	開篇	簡介人物	傳奇 神仙故事 ，影射薛 朗、劉浩 之亂	史傳，志怪 ，詩
					文中	以時序敘述故事		
				杜昇	開篇	簡介人物	志怪 神仙故事	史傳，志怪 ，志人
					文中	以時序敘述故事		
				羊愔	開篇	簡介人物， 倒敘人物經歷	傳奇 成仙故事	史傳，志怪 ，志人，詩
					文中	以時序敘述故事		
				李元	開篇	簡介人物	志怪 神仙故事	史傳，志怪
					文中	以時序敘述故事		
				賣藥翁	開篇	簡介人物	傳奇 奇翁故事	史傳，志怪 ，論說文
					文中	以時序敘述故事		
				張鬱	開篇	簡介人物	傳奇 遇仙故事	史傳，志怪 ，詩
					文中	以時序敘述故事		
				負琴生	開篇	簡介人物	傳奇 遇仙故事	史傳，志怪 ，詩，論說 文
					文中	以時序敘述故事		
				葛用	開篇	簡介人物	傳奇 遇仙後遊 仙境故事	史傳，志怪 ，詩
					文中	以時序敘述故事		

				彭知微女	開篇	簡介人物	志怪 神仙授予 成仙之道 故事	史傳,志怪 ,論說文
					文中	以時序敘述故事		
				劉簡	開篇	簡介人物	志怪 成仙故事	史傳,志怪 ,詩
					文中	以時序敘述故事		
				東方玄	開篇	簡介人物	傳奇 遇仙故事	史傳,志怪
					文中	以時序敘述故事		
				李陽	開篇	簡介人物	傳奇 靈龜故事	史傳,志怪 ,祝文
					文中	以時序敘述故事		
				方響女	開篇	由生而能言的奇女子引出故事,簡介人物	傳奇 仙女故事	史傳,志怪 ,論說文
					文中	以時序敘述故事		
				管革	開篇	簡介人物	志怪 神仙故事	史傳,志怪 ,論說文, 志人
					文中	以時序敘述故事		
				草衣兒	開篇	簡介人物	傳奇 奇童故事	史傳,志怪 ,論說文, 志人
					文中	以時序敘述故事		
				朱子眞	開篇	簡介人物	傳奇 神仙故事	史傳,志怪 ,詩
					文中	以時序敘述故事		
				丁嵩	開篇	簡介人物	傳奇 神仙故事 ,影射人 類戰亂, 秦始皇暴 政,安史 之亂	史傳,志怪
					文中	以時序敘述故事		
				姜澄	開篇	簡介人物	志怪 道士論道 故事	史傳,志怪 ,論說文, 志人
					文中	以時序敘述故事		
				沈敬	開篇	簡介人物	志怪 成仙故事	史傳,志怪
					文中	以時序敘述故事		
				蕭寅	開篇	簡介人物	志怪 女子詢問 修道之法 故事	史傳,志怪 ,論說文
					文中	以時序敘述故事		
				韓業	開篇	簡介人物	志怪 龍魚故事	史傳,志怪
					文中	以時序敘述故事		
				吹笙女	開篇	簡介人物	傳奇 吹笙女與 書生的故 事	史傳,志怪
					文中	以時序敘述故事		
				景仲	開篇	簡介人物	傳奇 成仙故事	史傳,志怪 ,論說文
					文中	以時序敘述故事		
				何寧	開篇	簡介人物	志怪 神仙故事	史傳,志怪 ,論說文
					文中	以時序敘述故事		

				姚基	開篇	簡介人物	志怪	史傳，志怪
					文中	以時序敘述故事	成仙故事	，志人
《玉泉子》	王泉子	不詳	不詳	趙琮	開篇	簡介人物	傳奇 忍辱負重 ，發憤圖 強的故事	史傳，志人
					文中	以時序敘述故事		
				翁彥樞	開篇	簡介人物	傳奇 老僧幫助 貧窮士子 中舉故事	史傳，志怪 ，志人
					文中	以時序敘述故事		
				李福女奴	開篇	簡介人物	傳奇 妒婦故事	史傳，志怪 ，志人
					文中	以時序敘述故事		
				鄧敞	開篇	簡介人物	傳奇 娶妻故事 ，影射黃 巢起義	史傳，志怪 ，論說文
					文中	以時序敘述故事		
				鄭氏女	開篇	簡介人物	傳奇 烈女故事	史傳，志人
					文中	以時序敘述故事		
《閩川名士 傳》	黃璞	不詳	是	歐陽詹	開篇	簡介人物	傳奇 才子佳人 故事	史傳，志怪 ，詩，論說 文
					文中	以時序敘述故事		
	李琪	869-928	是	田布尚書 傳	文中	以時序敘述故事	傳奇 相國故事	史傳，志人 ，論說文
					文中	梁相國曰領起議論		
《唐摭言》	王定保	870-940	是	徐凝	文中	以時序敘述故事	軼事小說 吟詩鬥才 故事	史傳，詩， 志人
				盧鈞僕	開篇	由盧相國年輕時貧 窮引出故事，簡介 人物	傳奇 奇僕助盧 相國喜宴 故事	史傳，志怪 ，志人
					文中	以時序敘述故事		
				宣慈寺門 子	開篇	簡介人物	傳奇 門子故事	史傳，志人
					文中	以時序敘述故事		
				裴度還帶	文中	以時序敘述故事	傳奇 助人得福	史傳，志人 ，志怪
					開篇	由裴度少時面相不 貴引出故事		
				山中四友	開篇	山中四友由來引出 故事	軼事小說 友情故事	史傳，志人
					文中	以時序敘述故事		
				蕭穎士	開篇	簡介人物	軼事小說 倨傲人故 事	史傳，志人
					文中	以時序敘述故事		
				壓倒元白	文中	以時序敘述故事	軼事小說 鬥詩才故 事	史傳，詩， 志人
				孫泰娶妻	開篇	簡介人物	逸事小說 義士故事	史傳，志人
					文中	以時序敘述故事		

書名	作者	生卒	是否	篇名	位置	內容	類型	文體
				王播	開篇	簡介人物	軼事小說 才子賦詩故事	史傳，詩
					文中	以時序敘述故事		
				李賀	開篇	簡介人物	軼事小說 李賀故事	史傳，詩
					文中	以時序敘述故事		
				孟浩然	開篇	簡介人物	軼事小說 應對皇命失意故事	史傳，詩，志人
					文中	以時序敘述故事		
				賈島	開篇	簡介人物	軼事小說 迷戀吟詩故事	史傳，志人
					文中	以時序敘述故事		
				張曙崔昭緯	文中	以時序敘述故事	志怪 神算子故事	史傳，志怪
《桂苑叢談》	嚴子休	不詳	不詳	張綽有道術	文末	交代創作故事的作者	志怪 神仙故事	史傳，志怪，詩
					開篇	交代故事發生具體時間，簡介人物		
				太尉朱崖辯獄	文末	詩作至今流傳，表明故事真實可信	軼事小說 斷案雪冤故事	史傳，志怪
					文中	以時序敘述故事		
				崔張自稱俠	文中	以時序敘述故事	軼事小說 假豪士故事	史傳，志人，詩，論說文
				客飲甘露亭	開篇	轉述老僧講述的故事	軼事小說 奇人吟詩討論國家興亡之事	史傳，志怪，詩，論說文
					文中	以時序敘述故事		
					文末	記錄故事之人		
				杜可均卻鼠	文中	以時序敘述故事	志怪 神仙故事	史傳，志怪
				李將軍爲左道所誤	文中	以時序敘述故事	志怪 被煉金道士欺騙故事	史傳，志怪
《王氏見聞》	王仁裕	880-956	否	封舜卿	開篇	簡介人物	傳奇 傲慢人故事	史傳，志人，詩
					文中	以時序敘述故事		
				韓伸	開篇	簡介人物	傳奇 不爭氣丈夫故事	史傳，志人
					文中	以時序敘述故事		
				姜太師	開篇	簡介人物	傳奇 誤打父親故事	史傳，志人，公牘文
					文中	以時序敘述故事		
《玉堂閑話》				伊用昌	開篇	簡介人物	傳奇 神仙故事	史傳，志怪，詞
					文中	以時序敘述故事		
					文末	故事來源可信		
				灌園嬰女	開篇	簡介人物	傳奇 婚姻前定故事	史傳，志怪
					文中	以時序敘述故事		

				劉崇龜	開篇	交代故事發生大致時間	傳奇 斷案故事	史傳，志怪
					文中	以時序敘述故事		
				殺妻者	開篇	轉述耆舊講述的故事	傳奇 斷案故事	史傳，論說文
					文中	以時序敘述故事		
				葛周	開篇	交代故事發生大致時間	傳奇 把愛妾許配給才士的故事	史傳，志人，論說文
					文中	以時序敘述故事		
				村婦	開篇	交代故事發生大致時間	傳奇 聰明婦女計謀除賊故事	史傳，志人
					文中	以時序敘述故事		
				目老叟爲小兒	開篇	交代故事發生大致時間	志怪 道術欺騙人故事	史傳，志怪，志人
					文中	以時序敘述故事		
《徹誠錄》				劉自然	文中	以時序敘述故事	志怪 恩愛夫妻故事	史傳，志怪
				李甲	開篇	交代故事發生具體時間	傳奇 神人預知天下戰亂事，影射唐末動亂	史傳，志怪，論說文
					文中	以時序敘述故事		
《劉氏耳目記》	劉崇遠	不詳	否	王中散	文中	簡介人物	傳奇 奇人不善於吟詩故事，影射唐末動亂	史傳，志怪，詩
					文末	交代故事來源眞實可信		
					開篇	交代故事發生具體時間		
				紫花梨	開篇	轉述紫花黎的由來	傳奇 梨樹故事	史傳，公牘文
					文中	以時序敘述故事		
				韓定辭	文中	以時序敘述故事	軼事小說 賣弄才學故事	史傳，詩歌，志人
				溫璉	開篇	簡介人物	軼事小說 信士故事	史傳，志人
					文中	以時序敘述故事		
				鍾傳	開篇	簡介人物	軼事小說 殺虎故事	史傳，志人
					文中	以時序敘述故事		
				墨君和	開篇	簡介人物	軼事小說 義士故事	史傳，志人
					文中	以時序敘述故事		
《金華子雜編》				王處士	開篇	簡介人物	志怪 神算子故事	史傳，志怪
					文中	以時序敘述故事		
				李節	開篇	簡介人物	志怪 神射手故事	史傳，志怪
					文中	以時序敘述故事		

				異僧	開篇	簡介人物	志怪	史傳，志怪
					文中	以時序敘述故事	奇僧故事	
				大中皇帝	文中	以時序敘述故事	軼事小說 皇帝故事	史傳
《中朝故事》	高彥休	南唐	不詳	李德裕廣 識	文中	以時序敘述故事	傳奇 博識故事	史傳，志怪
				豢龍戶	開篇	簡介人物	志怪 養龍人故 事	史傳，志怪
					文中	以時序敘述故事		
				徐彥樞	開篇	交代故事發生具體 時間	志怪 廟神告知 避禍方法 故事	史傳，志怪
					文中	以時序敘述故事		
				術士董元 素	開篇	交代故事發生具體 時間	志怪 法術神奇 故事	史傳，志怪 ，公牘文
					文中	以時序敘述故事		
				咸通幻術 者	開篇	交代故事發生具體 時間	傳奇 法術故事	史傳，志怪
					文中	以時序敘述故事		
				僧德眞	開篇	簡介人物	志怪 精魅故事	史傳，志怪
					文中	以時序敘述故事		
				鄭畋母	開篇	轉述代所講故事， 簡介人物	傳奇 誠信救妻 後，妻子 生子故事	史傳，志怪 ，祝文
					文中	以時序敘述故事		
《稽神錄》	徐鉉	916-992	否	張懷武 （節文）	文中	以時序敘述故事	傳奇	史傳，志怪 ，論說文
				陳師	文中	以時序敘述故事	志怪 成仙故事	史傳，志怪
				廬延貴	開篇	簡介人物	志怪 海外遇毛 人故事	史傳，志怪
					文中	以時序敘述故事		
				鄂州小將	開篇	簡介人物	志怪 鬼復仇故 事	史傳，志怪
					文中	以時序敘述故事		
				吳延瑤	開篇	簡介人物	志怪 人鬼婚戀 故事，影 射廣陵戰 亂	史傳，志怪
					文中	以時序敘述故事		
				田達誠	開篇	簡介人物	志怪 人鬼交往 故事	史傳，志怪 ，詩
					文中	以時序敘述故事		
				僧珉楚	開篇	由瑝與章某交好引 出故事	志怪 鬼友故事	史傳，志怪
					文中	以時序敘述故事		

				廣陵賈人	開篇	由廣陵人製作工藝精湛引出故事	志怪 水神搶奪工藝製品故事	史傳，志怪
					文中	以時序敘述故事		
				貝禧	開篇	由罷官職引出故事	志怪 死而復生故事	史傳，志怪
					文中	以時序敘述故事		
				食黃精	文中	交代故事發生具體時間	志怪 毛女故事	史傳，志怪
					開篇	由虐待婢女引出故事		
				張謹	文中	以時序敘述故事	志怪 狐媚故事	史傳，志怪
					開篇	簡介人物		
					文中	插敘與故事相關背景		
				宋氏	文中	以時序敘述故事	志怪 黿怪故事	史傳，志怪
				梅真君	開篇	簡介人物	志怪 道士故事	史傳，志怪
					文中	以時序敘述故事		
				陳金	開篇	簡介人物	志怪 盜墓故事	史傳，志怪
					文中	以時序敘述故事		
				深彬	開篇	簡介人物	志怪 成仙故事	史傳，志怪
					文中	以時序敘述故事		
				周寶	開篇	簡介人物	志怪 墓中女子故事	史傳，志怪
					文中	以時序敘述故事		
				李生	文中	以時序敘述故事	志怪 煉金術故事	史傳，志怪，論說文
				徐明府	開篇	簡介人物	志怪 除魅故事	史傳，志怪
					文中	以時序敘述故事		
				華陰店嫗	開篇	簡介人物	志怪 奇老嫗故事	史傳，志怪
					文中	以時序敘述故事		
				劉處士	文中	以時序敘述故事	志怪 法術故事	史傳，志怪
				張武	開篇	簡介人物	志怪 奇僧故事	史傳，志怪
					文中	以時序敘述故事		
				茅山道士	文中	以時序敘述故事	志怪 法術故事	史傳，志怪
				逆旅客	開篇	簡介人物	志怪 法術故事	史傳，志怪
					文中	以時序敘述故事		
				教坊樂人子	開篇	簡介人物	志怪 道士故事	史傳，志怪
					文中	以時序敘述故事		
				蔣舜卿	文中	以時序敘述故事	志怪 仙藥故事	史傳，志怪

				杜魯賓	開篇	簡介人物	志怪 仙藥故事	史傳，志怪
					文中	以時序敘述故事		
				劉存	文中	以時序敘述故事	志怪 復仇故事	史傳，志怪
				袁州錄事	文中	以時序敘述故事	志怪 死後復仇 故事	史傳，志怪
				劉璠	文中	以時序敘述故事	志怪 死後復仇 故事	史傳，志怪
				吳景	開篇	簡介人物	志怪 死後復仇 故事	史傳，志怪
					文中	以時序敘述故事		
				陳勛	文中	以時序敘述故事	志怪 死後復仇 故事	史傳，志怪 ，志人
				魯思郾女	文中	以時序敘述故事	志怪 鬼復仇故 事	史傳，志怪
				陳寨	開篇	簡介人物	志怪 巫術故事	史傳，志怪
					文中	以時序敘述故事		
				廣陵木工	文中	以時序敘述故事	志怪 神仙故事	史傳，志怪
				徐善	開篇	簡介人物	志怪 雪冤故事	史傳，志怪
					文中	以時序敘述故事		
				郭仁表	文中	以時序敘述故事	志怪 道士故事	史傳，志怪 ，詩歌
				陸泊	開篇	簡介人物	志怪 神算子故 事	史傳，志怪 ，志人
					文中	以時序敘述故事		
				趙瑜	開篇	簡介人物	志怪 冥吏救助 書生故事	史傳，志怪
					文中	以時序敘述故事		
				司馬正彝	開篇	簡介人物	志怪 遇神女故 事	史傳，志怪
					文中	以時序敘述故事		
				黃魯	開篇	簡介人物	志怪 石神嫁給 生人故事	史傳，志怪
					文中	以時序敘述故事		
				沽酒王氏	開篇	簡介人物	志怪 火神故事	史傳，志怪
					文中	以時序敘述故事		
				青州客	文中	以時序敘述故事	志怪 海外奇遇 故事	史傳，志怪
				周元樞	開篇	簡介人物	志怪 夢故事	史傳，志怪
					文中	以時序敘述故事		
				婺源軍人 妻	文中	以時序敘述故事	志怪 鬼母故事	史傳，志怪

				陳德遇	文中	以時序敘述故事	志怪 夢故事	史傳，志怪
				徐彥成	開篇	簡介人物	志怪 神人相助 故事	史傳，志怪
					文中	以時序敘述故事		
				周潔	文中	以時序敘述故事	志怪 遇鬼故事	史傳，志怪
				陳守規	文中	以時序敘述故事	志怪 凶宅故事	史傳，志怪
				清源都將	文中	以時序敘述故事	志怪 精魅爲崇 故事	史傳，志怪
				王訓妻	開篇	簡介人物	志怪 果報故事	史傳，志怪
					文中	以時序敘述故事		
				林昌業	開篇	簡介人物	志怪 鬼故事	史傳，志怪 ，志人
					文中	以時序敘述故事		
				王攀	開篇	簡介人物	志怪 鬼故事	史傳，志怪
					文中	以時序敘述故事		
				劉驚	開篇	簡介人物	志怪 鬼故事	史傳，志怪
					文中	以時序敘述故事		
				舒州軍吏	開篇	簡介人物	志怪 鬼故事	史傳，志怪
					文中	以時序敘述故事		
				廣陵士人	文中	以時序敘述故事	志怪 鬼故事	史傳，志怪
				陳龜範	開篇	簡介人物	志怪 冥吏與書 生故事	史傳，志怪
					文中	以時序敘述故事		
				延陵村妻	文中	以時序敘述故事	志怪 死而復生 故事	史傳，志怪
				趙某妻	文中	以時序敘述故事	志怪 死而復生 故事	史傳，志怪
				歐陽氏	文中	以時序敘述故事	志怪 死後訴冤 故事	史傳，志怪
				番禺村婦	文中	以時序敘述故事	志怪 人神婚戀 故事	史傳，志怪
				江西村嫗	文中	以時序敘述故事	志怪 神藥故事	史傳，志怪
				建安村人	開篇	簡介人物	志怪 遇金精魅 故事	史傳，志怪
					文中	以時序敘述故事		
				建安村人	文中	以時序敘述故事	志怪 意外得財 故事	史傳，志怪

				柳翁	文中	以時序敘述故事	志怪 龍故事	史傳，志怪
				吳宗嗣	開篇	簡介人物	志怪 死後還債 故事	史傳，志怪
					文中	以時序敘述故事		
《玉溪編事》	金利用	後蜀	不詳	侯繼圖	開篇	簡介人物	軼事小說 紅葉詩爲 媒故事	史傳，詩
					文中	以時序敘述故事		
				黃宗蝦	開篇	簡介人物	軼事小說 女扮男裝 故事	史傳，詩
					文中	以時序敘述故事		
				蜀城賣藥 人	文中	以時序敘述故事	志怪 奇鏡故事	史傳，志怪 ，詩
				朱顯	文中	以時序敘述故事	軼事小說 婚嫁故事	史傳，志人
				仲庭預	文中	以時序敘述故事	軼事小說 無意得金 箸故事	史傳，志人
《燈下閑談》	佚名	不詳	不詳	榕樹精靈	開篇	簡介人物	傳奇 人與樹精 婚戀故事	史傳，志怪 ，志人，駢 文，詩，
					文中	以時序敘述故事		
				桃花障子	開篇	簡介人物	傳奇 桃花精魅 故事	史傳，志怪 ，志人， 詩，論說文
					文中	以時序敘述故事		
				鯉魚變女	開篇	由戰亂背景引出故 事	傳奇 鯉魚精欲 與生人結 爲婚姻故 事	史傳，志怪 ，詩
					文中	以時序敘述故事		
				松作人語	開篇	由賈寄寓湘浦之間 引出故事，指出故 事發生具體時間	傳奇 松助人成 名故事	史傳，志怪
					文中	以時序敘述故事		
				神仙雪冤	文中	以時序敘述故事	傳奇 雪冤故事	史傳，志怪 ，詩
					開篇	交代故事在《妖亂 志》中已有記載		
				墜井得道	開篇	簡介人物	傳奇 墜井得道 士相助成 仙故事	史傳，志怪 ，賦
					文中	以時序敘述故事		
				政及鬼神	開篇	簡介人物	傳奇 水神故事	史傳，志怪
					文中	以時序敘述故事		
				棄官遇仙	開篇	簡介人物	傳奇 成仙故事	史傳，志怪 ，詩
					文中	以時序敘述故事		
				負債作馬	文中	以時序敘述故事	傳奇 欠債變馬 還債故事	史傳，志怪
					文末	交代故事來源		

				掠剩大夫	文中	以時序敘述故事	傳奇 冥官故事	史傳，志怪，公牘文，判文
				驛宿遇精	文中	以時序敘述故事	傳奇 除飛生蟲故事	史傳，志怪，志人，詩
				湘妃神會	開篇	由故事發生的戰亂背景引出故事	傳奇 遇仙故事	史傳，志怪，詩
					文中	以時序敘述故事		
				升斗得仙	開篇	由夢引出故事	傳奇 成仙故事	史傳，志怪，詩
					文中	以時序敘述故事		
				行者雪怨	開篇	由進士及第引出故事	傳奇 雪冤故事	史傳，志怪，詩
					文中	以時序敘述故事		
				獵豬遇仙	開篇	簡介人物	傳奇 入仙境故事	史傳，志怪，詩
					文中	以時序敘述故事		
				夢與神交	開篇	簡介人物	傳奇 神仙故事	史傳，志怪，公牘文，詩
					文中	以時序敘述故事		
				易卦知僧	文中	交代故事發生具體時間	傳奇 路遇道人故事	史傳，志怪
					開篇	簡介人物		
				代民納稅	開篇	簡介人物	傳奇 路遇神仙故事	史傳，志怪，詩
					文中	以時序敘述故事		
				僧曾作虎	文中	交代故事發生具體時間	傳奇 虎故事	史傳，志怪
					開篇	簡介人物		
				神索旌旗	開篇	由人物聲譽和地位引出故事	傳奇 神索要旌旗故事	史傳，志怪，公牘文
					文中	以時序敘述故事		
					文末	此故事在別書已有記載		
《賓仙傳》	何光遠	不詳	否	太原遇仙	開篇	簡介人物	傳奇 國運前定故事	史傳，志怪，論說文
					文中	以時序敘述故事		
				薛玨注壽	開篇	簡介人物	志怪 海外異境故事	史傳，志怪
					文中	以時序敘述故事		
				道昌篆書	開篇	簡介人物，指出故事發生具體時間	志怪 詩讖故事	史傳，志怪，詩
《鑒誡錄》				鬼傳書	文中	以時序敘述故事	傳奇 鬼送信給世人求助故事	史傳，志怪，祝文，書牘文
					文中	以時序敘述故事		

				賈仵旨	文中	由賈誼《鵩鳥賦》引出故事類比的手法，以時序敘述故事	傳奇 賈島吟詩故事	史傳，公牘文，詩，書牘文
				錢塘秀	文中	以時序敘述故事	傳奇 詩人感慨世運、身運故事	史傳，詩
					開篇	簡介人物		
				求冥婚	開篇	由傳說引出故事	傳奇 人鬼婚戀故事	史傳，志怪，論說文
					文中	以時序敘述故事		
				見世報	開篇	交代故事發生具體時間	傳奇 果報故事	史傳，志怪
					文中	以時序敘述故事		
				屈名儒	文中	以時序敘述故事	軼事小說 名士詩才故事	史傳，詩
《野人閑話》	景渙	孟蜀時人	否	趙尊師	開篇	簡介人物	志怪 除精魅故事	史傳，志怪
					文中	以時序敘述故事		
				王處回	開篇	簡介人物	志怪 道士故事	史傳，志怪
					文中	以時序敘述故事		
				掩耳道士	文中	以時序敘述故事	志怪 道士故事	史傳，志怪
				何昭翰	文中	以時序敘述故事	志怪 道士故事	史傳，志怪
				李泳子	文中	以時序敘述故事	志怪 冥子故事	史傳，志怪
				擊竹子	開篇	簡介人物	志怪 成仙故事	史傳，志怪，論說文
					文中	以時序敘述故事		
				李客	開篇	簡介人物	志怪 食鼠藥成仙故事	史傳，志怪
					文中	以時序敘述故事		
				天自在	文中	以時序敘述故事	志怪 先知故事	史傳，志怪
				抱龍道士	開篇	由當地習俗引出故事	志怪 道士識龍故事	史傳，志怪
					文中	以時序敘述故事		
				嘉州僧	文中	以時序敘述故事	志怪 遊行僧成佛故事	史傳，志怪
				章邵	開篇	簡介人物	傳奇 惡人誤殺其子故事	史傳，志怪，論說文
					文中	以時序敘述故事		
	佚名	不詳	不詳	余媚娘敘錄（節文）	開篇	簡介人物	傳奇 妒婦故事	史傳，志人
					文中	以時序敘述故事		
《玄門靈妙記》	佚名	不詳	不詳	竇玄德	開篇	簡介人物	傳奇 冥吏助人延壽故事	史傳，志怪

《搜神記》	句道興	不詳	不詳	樊僚事後母	文中	交代故事發生具體時間	志怪孝子故事	史傳，志怪
					開篇	由人物孝順引出故事		
				張嵩孝母	開篇	簡介人物	志怪孝子故事	史傳，志怪
					文中	以時序敘述故事		
					文末	交代故事出自《識終傳》		
				焦華得瓜	文末	交代故事出自《史記》	志怪孝子故事	史傳，志怪
					開篇	簡介人物		
					文中	以時序敘述故事		
				管輅救趙顏子	文末	交代故事出自《異物志》	傳奇管輅故事	史傳，志怪
					開篇	簡介人物		
					文中	以時序敘述故事		
				辛道度	開篇	簡介人物	傳奇人鬼婚戀故事	史傳，志怪
					文中	以時序敘述故事		
					文末	交代故事出自《史記》		
				侯光侯周	文末	交代故事出自《史記》	傳奇鬼報答生人後復仇故事	史傳，志怪，論說文
					開篇	簡介人物		
					文中	以時序敘述故事		
				王景伯	開篇	簡介人物	傳奇人鬼戀故事	史傳，志怪，詩
					文中	以時序敘述故事		
				趙子元雇女鬼	開篇	由趙出遊遇見女子引出故事	傳奇雇傭女鬼做衣裳故事	史傳，志怪
					文末	交代故事出自《晉傳》		
				梁遠皓段子京	開篇	簡介人物	傳奇冥官故事	史傳，志怪，論說文
					文中	以時序敘述故事		
					文末	交代故事出自《妖言傳》		
				段孝眞冤報	開篇	簡介人物	傳奇死後復仇故事	史傳，志怪
					文中	以時序敘述故事		
					文末	交代故事出自《博物傳》		
				王道憑	開篇	簡介人物	傳奇夫君喚醒死去妻子故事	史傳，志怪
					文中	以時序敘述故事		
				劉寄	開篇	簡介人物	志怪死後復仇故事	史傳，志怪
					文中	以時序敘述故事		
					文末	交代故事出自《南妖異記》		

				李信入冥	開篇	簡介人物	傳奇 還魂故事	史傳，志怪
				王子珍	開篇	簡介人物	傳奇 人鬼成為 朋友故事	史傳，志怪 ，論說文
					文中	以時序敘述故事		
					文末	交代故事出自《幽冥錄》		
				田崑崙	開篇	簡介人物	傳奇 牛郎織女 故事	史傳，志怪
					文中	以時序敘述故事		
《敦煌變文集》	王敷	不詳	不詳	茶酒論	開篇	入話引起下文	變文 茶、水、 酒的故事	史傳，志怪 ，詩，論說 文
					文中	以時序敘述故事		
	佚名	不詳	不詳	伍子胥	開篇	由故事發生背景引出故事	變文 伍子胥的 故事	史傳，詩歌 ，書牘文， 駢文，公牘 文，論說文 ，祭文，賦
					文中	以時序敘述故事		
				漢將王陵變	文中	簡介人物，按時間敘述故事	變文 王陵的故 事	史傳，公牘 文，詩
					開篇	由故事相關歷史史實引出故事		
				李陵變文	開篇	由詩歌引出故事	變文 李陵故事	史傳，詩， 公牘文，論 說文
					文中	以時序敘述故事		
				孟姜女變文	開篇	由詩歌引出故事	變文 孟姜女故 事	史傳，志怪 ，詩，祭文
					文中	以時序敘述故事		
				王昭君	開篇	由詩歌引出故事	變文 王昭君故 事	史傳，詩， 公牘文，祭 文
					文中	以時序敘述故事		
				張義潮	文中	以時序敘述故事	變文 張義潮的 故事	史傳，詩
				張淮深	文中	以時序敘述故事	變文 張淮深的 故事	史傳，公牘 文，詩，論 說文
				唐太宗入冥記	文中	以時序敘述故事	變文 唐太宗的 故事	史傳，志怪 ，公牘文
				黃仕強傳	文中	以時序敘述故事	變文 死而復生 故事	史傳，志怪
				舜子變	文中	以時序敘述故事	變文	史傳，志怪 ，詩
				韓朋賦	開篇	簡介人物	變文 夫妻捍衛 愛情的故 事	史傳，志怪 ，書牘文， 賦
					文中	以時序敘述故事		

				秋胡	文中	以時序敘述故事	變文 婚戀故事	史傳,論說文,公牘文,詩歌
				韓擒虎話本	文中	以時序敘述故事	話本 將士故事	史傳,志怪,公牘文,書牘文
				前漢劉家太子傳	文中	以時序敘述故事	變文 前漢劉家太子故事	史傳,詩,公牘文
				廬山遠公話	文中	按時間敘述故事	話本 僧人故事	史傳,志怪,詩,論說文,公牘文
					開篇	由佛祖救治世人引出故事		
				葉淨能話	文中	以時序敘述故事,指出史書已載	話本 僧人故事	史傳,志怪,公牘文
				孔子項託相問書	文中	以時序敘述故事	變文 孔子故事	史傳,志人,論說文,詩
				祇園因由記	文中	以時序敘述故事	變文 悉達多太子故事	史傳,志怪,書牘文,論說文
				晏子賦	開篇	由晏子出使梁國引出故事	變文 晏子的故事	史傳,論說文,賦
					文中	以時序敘述故事		
				燕子賦	文中	以時序敘述故事	變文 燕子與麻雀的故事	史傳,志怪,論說文,判文,賦,詩
				太子成道經	開篇	由佛祖出生引出故事	變文 太子成佛故事	史傳,志怪,詩,論說文,公牘文
					文中	以時序敘述故事		
				八相變	開篇	由佛祖出生引出故事	變文 太子成佛故事	史傳,志怪,詩,公牘文
					文中	以時序敘述故事		
				破魔變文	開篇	由押座文引出故事	變文 降服妖魔故事	史傳,志怪,詩
					文中	以時序敘述故事		
				降魔變文	開篇	由如來佛對人世貢獻引出故事	變文 降服妖魔故事	史傳,志怪,詩
					文中	以時序敘述故事		
				難陀出家緣起	開篇	簡介人物	變文 出家故事	史傳,志怪,詩
					文中	以時序敘述故事		
				目連緣起	文中	以時序敘述故事	變文 救母故事	史傳,志怪,詩
				大目乾連救母變文	開篇	由地獄門開引出故事	變文 目連救母故事	史傳,志怪,詩
					文中	以時序敘述故事		

				目連變文	開篇	由難陀身世引出故事	變文 目連救母故事	史傳,志怪,詩
					文中	以時序敘述故事		
				歡喜國王緣	開篇	轉述藏經中故事	變文 王後成佛故事	史傳,志怪,詩
					文中	以時序敘述故事		
				醜女因緣	開篇	由佛的恩德引出故事	變文 醜女變美女後出嫁故事	史傳,志怪,詩
					文中	以時序敘述故事		
				大唐三藏取經詩話	文中	以時序敘述故事	話本 取經經過	史傳,志怪,詩
				太子成道變文（一）	開篇	由太子出家引出故事	變文 太子出家故事	史傳,志怪,詩
					文中	以時序敘述故事		
				太子成道變文（二）	開篇	由世尊進入道場引出故事	變文 世尊對淨飯王說法的故事	史傳,志怪
					文中	以時序敘述故事		
				太子成道變文（三）	文中	以時序敘述故事	變文 佛祖故事	史傳,志怪
				太子成道變文（四）	文中	以時序敘述故事	變文 逼迫太子成婚故事	史傳,志怪
				太子成道變文（五）	文中	以時序敘述故事	變文 太子成婚故事	史傳,志怪
				蘇武李陵執別詞	開篇	由送別場景引出故事	變文 朋友送別故事	史傳,詩
					文中	以時序敘述故事		
				四獸因緣	文末	詩歌結束全篇	變文 功勞的故事	史傳,志怪
					開篇	由故事發生地引出故事		
				䴥䴘新婦	文中	以時序敘述故事	變文 惡媳婦故事	史傳,志怪,駢文,詩
					開篇	簡介人物		
《拾遺記》	杜寶	不詳	不詳	法喜	開篇	交代故事發生時間	志怪 奇僧故事	史傳,志怪
					文中	以時序敘述故事		
				蔡玉	開篇	由設齋引出故事	志怪 龍故事	史傳,志怪
					文中	以時序敘述故事		
	郭湜	肅宗、代宗時	否	高力士外傳	開篇	以亡人遺物引出故事	傳奇 高力士的人生經歷,影射安史之亂	史傳,志怪,詩
					文中	以時序敘述故事		

《隋唐嘉話》	劉餗	不詳	否	尉遲敬德	開篇	簡介人物	軼事小說 勇士故事	史傳，志人
					文中	以時序敘述故事		
				賈嘉隱	文中	以時序敘述故事	軼事小說 聰明少年 故事	史傳，志人
				婁師德	文中	以時序敘述故事	軼事小說 大度人故 事	史傳，志人 ，論說文
《神怪志》	孔眘言	不詳	不詳	王果（節 文）	文中	以時序敘述故事	志怪 路途遇懸 棺故事	史傳，志怪 ，銘文
《警聽錄》	沈氏	不詳	不詳	章老師	開篇	簡介人物	志怪 奇犬故事	史傳，志怪
					文中	以時序敘述故事		
				章氏女	開篇	簡介人物	志怪 竹怪故事	史傳，志怪
					文中	以時序敘述故事		
				李仲通婢	文中	以時序敘述故事	志怪 死而復生 故事	史傳，志怪
	李吉甫	758-814	否	梁大同古 銘記	開篇	交代故事發生具體 時間	傳奇 古銘的故 事	史傳，志怪 ，銘文，書 牘文，論說 文
					文中	以時序敘述故事		
					文末	交代創作的原因		
《白氏長慶 集》	白居易	772-846	是	記異	文中	以時序敘述故事	傳奇 凶宅故事	史傳，志 怪，論說文
					文末	交代故事的創作者		
《國史補》	李肇	不詳	否	郗昂犯三 怒	文中	以時序敘述故事	軼事小說 說錯話人 的故事	史傳，志人
				崔昭行賄 事	開篇	轉述故事人物所講 故事	軼事小說 受賄故事	史傳，志人
					文中	以時序敘述故事		
《桂林風土 記》	張文規	不詳	否	石氏射燈 檠傳（節 文）	文中	以時序敘述故事	志怪 除精魅故 事	史傳，志怪
《報應記》	盧求	不詳	是	鵬武安	文末	交代故事來源真實 可信及故事創作者	志怪 誦經除怪 故事	史傳，志怪
					文中	以時序敘述故事		
				慕容文策	文中	以時序敘述故事	志怪 誦經得以 復活	史傳，志怪
					開篇	簡介人物		
				沈嘉會	文中	以時序敘述故事	志怪 誦經得以 復活故事	史傳，志怪
				高紙	文中	以時序敘述故事	志怪 誦經得以 復活故事	史傳，志怪
					開篇	簡介人物		

				寶德玄	文中	以時序敘述故事	志怪 幫助鬼得 救故事	史傳，志怪
						轉述故事人物冥間 經歷		
					開篇	簡介人物		
				宋義倫	文中	轉述故事人物冥間 經歷	志怪 死而復生 故事	史傳，志怪
						以時序敘述故事		
				李岡	開篇	轉述故事人物冥間 經歷	志怪 死而復生 故事	史傳，志怪
					文中	以時序敘述故事		
				李丘一	開篇	簡介人物	志怪 死而復生 故事	史傳，志怪
					文中	以時序敘述故事		
				陳慧妻	文中	以時序敘述故事	志怪 誦經去鬼 胎故事	史傳，志怪
				陸康成	文中	以時序敘述故事	志怪 誦經得救 故事，影 射朱泚之 亂	史傳，志怪
				李元一	文中	以時序敘述故事	志怪 誦經、寫 經去病故 事	史傳，志怪
				魚萬盈	文中	以時序敘述故事	志怪 死而復生 故事	史傳，志怪
					開篇	簡介人物		
				強伯達	文中	交代故事發生具體 時間，轉述故事人 物冥間經歷	志怪 誦經去病 故事	史傳，志怪
					文中	以時序敘述故事		
				董進朝	文中	以時序敘述故事	志怪 誦經免死 故事	史傳，志怪
				康仲戚	文中	以時序敘述故事	志怪 誦經、寫 經救助兒 子故事	史傳，志怪
				勾龍義	開篇	簡介人物	志怪 誦經祛病 故事	史傳，志怪
					文中	以時序敘述故事		
				張政	開篇	簡介人物	志怪 死而復生 故事	史傳，志怪
					文中	以時序敘述故事		
				李琚	開篇	簡介人物	志怪 死而復生 故事	史傳，志怪
					文中	以時序敘述故事		

				販海客	文中	以時序敘述故事	志怪 誦經得救 故事	史傳，志怪
				崔義起妻	文中	以時序敘述故事	志怪 死後託人 要家人爲 之做功德 故事	史傳，志怪
					文末	故事人物仍健在， 以表故事真實可信		
《因話錄》	趙璘	不詳	是	郭暖	開篇	由公主與駙馬琴瑟 不調引出故事	軼事小說 公主、駙 馬吵架的 故事	史傳，志人
					文中	以時序敘述故事		
				盧仲元	開篇	由故事發生地引出 故事	傳奇 忠義之人 故事	史傳，志人
					文中	以時序敘述故事		
				田良逸蔣 含弘	文中	簡介人物	傳奇 道士故事	史傳，志怪
					開篇	交代故事發生具體 時間		
《報應錄》	王轂	不詳	是	長沙人	開篇	簡介人物	志怪 殺生遭報 故事	史傳，志怪
					文中	以時序敘述故事		
				乾符僧	開篇	簡介人物	志怪 龍王故事	史傳，志怪
					文中	以時序敘述故事		
				牙將子	開篇	由傳說引出故事	志怪 禮佛祛病 故事	史傳，志怪
					文中	以時序敘述故事		
				范明府	開篇	簡介人物	志怪 陰功故事	史傳，志怪
					文中	以時序敘述故事		
				熊慎	開篇	簡介人物	志怪 放生故事	史傳，志怪
					文中	以時序敘述故事		
				王簡易	開篇	簡介人物	志怪 鬼爲祟故 事	史傳，志怪
					文中	以時序敘述故事		
				樊光	開篇	簡介人物	志怪 斷案故事	史傳，志怪
					文中	以時序敘述故事		
				童安玕	開篇	交代故事發生的具 體時間	志怪 死後償還 罪孽故事	史傳，志怪
					文中	簡介人物		
				李明府	文中	以時序敘述故事	志怪 鬼託夢故 事	史傳，志怪
				劉行者	文中	以時序敘述故事	志怪 僧救母故 事	史傳，志怪
				兗州軍將	開篇	指出故事發生具體 時間	志怪 誦經得活 故事	史傳，志怪
					文末	故事發生時物至今 尚存，證實故事真 實可信		

				楊復恭弟	文中	以時序敘述故事	志怪 誦經得救	史傳，志怪
					開篇	簡介人物		
				蔡州行者	開篇	由動亂故事背景引出故事	志怪 誦經得救故事，影射當時戰亂	史傳，志怪
					文中	以時序敘述故事		
				徐可範	開篇	簡介人物	志怪 殺生遭報故事	史傳，志怪，志人
					文中	以時序敘述故事		
《杜陽雜編》	蘇鶚	不詳	不詳	金龜印	文末	參寥子曰結束全篇	志怪 神仙授予金印故事	史傳，志怪
					開篇	交代故事寫作時間		
					文中	以時序敘述故事		
				伊祈玄解	文中	以時序敘述故事	志怪 道士故事	史傳，志怪，公牘文
				韓志和	開篇	簡介人物	志怪 技藝高超木匠故事	史傳，志怪
					文中	以時序敘述故事		
				元藏幾	開篇	簡介人物	傳奇 海外遇仙故事	史傳，志怪
					文中	以時序敘述故事		
					文末	交代故事來源真實可信		
				日本王子	文中	以時序敘述故事	傳奇 對弈故事	史傳，志人
					開篇	交代故事寫作時間		
				軒轅先生	開篇	簡介人物	志怪 神算子故事	史傳，志怪
					文中	以時序敘述故事		
				同昌公主	文中	以時序敘述故事	軼事小說 公主的故事	史傳，公牘文
《藝田錄》	丁用晦	不詳	是	賈耽	文中	以時序敘述故事	志怪 神算子故事	史傳，志怪
				會昌狂生	文中	以時序敘述故事，簡介人物	志怪 龍故事	史傳，志怪
				崔生妻	文中	以時序敘述故事	志怪 死而復生故事	史傳，志怪
				李德裕	文中	以時序敘述故事	軼事小說 李德裕的故事	史傳，論說文
				史思明	開篇	由動亂故事背景引出故事	軼事小說 史思明的故事，影射安史之亂	史傳，詩
					文中	以時序敘述故事		

				呂元膺	開篇	由下棋引出故事	軼事小說 下棋的故事	史傳，志人
					文中	以時序敘述故事		
《聞奇錄》	佚名	不詳	不詳	李文敏	文中	以時序敘述故事	志怪 報父仇故事	史傳，志怪
				杜悰外生	文中	以時序敘述故事	志怪 命運前定故事	史傳，志怪
				韋叔文	文中	以時序敘述故事	志怪 畫馬故事	史傳，志怪
				魏耽	文中	以時序敘述故事	志怪 家有謫仙故事	史傳，志怪
				張偁	文中	以時序敘述故事	志怪 老虎是否食人由天定故事	史傳，志怪
				李雲	文中	以時序敘述故事	志怪 鬼懲罰不忠情人故事	史傳，志怪
				鄭總	文中	以時序敘述故事	志怪 亡妻魂魄現身的故事	史傳，志怪
				宋洵	文中	以時序敘述故事	志怪 奇婦故事	史傳，志怪
				程顏	文中	以時序敘述故事	志怪 娶妻故事	史傳，志怪

附錄二 論說文本在唐五代小說中的使用情況和功能

選自作品集	作 者	作者生活年代	是否進士	作 品 名 稱	所處文中位置	議 論 的 目 的	敘 事 功 能	使用主體
	王度	隋末	否	古鏡記	開篇	揭示寫作原因	引出全文，揭示主題	作者
					文中對話	為是否遠行爭論	刻畫人物形象	故事人物
《續高僧傳》	釋道宣	隋末唐初	否	魏洛京永寧寺天	文中	指出跟隨明琛學習的原因	直接刻畫人物形象	故事人物
				魏東齊沙門釋明琛傳	文中，標誌為「識者評云」	對高僧的神異進行評價	點明故事主題，揭示作品深層意蘊	故事人物
				魏太山丹嶺釋僧照傳	文中	講述寺廟眾多的原因，引用左思、俗諺證明自己觀點	揭示主題	故事人物
				齊鄴下大莊嚴寺釋圓通傳	文中對話	闡述再次前往寺廟的原因	推動故事情節發展，表達故事人物對僧的看法	故事人物
					文末	僧陳述能找到寺廟的原因		
《冥報記》	唐臨	600-659	是	宜城民	文末	作者的干預，指出要行善，否則會遭到報應	揭示主題，表達作者的看法	作者
					文中	宣揚果報觀念，奉勸世人行善	揭示主題	敘述者
				趙文信	文中對話	庾信講述在冥間受苦的原因	揭示主題	故事人物
				李壽	文中對話	白犬講述不能放過李壽的原因	推動故事情節發展，揭示主題	故事人物
				張法義	文中對話	冥吏陳述放回張法義的原因	推動故事情節發展	故事人物
				孔恪	文中對話	為自己的冤屈辯解	揭示主題	冥官與鬼魂
				王璹	文中對話	為自己的冤屈辯解	刻畫人物形象，展示人物內心世界	冥官與鬼魂
《法苑珠林》	郎餘令	不詳	是	李知禮	文中對話	辯解開戰就失敗的原因	推動故事情節發展	冥官與鬼魂

				劉公信妻陳氏母	文中對話	陳氏母奉勸家人行善，陳述人世間的生死果報	揭示主題	鬼魂
				程普樂	文中對話	冥官陳述程普樂的罪過及將受到的處罰	揭示主題	冥王
《法苑珠林》	釋道世	不詳	否	蕭氏女	文末	指出信佛受益	揭示主題	故事人物
《法苑珠林》	胡慧超	？-703	道士	許真君	文中	指出孝悌爲成仙之本	揭示主題	故事人物
				蘭公	文中	指出孝悌爲成仙之本	揭示主題	故事人物
《朝野僉載》	張文成	658-730	是	董行成	文中對話	行成判斷此人爲凡人的原因	刻畫人物形象	故事人物
				婁師德	文中對話	尙書指出婁師德行爲不愼才產生了現在的後果	揭示主題	故事人物
				任環妻	文中對話	任環妻指出寧願死也不願意丈夫納妾的原因	刻畫人物形象	故事人物
	張說	667-730	是	梁四公記	文中對話	梁四公指出占卜結果爲死鼠的理由	刻畫人物形象	故事人物
						梁四公指出異域所貢之物	刻畫人物形象	故事人物
						指出自己能未卜先知的原因	刻畫人物形象	故事人物
						大臣跟梁四公關於方域的爭論	串聯整個故事情節	故事人物
						梁四公博學的原因	刻畫人物形象	故事人物
《廣古今五行記》	竇維鋈	不詳	不詳	紇干狐尾	文末	指出妖怪是由人產生的	揭示主題	故事人物
				惠炤師	文中對話	僧指出惠炤師的特殊身份及怪異行爲的原因	刻畫人物形象	故事人物
				鄧差	文中對話	旅人奉勸鄧差要享受生活的原因	揭示主題	故事人物
				杜疑妾	文中對話	杜疑妾自述犯下過錯必遭懲罰	揭示主題，刻畫人物	故事人物
《紀聞》	牛素	武周、玄宗時期	否	屈突仲任	文中對話	冥吏指出屈突仲任的罪行及將受到的懲罰	推動故事情節發展	故事人物
				僧伽大師	文中對話	大臣解釋天象異常的原因	刻畫人物形象	故事人物
				蘇無名	文中對話	蘇無名闡釋捉拿罪犯的方法及原因	推動故事情節發展，刻畫人物形象	故事人物
				儀光禪師	文中對話	乳母講述讓儀光禪師自謀生路的原因	推動故事情節發展	故事人物

				馬待封	文末	教育人不能自滿	揭示主題	敘述者
				徐敬業	文中對話	指出現身人世的原因	揭示主題	故事人物
				吳保安	文中對話	吳保安道出哭泣的原因	刻畫人物形象，推動故事情節發展	故事人物
				北山道者	文中對話	道者認為自己的遭遇是命運使然	刻畫人物形象，揭示主題	故事人物
				僧韜光	文中對話	守墓人講述假扮鬼的原因	推動故事情節發展	故事人物
				稠禪師	文中對話	僧自述能看淡生死，但沒力氣是人生的遺憾	刻畫人物形象，推動故事情節發展	故事人物
				楊浦	文中對話	講述不能離開的原因	預示故事結局	精魅
				薛直	文中對話	佛制定戒律的原因	揭示主題	故事人物
				劉洪	文中對話	劉洪指出妖怪是人心所產生，所以不應懼鬼神	揭示主題，刻畫人物形象	故事人物
				季攸	文中對話	鬼女痛陳自己的死因	交代故事人物身世，推動故事情節發展	鬼女
				淮南獵者	文中獨白	獵者感慨人不如獸	揭示主題	故事人物
				鄭宏之	文中對話	指出不離開凶宅的原因	刻畫人物形象，推動故事情節發展	故事人物
				修武縣民	文中對話	指出精魅產生的原因	推動故事情節發展	故事人物
				長樂村聖僧	文中對話	僧解釋憤怒的原因	推動故事情節發展，刻畫人物心理	故事人物
				普賢杜	文中對話	譏諷百姓供奉土木塑像無益	揭示主題	故事人物
				水珠	文中對話	貴人嘲笑王濫索價	推動故事情節發展	故事人物
				隋煬帝	文中對話	大臣安慰隋煬帝，異象不預示著亡國	揭示主題	故事人物
				王晟	文末對話	指出王生不能成仙的原因	揭示主題	故事人物
				王儦	文中對話	生死前定，人不應該對抗命運	揭示主題	故事人物
				晉陽人妾	文中對話	母親安慰晉陽人並解釋不用擔心的理由	推動故事情節發展	故事人物

				午橋民	文中	陳述自首投案的原因	推動故事情節發展	故事人物
				周賢者	文中對話	表明不能聽信狂言	揭示主題	故事人物
				李虛	文末	對李虛的品行進行評價	刻畫人物形象	故事人物
				裴佃先	文中對話	面對則天責難，裴佃先進諫，表明自己立場	刻畫人物形象，展示人物內心世界	故事人物
						勸諫則天殺流人的原因，並引用讖語證實自己看法	刻畫人物形象，展示人物內心世界，干預故事	故事人物
《廣異記》	戴孚	開元、天寶、代宗年間	是	張嘉祐	文中對話	神女陳述爲祟的原因	展示人物內心世界	神女
				崔敏慤	文中對話	崔敏慤訓斥項羽的失敗	刻畫人物形象，干預故事	故事人物
						項羽指出要趕走崔敏慤的原因	刻畫人物形象	亡人靈魂，官員
				狄仁傑	文中對話	訓斥鬼魅爲祟	塑造人物形象	故事人物
				李暠	文末	鬼神不殺李暠的原因	揭示主題	時人
				李瀚	文中	李瀚勸說妻子追隨自己爲鬼的理由	凸顯陰間美好，揭示主題	鬼
				李萇	文中對話	指責丈夫，要求其撫養孩子	狐狸的人性和母性，干預故事	鬼
《通幽記》	唐晅	不詳	不詳	唐晅手記	文中對話	解釋佛教思想中的因果觀	揭示主題	鬼
《定命錄》	趙自勤	不詳	不詳	張岡藏	文中對話	太宗指出必須授予其官職的原因	預示故事結局	故事人物
				梁十二	文中對話	梁十二告訴司馬詮避禍的方法及災禍產生的原因	預示故事結局	故事人物
				魏元忠	文中對話	神算子告知其命運、遇到的災難和避禍的方法	揭示主題，刻畫人物形象	故事人物
				裴光庭	文中對話	命運不可抗拒	揭示主題	故事人物
				梁鳳術驗	文末	指出創作的原因	揭示主題	敘述者
《廣異記》	戴孚	開元、天寶代宗年間	是	張李二公	文中對話	反駁對方，人各有志，不能勉強他人	揭示主題，刻畫人物形象	故事人物
				劉鴻漸	文中對話	和尚道出救劉鴻漸的原因	預示故事主題	故事人物
				章秀莊	文中對話	鬼求救的原因	推動故事情節發展	鬼

				劉可大	文中對話	指出不必害怕的原因	揭示主題	冥吏
				張琮	文中對話	鬼道出求助的原因	刻畫人物形象，推動故事情節發展	故事人物
				狄仁傑	文中獨白	狄仁傑指出不懼鬼神的原因	刻畫人物形象，推動故事情節發展	故事人物
				王光本	文中對話	鬼指出生人不應該為死去的人傷心	刻畫人物形象，推動故事情節發展	鬼
				李光遠	文中對話	指出不能違背天常的原因	預示故事結局	鬼
				章仇兼瓊	文中對話	章仇兼瓊講述死後回家的原因	刻畫人物形象	鬼
				宇文覿	文中對話	鬼指出為祟的原因	推動故事情節發展，預示故事結局	鬼
				六合縣丞	文中對話	冥吏指出世人不能見天帝的原因	推動故事情節發展	冥吏
					文中對	丈夫指出妻子應追隨自己的原因	推動故事情	鬼
				邊洞玄	文中對話	關於成仙應該具備什麼條件的爭論	塑造人物形象，展示人物內心世界	神仙與世人
				李瀚	話	指出該與自己同死的原因	節發展	鬼
				韋明府	文中對話	狐媚指出韋明府女兒生病的原因	推動故事情節發展	狐媚
				唐參軍	文中對話	指責唐不該殺狐	推動故事情節發展	狐媚
				崔昌	文中獨白	指責崔不該殺小兒	推動故事情節發展	精魅
				謝二	文中獨白	指責謝二害自己家人，要復仇	推動故事情節發展	精魅
《異雜篇》	佚名	不詳	不詳	唐紹	文末	對命運發表感慨	揭示主題	故事人物
	陳玄祐	不詳	不詳	離魂記	文中對話	倩娘講述追隨王宙的原因	刻畫人物形象，推動故事情節發展，為故事的發展埋下伏筆	人魂
	沈既濟	不詳	不詳	任氏傳	文末	對人生發表感慨	揭示主題	作者
				枕中記	文中對話	士子講述感覺人生疲憊、困頓的原因	推動故事情節發展	故事人物
《靈怪集》	張薦	744-804	否	關司法	文中對話	老嫗講述不能讓關司法得到小孩的原因	推動故事情節發展	故事人物
《辨疑志》	陸長源	?-799	否	姜撫先生	文中對話	指出嚴所說話中的錯誤	刻畫人物形象	故事人物

《全唐文》	長孫巨澤	憲宗、穆宗時人	不詳	盧陲妻傳	文中對話	陳述被貶下凡的原因	推動故事情節發展	故事人物
《昌黎先生集》	韓愈	768-825	是	石鼎聯句詩序	文中對話	道士講出自己不發表看法的原因	刻畫人物形象，推動故事情節發展	道士
《柳河東集》	柳宗元	773-819	是	李赤傳	文末	警戒世人，對故事人物發表看法	揭示故事主題	作者
				河間傳	文末	警戒世人，對故事人物發表看法	揭示故事主題	作者
《異聞集》	李朝威	不詳	不詳	柳毅傳	文中對話	柳毅不接受脅迫婚姻的原因	刻畫人物形象	故事人物
	許堯佐	不詳	是	柳氏傳	文末	讚譽柳氏	揭示主題，刻畫人物形象	作者
	白行簡	776-826	是	李娃傳	文中對話	李娃指出幫助李生的原因	刻畫人物形象，展示人物內心世界	故事人物
					文末	讚譽李娃	揭示主題，總結全篇	作者
				三夢記	文末	對夢產生的原因進行推測	揭示主題，總結全篇	作者
	李公佐	不詳	否	南柯太守傳	文末	對南柯的人生發表感慨	揭示主題，總結全文	作者
				謝小娥傳	文末	讚譽謝小娥	揭示主題，總結全文	作者
《唐詩紀事》	元稹	779-831	是	鶯鶯傳	文中對話	張生講出不近女色的原因	刻畫人物形象	故事人物
						鶯鶯怒斥張生翻牆有違禮法	刻畫人物形象，揭示人物矛盾心理	故事人物
《異聞錄》	李景亮	不詳	是	李章武傳	文中對話	李章武道出死後仍然現身的原因	刻畫人物形象	鬼婦
《沈下賢文集》	沈亞之	?-833	是	湘中怨解	開篇	闡述創作的原因	總結全文，引出下文	作者
				馮燕傳	文中對話	女子家人為其辯解，開脫殺夫罪責	承接故事	故事人物
				秦夢記	文中對話	皇帝委婉指出遣送沈亞之的原因	推動故事情節發展	故事人物
《異聞集》	柳珵	不詳	不詳	上清傳	文中對話	丞相指出情況異常，預示著自己大難將至	為故事的發展埋下伏筆，推動故事情節發展	丞相
	陳鴻祖	不詳	不詳	東城父老傳	文中	敘述者指出賈昌夫婦深得寵幸的原因	表達看法，推動情節發展	敘述者
《全唐文》	崔蠡	不詳	是	義激	文末	評價義激	揭示主題，總結全篇	作者
《龜從自敘》	崔龜從	?-853	是	宣州昭亭山華君神祠記	文末	證實鬼神實有，嗟乎領起	揭示主題	敘述者

	王洙	不詳	是	東陽夜怪錄	文中對話	精怪誇耀自己有才華	刻畫人物形象	精怪
	蔣防	不詳	否	霍小玉傳	文中	勸說李生接納霍小玉	刻畫人物形象	故事人物
						霍小玉斥責李生的薄情	刻畫人物形象，展示人物內心世界	
《大唐新語》	劉肅	不詳	不詳	李傑	文中	李傑道出斷案的依據	結束故事	故事人物
				盧藏用	文末	評價盧藏用的一生	揭示主題	敘述者
《通幽記》	陳劭	不詳	不詳	趙旭	文中對話	神女講出寶物不能示人，並且不能向世人泄露自己身份的原因	爲故事結局埋下伏筆	神女與故事人物
				竇凝妾	文中對話	指責丈夫	推動故事情節發展	鬼婦
				蕭穎士	文中對話	老翁道出判斷此人是鄱陽王的原因	推動故事情節發展	故事人物
				李子车	文中對話	老僧指出判斷吹笛之人身份高貴的原因	推動故事發展	故事人物
				丁嵓	文中對話	勸說老虎離去的理由	推動故事情節發展	故事人物
《集異記》	薛用弱	不詳	不詳	邢曹進	文末	感慨僧的神異	結束故事，揭示主題	敘述者
				李清	文中對話	說服子孫想離家	刻畫人物形象	故事人物
				丁湜	文末	評價故事人物	揭示主題	作者
				淩華	文中	冥使指出淩華的過錯及該受到的懲罰	刻畫人物形象	故事人物
《幽怪錄》	牛僧孺	780-848	是	裴諶	文中	學仙未果而想重返人世的理由	刻畫人物形象	故事人物
					文中	指責用仙術召喚他人	展示人物內心世界	故事人物
					文末議論	籠領起，評價故事人物	揭示主題	作者
				韋氏	文中	人的生死前定	揭示主題	故事人物
					文末	人世官運前定	揭示主題	作者
				崔環	文中對話	冥吏告知冥間的險惡	揭示主題	冥吏
				董慎	文中對話	董慎指出不能包庇犯人，應該公正執法	揭示主題，推動故事去情節發展	故事人物
				郭代工	文中	眾人怒斥郭代工除怪觸犯	刻畫人物形象	故事人物
					文末	富貴前定	揭示主題	作者

				吳全素	文中對話	根據罪責進行辯駁	揭示主題	故事人物
					文末	命運前定	揭示主題	故事人物
				掠剩使	文中對話	揭示掠剩使的職責	刻畫人物形象	故事人物
				尹縱之	文末議論	指出尹不能中進士原因	刻畫人物形象，展示人物內心世界	敘述者
				岑曦	文末議論	命運前定	揭示主題，干預故事	作者
				李沈	文末議論	命運前定，警示貪圖祿位之人	揭示主題，干預故事	作者
《續定命錄》	溫畲	元和年間	不詳	崔玄亮	文末	法術可遇不可求	揭示故事主題，結束故事	敘述者
《博異志》	鄭還古	開成、會昌末、大曆初	是	趙齊高	文中議論	圍繞是否殺魚爭論，勸說眾人要行善	刻畫人物形象，展示人物內心世界，揭示主題	故事人物，作者
				馬奉忠	文中對話	斥責馬奉忠復仇的錯誤	展示人物內心世界	作者
				薛淙	文末	指出薛淙見識淺陋	揭示主題	敘述者
				韋思恭	文中對話	指出不能食魚的原因	推動故事情節發展	故事人物
				崔無隱	文末	恩怨有徵應	揭示主題	作者
					文中	評價崔見識淺陋		
				李全質	文中	解釋懼水的原因	揭示主題	敘述者
《河東記》	薛漁思	不詳	不詳	獨孤遐叔	文末	揭示夢中相見之人是幽憤所感	揭示主題	作者
				李敏求	文中對話	冥官解釋不能徇私的原因	推動故事情節發展	冥官
《續幽怪錄》	李復言	不詳	不詳	涼國武公李愬	文末	猜測涼國武功仙去的理由	揭示主題	敘述者
				蘇州客	文中對話	道士解釋龍母失態的原因	揭示主題	故事人物
				錢方義	文中對話	錢方義和鬼關於鬼是否害人的爭辯	推動故事情節發展	人和鬼之間
				訂婚店	文末	婚姻前定	揭示主題	故事人物
				木工蔡榮	文中對話	解釋幫助蔡榮的原因	揭示主題	故事人物
				唐儉	文末	解釋不能虐待妻子	揭示主題	故事人物

				盧僕射從史	文中人物對話	不眷戀人世的原因	刻畫人物形象，展示人物內心世界	鬼
				李岳州	文末議論	生死富貴由陰間所定	揭示主題	作者
				韋令公皋	文末議論	警示世人不能輕視他人	揭示主題	作者
					文中議論	勸說丈夫成就功名，不能受他人侮辱	刻畫人物形象	故事人物
				張逢	文中議論	商量是否應該報父仇	刻畫人物形象，展示人物內心世界	故事人物
				李衛公靖	文末議論	如果李靖選二女，可能位爲宰相	揭示主題	時人
				張老	文中議論	訓斥媒婆不該替張老說媒	刻畫人物形象，展示人物內心世界	故事人物
				尼妙寂	文中	對字謎進行推測	推動故事情節發展	故事人物
				張寵奴	文末議論	聖賢之人的正確行爲及標準	揭示主題	作者
				唐儉	文末議論	人應該善待妻子	揭示主題	故事人物
				韋氏子	文中議論	死後還魂講述應該信奉佛教	揭示主題	故事人物
《幽怪錄》				李紳	文中對話	解釋突然消失的原因	揭示主題	故事人物
				辛公平上仙	文中	成仙之道	揭示主題	敘述者
				黨氏女	文中議論	人不應該欺詐	揭示主題	故事人物
				王國良	文末	陰間時間不同於人世	揭示主題	敘述者
《續玄怪錄》				辛公平上仙	文中	成仙之道	揭示主題	敘述者
《仙傳拾遺》	劉無名	開成間道士	不詳	劉無名	文中對話	指出不被冥間官吏抓捕的原因	塑造故事人物	故事人物
《會昌解頤錄》	佚名	不詳	不詳	麴思明	文中議論	解釋不求官的原因	刻畫人物形象，展示人物內心世界	故事人物
《集異記》	呂道生	不詳	不詳	劉惟清	文中對話	指責對方的物理	推動故事情節發展，刻畫人物形象	故事人物
				李佐文	文中對話	婦人指出所遇爲鬼，並對鬼出現的原因進行推測	揭示主題	故事人物
				高元譽	文中對話	指出必須逃離的原因	刻畫故事人物形象	故事人物

《戎幕閑談》	韋絢	796-866	否	鄭仁筠	文末	生存之道	揭示主題	故事人物
《乾𦠆子》	溫庭筠	晚唐	否	一行	文中對話	勸諫皇帝大赦天下	刻畫人物形象，故事承接、過渡	故事人物
《酉陽雜俎》	段成式	803？-863	否	翟乾祐	文中對話	神女講述不能平覆險灘的原因	揭示主題，承接、過渡	故事人物
				僧契宗兄	文中對話	趕走僧的原因	推動故事情節發展	精魅
				韓滉	文中對話	講述捉拿兕手的原因	故事承接過渡，調節故事節奏	故事人物
				三史王生	文中對話	駁斥《孟子章句》中對帝王的看法	故事承接、過渡，揭示主題	故事人物
				浮梁張令	文中對話	勸說張令放棄延壽的請求	承接故事	神仙
				徐玄之	文中對話	冥王對徐玄之和自己的身世經歷進行評價	推動故事情節發展	冥王
《集異記》	陸勛	不詳	不詳	劉惟清	文末	陰間兵士預示著世間戰亂興亡	揭示主題	作者
《奇事記》	李隱	不詳	不詳	李義	文中	陳述兒子不孝	塑造人物形象，調節故事節奏	狐精
《大唐奇事》				朱化	文中對話	勸說對方換羊	推動故事情節發展，為故事發展埋下伏筆	精魅
				狐龍	文末	狐龍形成原因	揭示主題	故事人物
《譚賓錄》	胡璩	晚唐	不詳	孫思邈	文中對話	談論醫術、養生、人生之道	揭示主題	故事人物
《纂異記》	李玫	大曆時人	是	蔣琛	文中對話	駁斥相國的嘲諷	刻畫人物形象，展示人物內心世界，承接故事	故事人物
				韋鮑生妓	文中對話	指出當今科舉舉薦人才的弊端	揭示主題	故事人物、神仙
《逸史》	盧肇	會昌年間	是	盧李二生	文中對話	駁斥對方的哀憫	塑造人物形象	故事人物
				姚泓	文中對話	證實身份的理由	推動故事情節發展	故事人物
				李公	文中對話	反駁對方，認為食物不由他人所定	推動故事情節發展	故事人物
				李宗回	文末	食物前定	揭示主題，結束全篇	敘述者
				李主簿妻	文末	論證女子不能入廟的理由	揭示主題	敘述者
				李虞	文末議論	警示後人，神仙之境只有真求仙之人才能進入	揭示主題	作者

《瀟湘錄》	柳祥	不詳	不詳	張安	文中對話	闡釋生死的道理	揭示主題	鬼
				喬龜年	文中對話	解釋向天哭泣的原因	推動故事情節發展	故事人物
				魏徵	文中對話	官錄前定	揭示主題	故事人物
				梁守威	文中對話	論說天下形勢	推動故事情節發展	故事人物
				鄭紹	文中對話	解釋身份	推動故事情節發展，刻畫人物形象	鬼
				孟氏	文中對話	解釋闖入的原因	推動故事情節發展	書生
				歐陽敏	文中對話	解釋鬼不害人	揭示主題，推動故事情節發展	鬼和人之間
				益州老父	文中	警喻世人治病亦如治國	揭示主題，承接故事	故事人物
					文中對話	張安陳述要為自己立祠的理由	刻畫人物形象	故事人物
				楊國忠	文中對話	告誡國忠要以社稷為重	影射安史之亂	故事人物
				王屋薪者	文中對話	佛道論證各自的優劣	揭示主題	故事人物
				楊真	文中	人變成虎後不記得家人	揭示主題	故事人物
				王祐	文中	指責王設宴招待是為沽名釣譽	刻畫人物形象，揭示主題	故事人物
						指出召來禍患的原因	刻畫人物形象，揭示主題	故事人物
				楚江漁者	文中	對漁人之隱與隱人之漁的看法	刻畫人物形象，揭示主題	故事人物
	房千里	不詳	是	楊娼傳	文末	評價楊娼	揭示主題	作者
	薛調	830-872	是	無雙傳	文末議論	讚譽無雙夫婦結合在一起，經歷了很多波折，實屬難得	揭示主題	作者
《宣室志》	張讀	834-886	是	廣陵大師	文中對話	指責僧為非作歹	塑造人物形象，推動故事情節發展	故事人物
				李生	文末	生死前定	揭示主題，結束全篇	敘述者
				樊宗諒	文末	指出樊被抓的原因	揭示主題，結束全篇	敘述者
				淮南軍卒	文中	解釋不能接受任命的原因	推動故事情節發展	敘述者

				獨孤彥	文中對話	解釋名字由來	塑造人物形象	鬼吏
				李徵	文中對話	解釋變虎後的矛盾、痛苦心境	塑造人物形象，推動故事情節發展	故事人物
				俞叟	文中對話	老者對不救濟呂氏子的親戚進行指責	推動故事情節發展	故事人物
				李賀	文中	李賀不能舉進士的原因	推動故事情節發展	敘述者
				李甲	文中對話	指出能取得功績的原因	推動故事情節發展	山神
				石昊	文中對話	講述不能食自己所攜仙丹的原因	揭示主題	神仙
				陳袁生	文中對話	毀壞赤水神廟的原因	揭示主題	僧
				董觀	文中對話	安慰人不能以生死為念	揭示主題	僧
				楊叟	文中對話	勸說僧舍心救助父親	揭示主題，承接故事	士子
				計真	文中對話	勸說計真不要沉溺求仙	揭示主題，承接故事	狐精
					文中對話	勸說陸不要與胡商接觸	揭示主題，展示人物內心世界	太學生
				智空	文中	猜測天氣晦明變化的原因	揭示人物心內心世界	故事人物
				楊國忠	文中對話	婦人指責楊國忠的過失	塑造人物形象	故事人物
《甘澤謠》	袁郊	不詳	否	魏先生	文中對話	由人物神色推測人物身份	調節故事節奏	故事人物
					文中對話	指示實現理想的途徑	承接故事，塑造人物形象	敘述者
				許雲封	文中對話	由笛音推測笛子主人身份不同尋常	調節故事節奏	故事人物（笛師）
				韋騶	文中獨白	焚廟的原因	揭示人物心理	故事人物
《陰德傳》	佚名	不詳	不詳	劉弘敬	文中對話	勸說劉弘敬修德延壽	塑造人物形象，展示人物內心世界	相者
					文中	陰德可以免災	揭示主題	故事人物
《虬髯傳》	裴鉶	不詳	否	虬髯客傳	文中對話	讚譽李世民、李靖的才能	刻畫人物形象	俠客
《仙傳拾遺》				楊通幽	文中對話	貴妃解釋自己生前來到人間的原因	刻畫人物形象	仙子

《本事詩》				韓翃	文中	揭示罪狀	推動故事情節發展	故事人物
				崔護	文中對話	老翁解釋女兒的死因	推動故事情節發展	故事人物
				李白	文中	李白論詩	故事時間的暫時停頓	敘述者
					文中	玄宗不授予李白官職的原因	推動故事情節發展	
《傳奇》				周邯	文中	怒斥周竊取神龍的寶物	刻畫人物形象，展示人物內心世界	土地仙
				孫恪	文中對話	孫恪表兄指出可以根據其面相看出他所娶女子爲妖怪	刻畫人物形象	士子
						孫恪認爲不能以仇報恩	刻畫人物形象	士子
《青瑣高議》	佚名	不詳	不詳	隋煬帝海山記	文中對話	指出隋煬帝不能遊幸江陵的原因	刻畫故事人物形象	故事人物
《說郛》	佚名	不詳	不詳	迷樓記	文末	國家興亡不是偶然	揭示主題，總結全篇	作者
《雲溪友議》	范攄	晚唐	否	苗夫人	文中	勸說夫君外出闖事業，改變被輕視的窘局	承接故事，爲故事鋪墊	故事人物
				葬書生	文中	對劉侍郎處理史書的態度表示理解	承接過度，調節故事節奏，塑造人物形象	作者
《丹丘子》	陸藏用	晚唐	不詳	神告錄	文中對話	展示自己想建立國家的宏圖大志及將採取的具體措施	承接故事，爲故事鋪墊	神仙，高祖
《三水小牘》	皇甫枚	天祐中人	否	飛煙傳	文中對話	解釋淪落風塵的原因，希望象不要嫌棄	刻畫故事人物形象，推動故事情節發展	故事人物
				魚玄機笞斃綠翹致戮	文中對話	辯解自己蒙受的冤屈	推動故事情節發展，刻畫人物形象	故事人物
				玉匣記	文末	國運前定	揭示主題	作者
				王表	文中對話	指出不能將兒子給光遠撫養的原因	推動故事情節發展	故事人物
				冠蓋山獲古銅斗	文中	引用古史證明秦始皇王氣實有	故事承接過渡，塑造人物形象	作者
《神仙感遇傳》	杜光庭	850-933	否	曹橋潘尊師	文中對話	告誡潘大禍降臨及卻禍的方法	推動故事情節發展	故事人物
《墉城集仙錄》				今母元君（西王母傳）	文中對話	告訴漢武帝成仙之術	承接過度，調節故事節奏，塑造人物形象，揭示主題	神仙

					嬰母	文末	孝心可以使人成仙	故事承接過度，調節故事節奏，揭示主題	作者
					雲華夫人	文中對話	講解什麼是道	故事承接過度，調節故事節奏，揭示主題	神仙
					王妙想	文中	發表對神仙、成仙之道的看法	調節故事節奏	神仙
					魏夫人	文中	發表對神仙、成仙之道的看法	調節故事節奏	神仙
					謝自然	文中	講述成仙之法	揭示主題	作者
《仙傳拾遺》					驪山姥	文中	解釋《陰符》的含義	故事承接過渡，調節故事節奏	神仙
《闕史》	高彥休	854-？	是		李可及戲三教	文中對話	李可及巧妙解釋對眾人問題的看法	塑造人物形象，推動故事情節發展	故事人物
					李文公夜醮	文中對話	圍繞有無鬼神進行爭論	故事承接過渡，調節故事節奏	道士
					滎陽公清儉	文中	滎陽公清儉指責其不節儉	塑造人物形象，展示人物內心世界	故事人物
					裴晉公大度	文中	指責其不為自己所建廟宇題詞	塑造人物形象，展示人物內心世界	故事人物
					丁約劍解	文中對話	丁約解釋自己預言的根據	揭示主題	故事人物
《劇談錄》	康駢	不詳	是		續坤驣馬	文末	好馬須得伯樂才能鑒識	揭示主題	故事人物
					洛中豪士	文末	引用古人話，證明要戒奢的道理	揭示主題	故事人物
《南楚新聞》	尉遲樞	不詳	不詳		秦匡謀	文中對話	秦匡謀駁此舉不符合禮節	塑造人物形象，推動故事情節發展	故事人物
《北夢瑣言》	佚名佚	蓋唐末人	不詳		鄴侯外傳	文中	勸誡鄴侯要韜光養晦	塑造人物形象，展示人物內心世界	故事人物
						文中	求道在於心，不能力爭	揭示主題	道士
						文中	告誡曹王不能輕視人的理由	塑造人物形象，展示人物內心世界	道士
					李氏女	文中獨白	猜測受鬼侵擾的原因	塑造人物形象	故事人物
					華亭堰典	文中	對婦女生前的罪行發表看法	揭示主題	故事人物
《原化記》	皇甫氏	不詳	不詳		張山人	文中	感慨人不應生活在俗世	揭示主題	道士
					鄭冊	文末	按語，對其成仙發表感慨	揭示主題	作者
					華亭堰典	文中對話	關於天殺罪人的討論	故事承接過度，塑造人物形象，揭示主題	故事人物

				魏生	文中對話	告知寶珠為寶母原因	豐富與寶珠相關的故事，形成更為豐富的文本意蘊	胡商
				京洛士人	文中對話	關於神靈存在與否進行爭論	推動故事情節發展，揭示主題	神靈與士子
				張老	文中對話	勸誡不要聽信惡龍的空頭許諾	揭示主題，為故事發展埋下伏筆	僧與張老
				天寶選人	文中對話	妻子怒斥丈夫，澄清自己是被生活所迫才與之生活	塑造人物形象，調節故事節奏	士人與虎妻
				張俊	文中	為報妻仇託孤	塑造人物形象，引出故事	莊客與同行者
				柳並	文中	陳述必食柳並的原因	引出故事，調節敘事節奏，舒緩故事緊張氣氛	胡僧與吏
				嵩山客	文中	勸說不殺魚的原因，陳述自己無罪	推動故事情節發展，揭示主題	龍神與客
				賀知章	文中對話	老者闡釋得道的原因	揭示主題	故事人物
《疑仙傳》	王簡	唐末五代人	否	蕭寅	文中對話	寅解釋不傳授採女之術的原因	揭示主題，推動故事情節發展	故事人物
				草衣兒	文中對話	草衣兒解釋垂釣的原因	揭示主題，刻畫人物形象	故事人物
				賣藥翁	文中對話	關於生死、治病救人道理的闡釋	揭示主題	道士
				負琴生	文中對話	關於生死的探討	塑造人物形象，展示人物內心世界，揭示主題	神仙與李白
				彭知微女	文中對話	闡釋成仙之道	揭示主題，調節故事節奏	神仙與女子
				方向女	文中對話	展示仙界生活勝於俗世生活	揭示主題	仙女與家人
				管革	文中對話	關於是否應局限於趙魏之間展開爭論	揭示主題，調節故事節奏	神仙之間
				姜澄	文中對話	關於什麼是身無穢、神無撓、得道、達大道的闡釋	揭示主題，調節故事節奏	故事人物
				景仲	文中對話	駁斥老人關於仙藥在十洲的說法	揭示主題，調節故事節奏	道士與神仙之間
				何寧	文中	關於得道方法的看法	揭示主題，調節故事節奏	神仙與凡人之間

《玉泉子》	玉泉子	不詳	不詳	鄧敞	文中	說服鄧妻子不要告官，接受丈夫另娶	塑造人物形象	故事人物
《閩川名士傳》	黃璞	不詳	是	歐陽詹	文中	對歐陽詹的早逝表示遺憾	抒發情感，推動故事情節發展	故事人物
《北夢瑣言》	李琪	869-928	是	田布尚書傳	文中對話	指出不能殺田布家族的原因	刻畫故事人物形象，推動故事情節發展	故事人物
《稽神錄》	沈彬	873-961	否	張懷武	文中獨白	陳述自殺的原因	塑造人物形象	故事人物
《桂苑叢談》	嚴子休	五代	不詳	崔張自稱俠	文中	人不可名不副實	塑造人物形象，揭示主題	故事人物
				客飲甘露寺	文中對話	討論項羽失敗的原因	揭示主題，推動故事情節發展	故事人物
《王氏見聞記》	王仁裕	880-956	否	殺妻者	文中	要求不能簡單斷案，應該重審的理由	調節故事節奏	故事人物
					文末	警示不能輕易斷案	揭示主題	作者
				葛周	文末	讚譽葛周高風亮節	揭示主題，塑造人物形象	作者
《劉氏耳目記》	劉崇遠	不詳	不詳	溫璉	文中對話	不能隨便佔有不屬於自己的寶物	塑造人物形象	故事人物
《稽神錄》	徐鉉	916-992	否	李生	文中對話	告誡煉金術使用的方法	故事承接過渡，揭示主題	道士
《燈下閑談》	佚名	不詳	不詳	桃花障子	文中對話	道士解說採女術的由來	揭示主題	道士
《賓仙傳》	何光遠	後蜀	否	太原遇仙	文末	感慨國運天定	揭示主題	作者
				求冥婚	文末	諷刺自投鬼懷抱之人	揭示主題	作者
《野人閑話》	景煥	孟蜀時人	否	擊竹子	文末	感慨不能輕易輕視貧賤之人	揭示主題，總結全篇	作者
				章邵	文末	感慨惡人自食其果	揭示主題，總結全篇	作者
《搜神記》	句道興	不詳	不詳	侯霍救鬼	文中	教育世人，要知道報恩	干預故事，揭示主題	作者
				侯光侯周	文中	故曰領起，教育世人要報恩	干預故事，揭示主題	故事人物
				梁遠皓段子京	文中	故曰領起，交友要交到好友	干預故事，揭示主題	作者
				王子珍	文中	「故語曰」領起，警示不能養白狗	干預故事，揭示主題	作者
《敦煌變文集》	王敷	不詳	不詳	茶酒論	文中對話	茶酒針對各自的劣勢攻擊對方，凸顯自己的優勢	塑造人物形象	茶、酒
	佚名	不詳	不詳	伍子胥	文中對話	勸諫皇帝不要納太子妃	塑造人物形象	故事人物
					文中對話	表明幫助伍子胥不為慕金錢	塑造人物形象，展示人物心理	故事人物

				張淮深	文中對話	尚書告誡將士，必須消滅回鶻的原因	推動故事情節發展	故事人物
				秋胡	文中對話	勸說母親讓自己遠遊求取功名	塑造人物形象	故事人物
				廬山遠公話	文中	人行惡，必遭天懲罰	揭示主題	敘述者
				孔子項託相問書	文中對話	機智應對提問，講出答案的根據	刻畫人物形象，推動故事情節發展	故事人物
				祇園因由記	文末	揭示人行善，天護祐的道理	揭示主題	敘述者
				晏子賦	文中對話	晏子反駁皇帝對自己的羞辱	刻畫人物形象，推動故事情節發展	故事人物
				太子成道經	文中對話	太子不結婚的危害	推動故事情節發展	皇帝
《隋唐嘉話》	劉餗	不詳	否	婁師德	文中對話	講述心懷寬廣的原因	揭示主題	故事人物
《新唐志》	李吉甫	758-814	否	梁大同古銘記	文中為書著論	讚頌其見識淵博	塑造人物形象	士子
《白氏長慶集》	白居易	772-846	是	記異	文中	推測屋子不詳的原因	故事承接過渡，調節故事節奏	士子
					文末	推測王氏遭害的原因	揭示主題	故事人物
《靈怪集》	張薦	744-804	否	李甲	文末	警示世人要懂得知恩圖報	揭示主題	作者
《本事詩》	孟棨	不詳	是	許渾夢	文中	李白論詩	故事承接過渡，調節故事節奏	故事人物
《鑒誡錄》	何光遠	不詳	不詳	求冥婚	文末	諷刺曹孝廉與鬼神結為婚姻	揭示主題	故事人物
《芝田錄》	丁用晦	不詳	不詳	李德裕	文中對話	圍繞能否飲水展開爭論	推動故事情節發展	故事人物

附錄三　書牘文本在唐五代小說中的使用情況和功能

作品集	作者	生活年代	是否進士	作品名稱	進入方式	作　用	使用的語言	數量
《冥報記》	唐臨	600-659	否	眭仁蒨	全部進入	傳遞信息	散體	1處
《冥報拾遺》	郎餘令	不詳	是	信都元方	部分進入	傳遞信息	散體	1處
	張文成	658-730	是	遊仙窟	正文內容全部進入	傳情達意，自陳身世	駢體	1處
《開元天寶遺事》	張說	667-730	是	梁四公記	正文內容全部進入	傳情達意，自陳身世	散體	1處
				龍鏡記	全部進入	傳情達意	詩歌	1處
《鑒龍圖記》				傳書燕	全部進入，文末附詩	傳情達意，簡介古鏡來歷	散體	1處
	牛肅	開元至德宗、貞元初年	否	吳保安	正文內容全部進入	傳情達意，傳遞信息，渴求援助	駢體，詩歌，散體	2處
《紀聞》				裴伷先	部分內容進入	傳遞信息	散體	1處
《定命錄》	趙自勤	肅宗時期	否	張岡藏	部分內容進入	告知生死禍福	散體	1處
				梁十二	部分內容進入	舉薦人才	散體	1處
《廣異記》	戴孚	肅宗至德宗時期	是	常夷	省略書信主體內容，信末附詩	傳情達意，自陳身世	駢體	1處
				李及	部分進入	傳遞信息	散體	1處
				阿六	部分進入	傳情達意	散體	1處
				羅元則	部分進入	傳情達意	散體	1處
《靈怪集》	張薦	744-804	否	王生	部分進入	傳遞信息	駢體	2處
				郭翰	不摘錄書信內容，信末附詩	傳情	詩歌	2處
《異聞集》	李公佐	不詳	否	南柯太守傳	部分進入	傳達思念之情	散體	1處
《異聞集》	沈亞之	?-833	是	感異記	部分進入	傳情達意	詩歌	1處
	元稹	779-831	是	鶯鶯傳	正文內容全部進入，文末附詩	傳情達意	駢體	1處
《通幽記》	陳劭	不詳	不詳	李哲	部分內容進入	傳遞信息	散體	8處
				竇凝妾	部分內容進入	傳情達意	散體	3處
《玄怪錄》	牛僧孺	780-848	是	袁洪兒郎誇	部分內容進入	傳情達意	駢體	1處
				岑順	正文內容全部進入	請求幫助	駢體	1處
《續玄怪錄》	李復言	開成年間	否	梁革	部分內容進入	傳遞信息	散體	1處
《纂異集》	李玫	大中時人	否	浮梁張令	正文內容全部進入，信末附詩	傳情達意，傳遞信息	賦體，論說體，詩歌	1處

《說郛》	柳祥	不詳	否	安鳳	部分內容進入	傳情達意	散體	1 處
				呼延冀	正文內容全部進入	自陳身世，傳情達意	散體	1 處
	薛調	830-872	是	無雙傳	部分內容進入	傳遞信息	散體	1 處
《宣室志》	張讀	834-886	是	盧虔	正文全部內容進入	傳情達意，自陳身世	論說體	1 處
				馮漸	部分內容進入	傳遞信息	散體	1 處
《甘澤謠》	袁郊	不詳	否	紅線	全部內容進入	傳情達意	散體	1 處
《傳奇》	裴鉶	咸通年間	否	崔煒	全部內容進入	傳遞信息	散體	1 處
《三水小牘》	皇甫枚	天祐中	否	非煙傳	內容全部進入	傳情達意	駢體	1 處
《雲溪友議》	范攄	晚唐	否	玉簫化	部分進入	傳情達意	散體	1 處
《鑒誡錄》	何光遠	不詳	不詳	鬼傳書	全部進入，信末附詩	傳情達意	駢體	1 處
《賓仙傳》				賈忤旨	內容全部進入	傳情達意	詩歌	1 處
《杜陽雜編》	蘇鶚	不詳	是	金龜印	部分內容進入	傳遞信息	散體	1 處
《異聞記》	李吉甫	758-814	否	梁大同古銘記	全部進入	傳情達意，傳遞信息	散體	2 處
《異聞記》	李公佐	貞元、元和年間	是	南柯太守傳	部分內容進入	傳情達意	散體	1 處
《唐闕史》	高彥休	854-？	是	秦中子得先人書	部分內容進入	告知禍福	散體	1 處
《敦煌變文集》	佚名	不詳	不詳	伍子胥	部分內容進入	傳情達意	散體	2 處
				韓擒虎話本	全部進入	傳情達意	散體	1 處
				祇園因由記	部分內容進入	傳遞信息	散體	1 處
				韓朋賦	全部進入	傳情達意	賦體，詩歌	2 處

附錄四　祝文本在唐五代小說中的使用情況

作品集	作者	生活年代	是否進士	作品名稱	進入方式	所處位置	語體	數量
《異聞集》	沈亞之	？-832	是	感異記	全部進入	文中	詩體	1處
《通幽記》	陳劭	不詳	不詳	趙旭	全部進入	文中	散體	2處
				薛二娘	部分進入	文中	散體	1處
《博異志》	鄭還古	不詳	是	王昌齡	部分進入	文中	詩體	1處
《續玄怪錄》	李復言	元和至大中年間	否	韋氏子	全部進入	文中	散體	1處
《纂異記》	李玫	大中時人	否	嵩嶽嫁女	全部進入	文中	詩體	1處
				徐玄之	全部進入	文中	駢體	1處
《傳奇》	裴鉶	不詳	否	崔煒	全部進入	文中	散體	1處
《通幽記》	唐晅	不詳	不詳	唐晅手記	全部進入	文中	散體	1處
《本事詩》	孟棨	約元和、長慶年間	是	崔護	部分進入	文中	散體	1處
《三水小牘》	皇甫枚	天祐中	否	夏侯禎黷女靈皇甫枚為禱乃免	全部進入	文中	散體	2處
				李龜壽	部分進入	文中	散體	1處
《異聞記》	陳翰	唐末	否	僕僕先生	部分進入	文中	散體	1處
《廣異記》	戴孚	不詳	是	張琮	部分進入	文中	散體	1處
				謝混之	部分進入	文中	散體	1處
《疑仙傳》	王簡	唐末五代	否	李陽	部分進入	文中	散體	2處
《中朝故事》	尉遲偓	南唐人	不詳	鄭畋母	部分進入	文中	散體	1處
《鑒誡錄》	何光遠	不詳	不詳	求冥婚	部分進入	文中	散體	1處
《瀟湘錄》	柳祥	不詳	否	汾水老姥	全部進入	文中	散體	1處
《宣室志》	張讀	834-886	否	潯陽李生	全部進入	文中	散體	1處
				智空	全部進入	文中	散體	1處
				韓愈	部分進入	文中	散體	1處
《三水小牘》	皇甫枚	天祐中	否	李龜壽	部分進入	文中	散體	1處
《大唐奇事》	李隱	不詳	不詳	李義	全部進入	文中	論說體	1處
《集仙錄》	杜光庭	850-933	否	魏夫人	全部進入	文中	駢體	1處
《冥報記》	唐臨	600-659	否	袞州人	部分進入	文中	散體	2處
《敦煌變文集》	佚名	不詳	不詳	伍子胥	全部進入	文中	詩體	2處
	佚名	不詳	不詳	孟姜女變文	全部進入	文中	詩體	1處
	佚名	不詳	不詳	王昭君	全部進入	文中	詩體	1處

附錄五　公牘文本在唐五代小說中的使用情況和作用

作品集	作者	活動時間	是否進士	作品名稱	使用對象	進入方式	文中位置	內容	語言	文本形式	數量
《紀聞》	牛素	武周至肅宗時期	否	裴談	人間大臣與天帝之間	全部進入	文中	警戒開山奪取財寶之人	論說體	詔書	1處
				僧伽大師	皇帝與和尚	部分進入	文中	下達命令	散體	詔書	1處
《酉陽雜俎》	段成式	803-?	否	邢和璞	天帝與鬼吏	部分進入	文中	下達命令	散體	詔書	1處
《集異記》	薛用弱	不詳	不詳	淩華	上帝與鬼之間	全部進入	文中	下達命令	散體	詔書	1處
《異聞集》	白行簡	776-826	是	李娃傳	臣子與皇帝之間	部分進入	文中	下達命令	散體	詔書	1處
	佚名	不詳	不詳	南部煙花錄（隋遺錄）	人臣與皇帝	全部進入	文中	准許大臣所奏之事	駢體	詔書	1處
《續幽怪錄》	李復言	開成年間	否	薛偉	上帝與魚精之間	全部進入	文中	下達命令	賦體	詔書	1處
《青瑣高議》	佚名	不詳	不詳	迷樓記	人臣與皇帝	部分進入	文中	下達命令	散體	詔書	1處
《說郛》	佚名	不詳	不詳	開河記	人臣與皇帝	全部進入	文中	下達命令	散體	詔書	1處
	張說	667-730	是	梁四公記	皇帝與大臣	部分進入	文中	下達命令	散體	詔書	2處
《宣室志》	張讀	834-886	是	雞卵	人臣與百姓之間	部分進入	文中	下達命令	散體	詔書	1處
《瀟湘錄》	柳祥	不詳	不詳	白鳳銜書	上帝與生人之間	全部進入	文中	譴責貴妃	駢體	詔書	1處
《王氏見聞錄》	王仁裕	880-956	否	王承休	皇帝與大臣之間	全部進入	文中	下達命令	駢體	制	1處
《燈下閑談》	佚名	疑其為梁唐間人	不詳	神索旌旗	上帝與生人	全部進入	文中	下達命令	散體	誥命	1處
《廣異記》	戴孚	不詳	是	楊伯成	皇帝與臣子	部分進入	文中	下達命令	散體	敕	1處
《博異志》	鄭還古	不詳	是	白幽囚	仙人之間	部分進入	文中	下達命令	散體	敕	1處
《劇談錄》	康駢	不詳	不詳	狄惟謙請雨	上帝與生人之間	全部進入	文中	賞賜褒獎	散體	敕	1處
《鑒誡錄》	何光遠	不詳	否	賈忤旨	大臣與皇帝之間	全部進入	文中	授予官職	散體	敕	1處

《逸史》	盧肇	818-882	是	嚴安之	上帝與生人之間	全部進入	文中	下達命令	散體	敕	1處
《異聞集》	沈既濟	大曆至貞元末	是	枕中記	臣子與皇帝	全部進入	文中	自陳身世，謝恩	詩體	上疏	1處
《纂異集》	李玫	大中時人	否	徐玄之	大臣與皇帝之間	全部進入	文中	揭發罪狀	駢體	奏狀	1處
				精魅與精魅王之間	全部進入	文中	表達政見	論說體	上疏	1處
				滎陽氏	上帝與鬼	全部進入	文中	審判	散體	敕	1處
				嵩嶽嫁女	仙臣與王母之間	部分進入	文中	表達請求	駢體	表	1處
	佚名	不詳	不詳	隋煬帝海山記	人臣與皇帝	全部進入	文中	自陳身世，進諫	駢體	上書	1處
《異聞集》	李公佐	貞元、元和年間	是	南柯太守傳	臣子與皇帝之間	全部進入	文中	請求御賜輔佐大臣，彈劾	散體	表	2處
《耳目記》	劉崇遠	昭宗、南唐年間	否	紫花梨	人臣與皇帝之間	部分進入	文中	報告情況	詩體	表	1處
《燈下閑談》	佚名	疑其爲梁唐間人	不詳	掠剩大夫	仙官請生人代寫給上帝	全部進入	文中	進獻駿馬	駢文	表	1處
				夢與神交	仙官請生人代寫給上帝	全部進入（同具策號）	文中	封冊表彰	駢文	表	1處
《敦煌變文集》	佚名	不詳	不詳	秋胡	大臣與皇帝之間	全部進入	文中	求官	駢體	表	1處
					大臣與皇帝之間	全部進入	文中	求返家	駢體	奏章	1處
	佚名	不詳	不詳	張淮深	皇帝與大臣之間	全部進入	文中	下達命令	駢體	詔書	1處
	佚名	不詳	不詳	陰隱客	大臣與皇帝之間	全部進入	文中	下達命令	散體	敕	1處
	佚名	不詳	不詳	伍子胥	大臣與皇帝之間	全部進入	文中	下達命令	散體	敕	1處
					大臣與皇帝之間	部分進入	文中	應對皇命	散體	啓	3處
					皇帝與大臣之間	部分進入	文中	下達命令	散體	詔書	1處
	佚名	不詳	不詳	漢將王陵變文	大臣與皇帝之間	部分、全部進入	文中	應對皇命	散體駢體	奏章	4處
	佚名	不詳	不詳	唐太宗入冥記	大臣與皇帝之間	部分進入	文中對話	應對皇命	散體	奏章	6處

《王氏見聞錄》	王仁裕	880-956	否	王承休	大臣與皇帝之間	全部進入	文中	進諫	駢體	表	1處
《幽怪錄》	牛僧孺	780-848	是	開元明皇幸廣陵	臣子與皇帝之間	全部進入	文中	應驗道士的法術不幻	散體	奏章	1處
				張左	仙臣與上帝之間	全部進入	文中	傳達信息授予官職	散體	制	1處
				李汭言	仙人與皇帝對話	部分進入	文中	報告情況	散體	奏章	1處
《玄怪錄》				岑順	陰臣與冥王	全部進入	文中	戰前的表決書	詩歌	奏章	1處
	佚名	不詳	不詳	迷樓記	人臣與皇帝	全部進入	文中	自陳身世，進諫	駢體	奏章	1處
	佚名	不詳	不詳	開河記	道士與皇帝	全部進入	文中	彈劾進諫	散體駢體	奏章	5處
《異聞集》	陳翰	唐末	否	賈籠	人臣與皇帝	全部進入	文中	彈劾	散體	奏章	1處
《神仙感遇傳》	杜光庭	850-933	否	徐玄之	冥帝與上帝之間	部分進入	文中	感恩	散體	奏狀	1處
				王可交	人臣與皇帝之間	全部進入	文中	報告情況	散體	詔書	1處
					人臣與皇帝之間	部分進入	文中	准許請求	駢體	奏章	1處
《虬髯傳》				虬髯客傳	人臣與皇帝	部分進入	文中	報告情況	駢體	奏章	1處
《仙傳拾遺》				唐若山	仙與皇帝之間	全部進入	文中	表達戀主之心	駢體	表	1處
《錄異記》				李球	下達命令	部分進入	文中	下達命令	散體	敕	1處
				九天使者	道士與皇帝之間	全部進入	文中	回復皇命放仙經過	散體	奏章	1處
《墉城集仙錄》				薛玄同	大臣與皇帝之間	全部進入	文中	趙夫人成仙情形	駢體	奏章	1處
					大臣與皇帝之間	全部進入	文中	下達命令	散體	敕	1處
	陳鴻	不詳	是	開元升平源	人臣與皇帝之間	全部進入	文中對話	進諫，陳述治國方略	散體	奏章	11處
《異苑》	薛用弱	不詳	不詳	李揆	人臣與皇帝之間	全部進入	文中對話	進諫	散體	奏章	1處
《宣室志》	張讀	834-886	是	雞卵	人臣與皇帝之間	部分進入	文中	說明情況	散體	奏章	1處
《杜陽雜編》	蘇鶚	不詳	是	伊祈玄解	大臣與皇帝之間	部分進入	文末	傳達信息	散體	奏章	1處
				同昌公主	御醫與皇帝之間	部分進入	文中	索取藥材	散體	奏章	1處
《劇談錄》	康駢	不詳	不詳	裴晉公天津橋遇老人	大臣與皇帝之間	部分進入	文中	應對皇命	散體	奏章	1處

附錄六　詩賦、駢文本在唐五代小說中的使用情況

出作品集	作者	作者生活年代	是否進士	作品名稱	詩賦、駢文本數量	作用	使用詩賦、駢文本的人物身份
《續高僧傳》	釋道宣	596-667	否	唐京師普光寺釋明解傳	3處	送別，表達志向	僧
《續江氏傳》	佚名	不詳	不詳	補江總白猿傳	2處	鋪敍環境的清幽、美麗	作者
《朝野僉載》	張文成	658-730	是	遊仙窟	93處	賦詩傳情，簡介身世，描述環境的清幽	神女，士子，敍述者
				權龍襄	7處	賦詩逞才	官員
				武承嗣	1處	寄詩傳情	官員
《記聞》	牛素	武周玄宗、肅宗	否	劉洪	2處	預示人物結局，鬼所言最終得以應驗	鬼
				牛肅女	1處	簡敍魑魅魍魎故事	敍述者
《法書要錄》	何延之	不詳	不詳	蘭亭記	2處	吟詩作樂	朝廷大臣，和尚
《通幽記》	唐晅	不詳	不詳	唐晅手記	4處	感懷賦詩，贈詩留別	鬼婦，士子
《定命錄》	趙自勤	不詳	否	袁天綱	2處	贈詩逞才	大臣
《廣異記》	戴孚	開元天寶代宗年間	是	汝陰人	4處	描述神女下凡的盛況，古箏的奇妙	敍述者，作者
				澮儀王氏	1處	助興佐歡	鬼
				韋璜	7處	寄詩給家人，表達對家人的思念	鬼
《國史補》	李肇	739-87	是	李牟吹笛記	1處	描述笛音的效果	敍述者
《靈怪集》	蕭時和	?-728	是	杜鵬舉傳	1處	評價杜鵬舉	皇帝
	張薦	744-804	否	郭翰	5處	傳達戀情，描述女子盛裝的華美，容貌的美麗	神女，士子
				姚康成	3處	娛樂	精魅
				中官	1處	感慨命運	精魅
《辨疑志》	陸長源	?-799	否	裴玄智	1處	嘲諷	沙門
《宣室志》	鄭伸	749-807	否	稚川記	2處	描述景物優美	敍述者
《少玄本傳》	王建	766-?	否	崔少玄傳	1處	鋪敍成仙之法	神仙
《昌黎先生集》	韓愈	768-825	是	石鼎聯句詩序	3處	作詩展示才華	道士，作者
	許堯傳	不詳	是	柳氏傳	2處	尋找柳氏，答覆李生	女子，士子
《異聞集》	白行簡	776-826	是	李娃傳	3處	引詩，鋪敍李娃的美麗，渲染環境的清幽	敍述者，女子

《異聞集》	李公佐	不詳	是	南柯太守傳	1處	鋪敘南柯婚宴的奢華，公主的美貌	敘述者
不詳				燕女墳記（節文）	1處	贈詩傳情	女子
《異聞集》	李朝威	不詳	不詳	洞庭靈姻傳（柳毅傳）	4處	鋪敘龍王發怒的情形，龍女的華美，龍宮的富麗堂皇	敘述者
《神仙感遇傳》	鄭權	?-824	是	三女星精	1處	鋪敘仙女容貌、服飾的華美	敘述者
	元稹	779-831	是	鶯鶯傳	5處	贈詩，賦詩感懷，鋪敘鶯鶯的美貌	書生、女子
《唐詩紀事》				感夢記	2處	作詩娛樂，寄詩傳情	士子
	李景亮	不詳	是	李章武傳	8處	賦詩感懷，贈詩，答詩：傳情、逞才	士子、鬼
	陳鴻	貞元長慶年間	是	長恨歌傳	3處	諷喻楊貴妃，鋪敘貴妃的華美	民間百姓，作者
	陳鴻祖	不詳	不詳	東城老父傳	2處	諷喻賈昌	民間百姓
《沈下閑文集》	沈亞之	?-832	是	異夢錄	2處	作詩自陳身世，表哀悼之情	鬼，詞客
				秦夢記	4處	哀悼，傳情	士子
				湘中怨解	4處	傳情，鋪敘龍女與亞之見面的凄美	龍女，作者
《異聞集》				感異記	10處	賦詩傳情	神女，士子
	南卓	?-854	是	煙中怨解（節文）	3處	感懷賦詩，表達思念	仙女士子
	王洙	不詳	是	東陽夜怪錄	10處	賦詩展示才華	精怪
《異聞集》	蔣防	不詳	否	霍小玉傳	2處	引出霍小玉喜愛的詩歌，鋪敘小玉的美	士子，女子，敘述者
《通幽記》	陳劭	不詳	不詳	陸憑	2處	贈詩，書信末尾附詩	鬼
				薛二娘	1處	賦詩傳情	精魅
				武丘寺	3處	表達墓主凄涼、孤獨的情感	鬼
				趙旭	2處	賦詩傳情，鋪敘女子的華美	神女，敘述者
《集異記》	薛用弱	不詳	不詳	蔡少霞	1處	環境的清幽，美麗	敘述者
				李清	1處	鋪敘山洞的美	敘述者
				裴越客	1處	鋪敘環境的美	敘述者
				王渙之	4處	鬥才	文士
				李子牟	3處	渲染笛聲的美	敘述者
				沈聿	1處	引詩傳情	鬼
				鄭郊	1處	因景生情，詠竹	書生，鬼
				崔圓	1處	鋪敘環境的美麗	敘述者

《幽怪錄》	牛僧孺	780-848	是	裴諶	1處	環境的美麗	敘述者
				柳歸舜	2處	環境的美麗	敘述者
				崔書生	1處	環境的優雅	敘述者
				開元明皇幸廣陵	1處	廣陵夜色的美	敘述者
				張左	1處	異境的美	敘述者
				元無有	4處	賦詩鬥才	精怪
				滕庭俊	3處	連詩，賦詩娛樂	精怪，故事人物
				顧總	3處	引詩傳情	鬼魂
				劉諷	3處	唱歌娛樂	釵怪
				董慎	1處	評價董慎	時人
				袁洪兒誇郎	5處	贈詩，催妝詩，詠花扇詩，戲謔詩，鋪敘環境的美	士子，鬼
				蕭志忠	2處	賦詩詠懷，題詩	精怪
				許元長（殘文）	1處	鋪敘環境的凄美	敘述者
				李顧言	1處	預言考取進士的時間	奇人
				古元之	1處	鋪敘環境的美	敘述者
《玄怪錄》				岑順	1處	表明戰爭的決心	精怪
《顧氏文房小說》	佚名	不詳	不詳	周秦行記	7處	賦詩娛樂	文士，已亡人
《博物志》	林登	不詳	不詳	崔書生	1處	環境的美	敘述者
《博異志》	鄭還古	開成、會昌年間	是是	許漢陽	2處	賦詩傳情，鋪敘環境的美	龍女
				王昌齡	1處	賦詩感懷身世	士子
				崔玄微	3處	鋪敘環境的美，賦詩言志	敘述者
				劉方玄	4處	賦詩逞才，傳情，感慨人世	鬼，山人
				白幽囚	7處	賦詩傳情	水仙
				楊真伯	1處	表達超然世外的性情	水仙
《河東記》	薛漁思	不詳	不詳	蕭洞玄	1處	鋪敘環境的美	敘述者
				呂群	2處	題詩，抒發將死的悲傷	老病僧
				成叔弁	2處	對詩逞才	精怪，老翁
				韋齊休	2處	在生作鬼詩	鬼，韋
				進士	1處	鬼贈詩傳情	鬼，士子
				段何	1處	鬼賦詩陳述願意嫁給段何的情感	鬼
				申屠澄	2處	贈詩，觸景生情	虎精，士子
				盧從事	1處	留別詩傳情	**驢**
				慈恩塔院女仙	1處	題詩傳情	仙鶴
				臧夏	1處	吟詩，表達幽恨之情	鬼女

《續幽怪錄》	李復言	大和、元和大中年間	否	麒麟客	1處	鋪敘周圍環境的美	敘述者
				楊敬眞	5處	賦詩，言神仙主旨	神仙
				涼國武公李愬	1處	預言李公命運	道士
				薛偉	1處	鋪敘周圍環境的美	敘述者
				張逢	1處	鋪敘周圍環境美麗	敘述者
				祖價	3處	述懷	鬼書生
				張立本	1處	暗示自己的居所及經歷	狐託女子吟詩
《幽怪錄》	李復言	大和、元和大中年間	否	張老	1處	鋪敘周圍環境的美	敘述者
				尼妙寂	2處	字謎詩，暗示仇人身份	鬼魂
《會昌解頤錄》	佚名	不詳	不詳	祖價	3處	述懷諷物	進士，鬼
《說郛》	佚名	不詳	不詳	紀夢	1處	自述身世	精魅
《集異記》	陸勛	不詳	否	崔商	1處	環境的美	敘述者
《定命錄》	呂道生	不詳	不詳	段文昌	1處	預言命運	僧
《盧氏雜說》	盧言	晚唐	否	江陵士子	1處	尋妻	士子
				洛中舉人	2處	贈詩，送別詩	士子，帥
《乾𦠿子》	溫庭筠	晚唐	否	閻濟美	2處	考試根據主司要求獻詩	士子
				薛弘機	3處	贈詩，感懷賦詩，鋪敘秋景的美	樹精
				何讓之	5處	感懷賦詩	狐精
				梅權衡	2處	命題爲賦，嘲諷	故事人物
《酉陽雜俎》	段成式	803？-863	否	齊州僧	1處	鋪敘環境的美	敘述者
				翟乾祐	1處	描摹環境的美	敘述者
				鄭瓊羅	1處	賦詩傳情，感懷身世	鬼
				長鬚國	1處	嘲諷公主有髭鬚	士子
				宋青春	1處	贈詩拒絕送劍	將士
				襄陽舉人	1處	自述鬼的身份	鬼舉人
				顧非熊	1處	抒發老人失子的悲傷	老翁
				孟不疑	1處	引詩，表明孟擅長吟詩	舉人
《纂異記》	李玫	大中時人	是	張生	1處	彈琴賦辭，佐歡	帝
				嵩嶽嫁女	13處	賦詩娛樂，描摹環境的美	眾仙，敘述者
				陳季卿	5處	題詩，贈別詩	士子
				劉景復	1處	神靈命賦詩	士子
				張生	7處	賦詩爲歌，娛樂	女子
				蔣琛	7處	賦詩述懷，渲染建築的莊嚴	精怪，鬼，敘述者
				韋鮑生妓	9處	吟詩爲賦，比較才氣	士子，女妓
				許生	9處	吟詩諷喻	精魅，敘述者
				楊禎	3處	自述身世，述懷	精魅

《說郛》	曹鄴	不詳	是	梅妃傳	3處	陳訴對皇帝的悔意，希望皇帝迴心轉意，回憶與梅妃在一起的快樂時光	皇帝，梅妃
《逸史》	盧肇	不詳	是	羅方遠	1處	鋪敘環境的氣勢壯觀	敘述者
				盧李二生	1處	傳達神仙意旨	神仙
				白樂天	2處	賦詩記事	士子
				吳清妻	5處	暗含成仙之法	神仙
				許飛瓊	3處	神仙命賦詩	士子
				任生	3處	賦詩傳情	仙女
《瀟湘錄》	柳祥	不詳	不詳	安鳳	2處	贈詩	鬼
				孟生	2處	贈詩	精怪
				張珽	1處	贈詩	鬼
				王祐	1處	感懷賦詩	鹿精
				焦封	4處	贈詩，留別詩，送別詩，酬詩	猩猩精，士子
				貞元末布衣	3處	感懷秋意，鋪敘秋景淒涼、衰颯	神仙
《全唐文》	高元裕	大中至咸通時人	否	侯眞人降生臺	1處	述成仙經過	神仙
不詳	羅隱	833-910	是	中元傳	2處	命題賦詩	士子
《宣室志》	張讀	834-886	是	侯道華	1處	述成仙旨意	神仙
				陸喬	1處	感懷賦詩	精魅
				梁璟	9處	連詩，描摹景物的美	精魅，敘述者
				夏陽趙尉	1處	吟詩抒情	精魅
				謝翱	4處	贈詩，題詩，感懷賦詩，酬詩	鬼，士子
				崔谷	3處	嘲諷詩	筆精
				劉溉	1處	贈詩傳情	鬼
				竇裕	1處	抒發死後的悲傷	進士
				唐燕士	1處	抒發死後的悲傷和孤獨	進士
				柳光	1處	描摹環境的清幽，美麗	柳光
				李員	1處	歌詩，暗含自己缶的身份	缶精
《甘澤謠》	袁郊	不詳	否	許雲封	1處	描摹環境的美	敘述者
				紅線	1處	歌以送行	門客
				圓觀	2處	歌以抒情，感慨人世	僧
				陶峴	1處	自詡身世	遊士

《續仙傳》	裴鉶	不詳	否	元柳二公	2處	贈詩，鋪敘女子的美	水仙，敘述者
《傳奇》				陶尹二君	2處	敘說自己身世及成仙經歷	仙人
				裴航	3處	賦詩傳情，鋪敘女子的美	仙女，士子
				封陟傳	5處	贈詩，歌以傳情，渲染女子的居所華美，女子容貌的美	仙女，敘述者
				崔煒	2處	題詩，贈詩傳情	仙女
				張無頗	2處	賦詩傳情	士子，仙女
				崑崙奴	2處	賦詩傳情	女子，士子
				韋曠	3處	賦詩傳情	仙女，士子
				曾季衡	2處	留別詩、酬詩	士子，鬼女
				顏濬	4處	佐歡娛樂	鬼
				韋自東	1處	欺騙自東，使其說話	妖怪
				盧涵	1處	自詡孤獨淒苦	盟器精魅
				寧茵	4處	賦詩逞才	精魅，士子
				孫恪	2處	賦詩陳情	猿精
				文簫	2處	賦詩：預言即將成仙；賦詩：陳述願與文簫結為婚姻	仙女，書生
				張不疑	1處	學習作詩	盟器精魅
				姚坤	1處	感懷身世	狐魅
				寧茵	4處	引詩，各述身世	精魅
				馬拯	1處	預言	土偶精怪
				趙合	1處	自述身世淒苦	鬼女
《德璘傳》				鄭德璘傳	5處	贈詩，悼詩，吟詩傳達愛慕之意	秀才、水仙，女子，士子，女妓
《本事詩》	孟棨	元和、長慶年間	是	樂昌公主	2處	表達物是人非的感慨；面對新舊夫婿的糾結心境	士子，佳人
				窈娘	1處	表達對前任主人的依戀	婢女
				韓翊	2處	題詩，答詩	才子，女子
				崔護	1處	表達未見女子的惆悵和遺憾	士子
				杜牧	4處	題詩，贈詩	士子
				李逢吉	1處	表達被奪走女妓的憤懣	士子
				賣餅者妻	1首	命題詩，抒發見到前夫的心酸與尷尬	士子

				開元宮人	1首	賦詩傳情	宮女
				朱滔軍中士子	2首	命題賦詩	士子，女子
				許渾夢	1處	表成仙之意	神仙
				李白	4處	戲謔詩，和詩	才子
				幽州衙將妻	1處	鬼母賦詩表達對兒子的深情	鬼母
				浙西妓	1處	贈詩傳情	士子
				駱賓王	2處	聯詩，和詩，酬詩為逞才	駱賓王
《大業拾遺記》	佚名	不詳	不詳	南部煙花錄（隋遺錄）	12處	題詩，贈詩，應詔詩，嘲諷詩：進諫，諷喻	大臣，皇帝、後主
《青瑣高議》				隋煬帝海山記	2處	頌揚隋煬帝開發大運河，傳達身世的悲傷	歌姬，後主
《說郛》				迷樓記	10處	宮女感慨自身命運，隋煬帝酒後賦詩	宮女，隋煬帝
《雲溪友議》	范攄	晚唐	否	苧羅遇	3處	傳達對西施的仰慕，傳達對王軒的愛慕，嘲諷詩	西施，士子
				南海非	2處	寄詩傳情	秀才，進士
				玉簫化	2處	留詩傳情，感動亂而賦詩	女子，大臣
				苗夫人	1處	圓場詩	官員
				窺衣幃	4處	諷喻詩，送別詩，寄給家人的思鄉詩	士子
				魯公明	1處	休妻前的送別詩	士子
				眞詩解	2處	斥責丈夫薄情	才女、里巷之人
				巫詠難	6處	賦詩逞才	才學之士
				四背篇	4處	賦詩比較才學	士子
				嚴黃門	2處	賦詩指陳時事	士子
				舞娥異	2處	贈詩感激	舞女
				葬書生	3處	贈詩表理解其處境	杜甫
				錢塘論	10處	賦詩逞才	才學之士
				辭雍氏	8處	賦詩逞才，惜別詩、自嘲詩	才學之士
				衡陽道	2處	展示其才學	官員
				南黔南	3處	贈詩、自嘲詩	官員、士子
				祝墳應	3處	展示其才學	士子
				郭僕奇	3處	展示其才學	奴僕
				江客仁	13處	賦詩逞才，贈詩	才學之士
				艷陽詞	7處	哀悼詩，贈詩傳情	才學之士
				閨婦歌	2處	賦詩求官	才學之士

《三水小牘》	皇甫枚	天祐中人	否	非煙傳	11 處	賦詩傳情	士子，女子
				陳璠臨刑賦詩	1 處	感慨身世	鬼
				卻要	1 處	鋪敘夜色的美	敘述者
				魚玄機笞斃綠翹致戮	6 處	賦詩傳情	女妓
《異聞集》	陳翰	唐末	否	獨孤穆	7 處	贈詩傳情，答詩諷喻	鬼，士子
《抒情詩》	盧瓌	不詳	不詳	李翱女	2 處	催妝詩，題詩	才子，女子
				李蔚	2 處	請罪詩，獻詩	士子
				李進周	1 處	題詩，預言天下形勢	道士
				薛宜僚	1 處	死前遺留給戀人的詩歌	女子
				韋檢	3 處	傳達戀情的詩歌（贈詩、和詩、題詩）	亡女，士子
《神仙感遇傳》	杜光庭	850-933	否	費玄真	3 處	贊後附詩，總結	僧
				白椿夫	1 處	離別詩	神仙
				韋弇	1 處	神仙居所的美麗	敘述者
				越僧懷一	1 處	鋪敘環境的美	敘述者
				陳復休	1 處	寄詩，讖語	神仙
《墉城集仙錄》				今母元君	1 處	歌詩，抒發神仙的快樂和見證歷史變遷的感慨	神仙
				魏夫人	1 處	表達對成仙之道的看法	真人
				成真人	1 處	題詩，讖語	神仙
				薛肇	2 處	箜篌刻詩	神女
《仙傳拾遺》				韓愈外甥	1 處	別詩	官員
《唐闕史》	高彥休	854-？	否	杜紫薇牧湖州	1 處	賦詩言志	士子
				韋進士見亡妓	1 處	悼亡詩	進士
《劇談錄》	康駢	不詳	是	玉蕊院真人降	6 處	表達對真人下凡的喜悅	士子
	佚名	蓋唐末人	不詳	鄭侯外傳	6 處	勸諫皇帝	大臣
《北夢瑣言》	劉山甫	唐末人	否	劉山甫題大王（節文）	1 處	題詩	士子
《聞奇錄》	佚名	不詳	不詳	蘇檢	2 處	賦詩傳情	女子，士子
《續仙傳》	沈汾	唐末五代人	否	李玨	1 處	渲染神仙洞窟的美	敘述者
				藍採和	1 處	傳神仙意識	仙
				馬自然	4 處	題詩	仙
				許碏	2 處	吟詩，傳嚮往神仙之意	仙
				戚逍遙	1 處	歌詩，表成仙的喜悅	神仙
				許宣平	4 處	歌詩，吟詩，題詩	神仙，才子
				劉商	1 處	吟詩，指示其成仙方法	神仙
				殷文祥	1 處	醉歌傳情	神仙

《疑仙傳》	王簡	唐末五代	否	張鬱	4處	春景美麗，吟詩	敘述者，道士
				朱子真	2處	朱子真所居環境的清幽	敘述者，慕仙之人
				黃璞	3處	陳述對女子的深情，女子死前寫給男子的絕筆詩	女子，士子
				徐凝	3處	吟詩鬥才	士子
《蜀川名士傳》	黃璞	不詳	是	歐陽詹	3處	贈詩，和詩	士子，鬼女
《唐摭言》	王定保	870-940	是	山中四友	1處	展示其才華	士子
				王播	1處	感慨命運身世	士子
				孟浩然	2處	賦詩逞才	才子
				賈島	1處	吟詩推敲	才子
《桂苑叢談》	嚴子休	不詳	不詳	張綽有道術	4處	指示成仙之法	道士
				崔張自稱俠	2處	表明對俠士的仰慕	進士
				客飲甘露寺	5處	吟詩感慨國家興亡	奇人
《玉堂閑話》	王仁裕	880-956	否	伊用昌	3處	題詩，表達神仙意旨	神仙
				葛周	1處	評價葛周	作者
				王承休	10處	題詩、賦詩、和詩來逞才	皇帝和大臣
				陷河神	1處	指出陷河神由來	王鐸
				不調子	1處	嘲笑儒生	戲謔人
《劉氏耳目記》	劉崇遠	不詳	不詳	王中散	2處	感慨人世	士大夫
				紫花梨	2處	描摹環境優美，氣質高雅	敘述者
				韓定辭	2處	贈詩，酬詩：逞才	士子
《稽神錄》	徐鉉	916-992	否	田達誠	1處	賦詩表明身份	鬼
				侯繼圖	1處	紅葉題詩傳情	女子
				黃宗蝦	2處	陳述冤情	女子
《燈下閑談》	佚名	不詳	不詳	墜井得道	1處	氣勢壯觀	敘述者
				榕樹精靈	5處	吟詩賀喜，陳述身世	樹精
				桃花障子	2處	吟詩賀喜	樹精，道士
				鯉魚變女	2處	表達被拒絕後的傷心	鯉魚精
				松作人語	3處	贈詩、賦詩致謝	道士，士子
				神仙雪冤	3處	蒙冤賦詩，表達憤懣	士子
				棄官遇仙	1處	授予成仙口訣	神仙
				驛宿遇精	2處	歌詩，吟詩：表明身世經歷，抒發渴慕與意中人相處的心情	精怪
				湘妃神會	13處	賦詩、題詩傳情	士子，水仙
				升斗得仙	2處	升仙詩	仙
				行者雪冤	3處	贈詩，吟詩：抒發中途被拋棄的淒苦，被奪走心愛婢女的憤懣	女子，士子

			獵猎遇仙	1 處	暗示與仙無緣	神仙
			夢與神交	2 處	贈詩，獻詩	神仙，士子
			代民納稅	1 處	賜詩，授予成仙之法	神仙
《賓仙傳》	何光遠	後蜀	否	鬼傳書	1 處	信末附詩，表淒苦之意	鬼
			太元遇仙	1 處	賦詩傳情	鬼
			賈忤旨	8 處	作詩顯示才氣，感慨身世	士子
			錢塘秀	11 處	自嘲詩，戲謔詩，贈詩，感時諷世詩	士子
			道昌篆書	1 處	讖語，暗示李唐天下滅亡時間	道士
			屈名儒	10 處	展示其才華	士子
《搜神記》	句道興	不詳	不詳	王景伯	1 處	暗示願與女子交好	士子
《敦煌變文集》	王敷	不詳	不詳	茶酒論	3 處	引詩，爭論功勞	茶，酒，水
			伍子胥	13 處	總結小說內容	敘述者
			漢將王陵變	10 處	總結小說內容，傳達內心情感	女子，大臣，大將，敘述者
			李陵變文	7 處	總結小說內容，傳達內心情感	大將，敘述者
			孟姜女變文	4 處	傳內心之悲，引詩	女子
			王昭君	8 處	總結小說內容，傳達內心情感	單于，女子，敘述者
			張義潮	2 處	總結小說內容	敘述者
			張淮深	5 處	總結小說內容	敘述者
			韓朋賦	多處	用賦文本來傳情	故事人物，敘述者
			秋胡	1 處	贈詩，讚譽女子的美貌	故事人物
			廬山遠公話	11 處	感慨人世，描摹景物的美	敘述者，故事人物
			孔子項託相問書	1 處	暗含殺意	故事人物
			太子成道經	16 處	總結小說內容，傳達內心情感	故事人物，敘述者
			八相變	34 處	總結小說內容，傳達內心情感	故事人物，敘述者
			降魔變文	21 處	總結小說內容，傳達內心情感	故事人物，敘述者
			破魔變文	21 處	總結小說內容，傳達內心情感	故事人物，敘述者
			難陀出家緣起	24 處	總結小說內容，傳達內心情感	故事人物，敘述者
			目連緣起	13 處	總結小說內容，傳達內心情感	故事人物，敘述者

《敦煌變文集》	王敷	不詳	不詳	大目乾連冥間救母變文	19 處	總結小說內容，傳達內心情感	故事人物，敘述者
				目連變文	7 處	總結小說內容，傳達內心情感	故事人物，敘述者
				歡喜國王緣	20 處	總結小說內容，傳達內心情感	故事人物，敘述者
				醜女姻緣	32 處	總結小說內容，傳達內心情感	故事人物，敘述者
《廣古五行記》	竇維鋈	不詳	不詳	王珍	1 處	賦詩獻策	道士
	郭湜	肅宗、代宗時	否	高力士外傳	2 處	感慨命運和國運	官員
《博異志》	鄭還古	不詳	是	衛次公	1 處	褒獎，使之得以升官	官員
《明皇雜錄》	鄭處誨	不詳	是	孫生	1 處	命題賦詩逞才	官員
《逸史》	盧肇	不詳	是	張及甫	1 處	題詩，表成仙意	道士
《南楚新聞》	尉遲樞	不詳	不詳	關圖妹	2 處	表達兩人的深厚感情	才子，佳人
《藝田錄》	丁用晦	不詳	不詳	史思明	1 處	指出戰爭形勢	將士

附錄七　碑銘文本在唐五代小說中的使用情況

作品集	作者	生活年代	是否進士	作品名稱	進入方式	所處位置	語言	內容	文本形式	數量
《紀聞》	牛肅	武周至肅宗時期	否	牛氏僮	全部進入	文中	散體	告知藏金之所	銘文	1處
《廣異記》	戴孚	不詳	是	張琮	全部進入	文末	詩體	評價墓主	銘文	1處
《朝野僉載》	蕭時和	不詳	是	杜鵬舉傳	部分進入	文中	散體	評價墓主	墓誌	1處
《異聞記》	沈亞之	?-832	是	秦夢記	部分進入	文中	辭體	寄託情感	墓誌銘文	1處
《通幽記》	陳劭	不詳	不詳	陸憑	全部進入	文中	散體	評價墓主	銘文	1處
《博物志》	林登	不詳	不詳	崔書生	全部進入	文中	散體	簡介墓主身世	銘文	1處
《集異記》	陸勛	不詳	否	汪鳳	全部進入	文中	散體	敘述身世，讖語	銘文	1處
《明皇雜錄》	鄭處誨	不詳	是	姚崇	部分進入	文中	詩體	評價墓主	碑文	1處
《說郛》	佚名	不詳	不詳	開河記	全部進入	文中	散體，詩體	讖語	銘文	2處
《廣異記》	戴孚	不詳	是	盧彥緒	全部進入	文中	散體	警示讖語預言	銘文	1處
《神怪志》	孔眘言	不詳	否	王果	全部進入	文中	散體	預言	銘文	1處
《異聞記》	李吉甫	758-814	否	梁大同古名銘記	全部進入	書信中	散體	讖語	銘文	1處
《宣室志》	張讀	834-886	否	姜師度	部分進入	文中	散體	預言，告知墓主的墳墓所在地	銘文	1處
				鄔載	全部進入	文中	詩體	預言	銘文	1處
				韓愈	全部進入	文中	散體	法術，口訣	銘文	1處
				裴度	全部進入	文中	散體	讖語	銘文	1處
				王璠	全部進入	文中	詩體	讖語	銘文	1處
				柳光	全部進入	文中	散體	預言	銘文	1處
	皇甫枚	天祐中	否	玉匣記	全比進入	文中	詩體	預言	銘文	1處
《集異記》	薛用弱	不詳	不詳	蔡少霞	全部進入	文中	詩體	簡介新宮	銘文	1處

附錄八　其他文本在唐五代小說中的使用情況

作品名稱	作品集	作者	生活年代	是否進士	進入方式	文中位置	語言	文本形式	數量
玄眞子	《續仙傳》	沈汾	唐末五代	否	全部進入	文中	詞	詞	1處
伊用昌	《玉堂閑話》	王仁裕	880-956	否	全部進入	文中	詞	詞	1處
李白清平調詞	《松窗錄》	李濬	晚唐	不詳	全部進入	文中	詞	詞	3處
廣謫仙怨詞	《劇談錄》	康駢	不詳	是	全部進入	文中	詞	詞	1處
封陟傳	《傳奇》	裴鉶	不詳	否	全部進入	文中	散體	判文	1處
崔道樞食井魚	《劇談錄》	康駢	不詳	是	全部進入	文中	散體	判文	1處
上官翼	《廣異記》	戴孚	不詳	是	部分進入	文中	散體	判文	1處
燕子賦	《敦煌變文集》	佚名	不詳	不詳	全部進入	文中	散體	判文	1處
董愼	《幽怪錄》	牛僧孺	780-848	是	全部進入	文中	散體	判文	2處
齊饒州	《續玄怪錄》	李復言	開成年間	否	全部進入	文中	散體	判文	1處
文簫	《傳奇》	裴鉶	不詳	否	部分進入	文中	散體	判文	1處
掠剩大夫	《燈下閑談》	佚名	不詳	不詳	全部進入	文中	散體	判文	1處
伍子胥	《敦煌變文集》	佚名	不詳	不詳	全部進入	文中	詩歌	祭文	2處
孟姜女變文				不詳	全部進入	文末	詩歌	祭文	1處
王昭君				不詳	全部進入	文中	詩歌	祭文	1處

主要參考文獻

一、典　籍

1. 〔晉〕干寶撰，〔宋〕陶潛撰，李劍國輯校《新輯搜神記・新輯搜神后記》，中華書局 2007 年版。
2. 〔唐〕長孫無忌等《唐律疏議》，中華書局 1985 年版。
3. 〔唐〕劉知幾著，〔清〕浦起龍通釋，王煦華整理《史通通釋》，上海古籍出版社 2009 年版。
4. 〔後晉〕劉昫等《舊唐書》，中華書局 1975 年版。
5. 〔宋〕王溥《唐會要》，中華書局 1955 年版。
6. 〔宋〕李昉等《太平廣記》，中華書局 1961 年版。
7. 〔宋〕歐陽修、宋祁《新唐書》，中華書局 1975 年版。
8. 〔宋〕趙彥衛撰，傅根清點校《雲麓漫鈔》，中華書局 1996 年版。
9. 〔宋〕張君房《雲笈七籤》，中華書局 2003 年版。
10. 〔元〕辛文房《唐才子傳》，中華書局 1991 年版。
11. 〔清〕嚴可均《全上古三代秦漢三國六朝文》，中華書局 1958 年版。
12. 〔清〕董誥等編《全唐文》，中華書局 1983 年版。
13. 〔清〕彭定求等《全唐詩》，中華書局 1999 年版。

二、專　著

1. 劉開榮《唐代小說研究》（修訂本），商務印書館 1955 年版。
2. 王夢鷗《唐人小說研究——〈纂異記〉與〈傳奇〉校釋》，藝文印書館 1971 年版。
3. 汪辟疆《唐人小說》，上海古籍出版社 1978 年版。

4. 錢鍾書《管錐編》，中華書局 1979 年版。

5. 王國良《唐代小說敘錄》，臺北市嘉新文教基金會 1979 年版。

6. 程千帆《唐代進士行卷與文學》，上海古籍出版社 1980 年版。

7. 劉葉秋《歷代筆記概述》，中華書局 1980 年版。

8. 劉勰著，周振甫注《文心雕龍注釋》，人民文學出版社 1981 年版。

9. 王運熙《漢魏六朝唐代文學論叢》，上海古籍出版社 1981 年版。

10. 袁行霈、侯忠義主編《中國文言小說書目》，北京大學出版社 1981 年版。

11. 劉瑛《唐代傳奇研究》，正中書局 1982 年版。

12. 孫昌武《唐代文學與佛教》，陝西人民出版社 1985 年版。

13. 譚正璧著，譚尋補正《話本與古劇》，上海古籍出版社 1985 年版。

14. 王夢鷗《唐人小說校釋》，臺北正中書局 1985 年版。

15. 侯忠義《中國文言小說參考資料》，北京大學出版社 1985 年版。

16. 劉葉秋《古典小說筆記論叢》，南開大學出版社 1985 年版。

17. 李宗爲《唐人傳奇》，中華書局 1985 年版。

18. 李劍國《唐前志怪小說輯釋》，上海古籍出版社 1986 年版。

19. 李豐楙《六朝隋唐仙道類小說研究》，臺北學生書局 1986 年版。

20. 卞孝萱《唐代文史論叢》，山西人民出版社 1986 年版。

21. 王慶菽《敦煌文學論文集》，吉林人民出版社 1987 年版。

22. 葛兆光《道教與中國文化》，上海人民出版社 1987 年版。

23. 中國社會科學出版社《小說文體研究》，中國社會科學出版社 1988 年版。

24. 陳謙豫《中國小說理論批評史》，華東師範大學出版社 1989 年版。

25. 程毅中《唐代小說史話》，北京文化藝術出版社 1990 年版。

26. 楊子堅《新編中國古代小說史》，南京大學出版社 1990 年版。

27. 侯忠義《中國文言小說史稿》，北京大學出版社 1990 年版。

28. 〔法〕熱拉爾・熱奈特《敘事話語 新敘事話語》，中國社會科學出版社 1990 年版。

29. 孫遜、孫菊園編《中國古典小說美學資料彙粹》，上海古籍出版社 1991 年版。

30. 胡邦煒，〔日〕岡崎由美《古老心靈的回音——中國古典小說的文化—心理學闡釋》，四川文藝出版社 1991 年版。

31. 寧稼雨《中國志人小說史》，遼寧人民出版社 1991 年版。

32. 陳尚君《全唐詩補編》，中華書局 1992 年版。

33. 蕭兵《古代小說與神話》，遼寧教育出版社 1992 年版。

34. 王汝濤《全唐小說》，山東文藝出版社 1993 年版。

35. 張毅《文學文體論》，中國人民大學出版社 1993 年版。

36. 陳文新《中國文言小說流派研究》，武漢大學出版社 1993 年版。

37. 李劍國《唐五代志怪傳奇敘錄》，南開大學出版社 1993 年版。

38. 吳禮權《中國筆記小說史》，商務印書館 1993 年版。

39. 吳志達《中國文言小說史》，齊魯書社 1994 版。

40. 石昌渝《中國小說源流論》，三聯書店 1994 年版。

41. 童慶炳《文體與文體的創造》，雲南人民出版社 1994 年版。

42. 陶東風《文體演變及其文化意味》，雲南人民出版社 1994 年版。

43. 董乃斌《中國古典小說的文體獨立》，中國社會科學出版社 1994 年版。

44. 〔美〕浦安迪《中國敘事學》，北京大學出版社 1995 年版。

45. 寧宗一《中國小說學通論》，安徽教育出版社 1995 年版。

46. 周勛初《唐人筆記小說考索》，江蘇古籍出版社 1996 年版。

47. 程薔、董乃斌《唐帝國的精神文明——民俗與文學》，中國社會科學出版社 1996 年版。

48. 〔德〕黑格爾著，朱光潛譯《美學》，商務印書館 1996 年版。

49. 張振軍《傳統小說與中國文化》，廣西師範大學出版社 1996 年版。

50. 程國賦《唐代小說嬗變研究》，廣東人民出版社 1997 年版。

51. 魯迅《古小說鉤沉》，齊魯書社 1997 年版。

52. 侯忠義《隋唐五代小說史》，浙江古籍出版社 1997 年版。

53. 陳文新《六朝小說》，文化藝術出版社 1997 年版。

54. 楊義《中國古典小說史論》，人民出版社 1998 年版。

55. 巴赫金著，白春仁、曉河譯《小說理論》，河北教育出版社 1998 年版。

56. 申丹《敘述學與小說文體學研究》，北京大學出版社 1998 年版。

57. 王瑤《中古文學史論》，北京大學出版社 1998 年版。

58. 葛曉音《詩國高潮與盛唐文化》，北京大學出版社 1998 年版。

59. 李時人編校，何滿子審定《全唐五代小說》，陝西人民出版社 1998 年版。

60. 苗壯《筆記小說史》，浙江古籍出版社 1998 年版。

61. 上海古籍出版社《漢魏六朝筆記小說大觀》，上海古籍出版社 1999 年版。

62. 趙明政《文言小說：文士的釋懷與寫心》，廣西師範大學出版社 1999 年版。

63. 程國賦《唐代小說與中古文化》，文津出版社 2000 年版。

64. 劉明華《叢生的文體——唐宋文學五大文體的繁榮》，江蘇教育出版社

2000 年版。

65. 上海古籍出版社《唐五代筆記小説大觀》，上海古籍出版社 2000 年版。

66. 孫遜《中國古代小説與宗教》，復旦大學出版社 2000 年版。

67. 張新科《唐前史傳文學研究》，西北大學出版社 2000 年版。

68. 宋常立《中國古代小説文體論》，天津社會科學院出版社 2000 年版。

69. 〔法〕托多羅夫著，蔣子華、張萍譯《巴赫金、對話理論及其他》，百花文藝出版社 2001 年版。

70. 陶敏、李一飛《隋唐五代文學史料學》，中華書局 2001 年版。

71. 陳寅恪《元白詩箋證稿》，三聯書店 2001 年版。

72. 杜曉勤《隋唐五代文學研究》，北京出版社 2001 年版。

73. 陳友冰《海峽兩岸唐代文學研究史》，廣西師範大學出版社 2001 年版。

74. 孫昌武《道教與唐代文學》，人民文學出版社 2001 年版。

75. 王平《中國古代小説敘事研究》，河北人民出版社 2001 年版。

76. 程國賦《唐五代小説的文化闡釋》，人民文學出版社 2002 年版。

77. 齊裕焜《中國古代小説演變史》，敦煌文藝出版社 2002 年版。

78. 王運熙《漢魏六朝唐代文學論叢》（增補本），復旦大學出版社 2002 年版。

79. 韓雲波《唐代小説觀念與小説興起研究》，四川民族出版社 2002 年版。

80. 陳文新《文言小説審美發展史》，武漢大學出版 2002 年版。

81. 黃霖等《中國小説研究史》，浙江古籍出版社 2002 年版。

82. 〔法〕蒂費納·薩莫瓦約著，邵煒譯《互文性研究》，天津人民出版社 2003 年版。

83. 程毅中《唐代小説史》，人民文學出版社 2003 年版。

84. 杜繼文《中國佛教與中國文化》，宗教文化出版社 2003 年版。

85. 陳平原《中國小説敘事模式的轉變》，北京大學出版社 2003 年版。

86. 羅宗強《隋唐五代文學思想史》，中華書局 2003 年版。

87. 崔際銀《詩與唐人小説》，天津古籍出版社 2004 年版。

88. 石昌渝主編《中國古代小説總目·文言卷》，山西教育出版社 2004 年版。

89. 黃大宏《唐代小説重寫研究》，重慶出版社 2004 年版。

90. 李劍國《古稀斗筲錄——李劍國自選集》，南開大學出版社 2004 年版。

91. 傅璇琮、羅聯添《唐代文學研究論著集成》，三秦出版社 2004 年版。

92. 程國賦《隋唐五代小説研究資料》，上海古籍出版社 2005 年版。

93. 石麟《傳奇小説通論》，中州古籍出版社 2005 年版。

94. 〔美〕華萊士·馬丁著，伍曉明譯《當代敘事學》，北京大學出版社 2005

年版。

95. 王瑾《互文性》，廣西師範大學出版社 2005 年版。

96. 陳珏《初唐傳奇文鈎沉》，上海古籍出版社 2005 年版。

97. 方正耀《中國古典小說理論史》，上海華東師範大學出版社 2005 年版。

98. 中國社會科學院文學研究所中國古代小說研究中心《中國古代小說研究》，人民文學出版社 2005 年版。

99. 傅璇琮、蔣寅《中國古代文學通論》，遼寧人民出版社 2005 年版。

100. 石麟《傳奇小說通論》，中州古籍出版社 2005 年版。

101. 楊星映《中西小說文體形態》，中國社會科學出版社 2005 年版。

102. 康韻梅《唐代小說承衍的敘事研究》，臺北市里仁書局 2005 年版。

103. 王昊《敦煌小說及其敘事藝術》，安徽人民出版社 2005 年版。

104. 陳文新《傳統小說與小說傳統》，武漢大學出版社 2005 年版。

105. 陳洪《中國小說理論史》，天津教育出版社 2005 年版。

106. 郭英德《中國古代文體學論稿》，北京大學出版社 2005 年版。

107. 潘建國《中國古代小說書目研究》，上海古籍出版社 2005 年版。

108. 江守義《唐傳奇敘事》，安徽人民出版社 2006 年版。

109. 俞曉紅《佛教與唐五代白話小說研究》，人民出版社 2006 年版。

110. 董希文《文學文本理論研究》，社會科學文獻出版社 2006 年版。

111. 蔡靜波《唐五代筆記小說研究》，陝西人民出版社 2007 年版。

112. 李劍國、陳洪主編《中國小說通史》，高等教育出版社 2007 年版。

113. 傅璇琮《唐代科舉與文學》，陝西人民出版社 2007 年版。

114. 魯迅《中國小說史略》，人民文學出版社 2007 年版。

115. 劉勇強《中國古代小說史敘論》，北京大學出版社 2007 年版。

116. 吳士餘《中國古典小說的文學敘事》，上海古籍出版社 2007 年版。

117. 邱昌員《詩與唐代文言小說研究》，中國社會科學出版社 2008 年版。

118. 吳懷東《唐詩與傳奇的生成》，安徽大學出版社 2008 年版。

119. 周勛初《唐代筆記小說敘錄》，鳳凰出版社 2008 年版。

120. 黃毅、許建平《二十世紀中國古代小說研究的視角與方法》，上海復旦大學出版社 2008 年版。

121. 湯華泉《唐宋文學文獻研究叢稿》，安徽大學出版社 2008 年版。

122. 嚴傑《唐五代筆記考論》，中華書局 2009 年版。

123. 羅寧《漢唐小說觀念論稿》，巴蜀書社 2009 年版。

124. 柯卓英《唐代的文學傳播研究》，中國社會科學出版社 2009 年版。

125. 楊義《中國敘事學》，人民出版社 2009 年版。

126. 〔日〕內山知也《隋唐小說研究》，復旦大學出版社 2010 年版。

127. 郭箴一《中國小說史》，中國社會科學出版社 2010 年版。

128. 郗文倩《中國古代文體功能研究——以漢代文體爲中心》，上海三聯書店 2010 年版。

129. 吳承學《中國古代文體學研究》，人民出版社 2011 年版。

130. 吳承學、何詩海《中國文體學與文體史研究》，鳳凰出版社 2011 年版。

131. 李劍國《唐前志怪小說史》，人民文學出版社 2011 年版。

132. 余恕誠、吳懷東《唐詩與其他文體之關係》，中華書局 2012 年版。

三、報刊論文

1. 王運熙《試論唐傳奇與古文運動的關係》，《光明日報》1957 年 11 月 10 日。

2. 吳庚舜《關於唐代傳奇繁榮的原因》，《文學研究集刊》，人民文學出版社 1964 年版。

3. 王國安《略談唐傳奇中的愛情主題》，《光明日報》1978 年 10 月 17 日。

4. 程毅中《唐代小說瑣記》，《文學遺產》1980 年第 2 期。

5. 張鴻勛《敦煌發現的話本一瞥》，《甘肅社會科學》1980 年第 4 期。

6. 顧頡剛《唐代的孟姜女故事的傳說》，《中華文史論叢》第 23 輯 1982 年第 3 輯。

7. 程毅中《試談唐代傳奇的演進》，《古典文學論叢》第 2 輯，陝西人民出版社 1982 版。

8. 陳勤建《論唐傳奇的繁榮與民間文學的關係》，《華東師大學報》（哲學社會科學版）1982 年第 5 期。

9. 王運熙、楊明《唐代詩歌與小說的關係》，《文學遺產》1983 年第 1 期。

10. 張鴻勛《試論敦煌文學的範圍、性質及特點》，《甘肅社會科學》1983 年第 2 期。

11. 王汝濤《論唐代的豪俠小說》，《南開學報》（哲學社會科學版）1984 年第 5 期。

12. 袁維國《唐傳奇行卷說質疑》，《唐代文學論叢》總第 5 輯，陝西人民出版社 1984 年版。

13. 卞孝萱《唐代小說與政治》，《中華文史論叢》，1985 年第 1 輯總第 33 輯，上海古籍出版社 1985 年版。

14. 黃霖《中國古代小說理論研究芻議》，《社會科學研究》1985 年第 1 期。

15. 胡大雷《論唐人對小說本質的全面把握》,《廣西師大學報》(哲學社會科學版),1985 年第 4 期。

16. 李國濤《小說文體的自覺》,《小說評論》1987 年第 1 期。

17. 一波《中國古代小說的史體結構》,《甘肅社會科學》1987 年第 2 期。

18. 于天池《唐代小說的發達與行卷無關》,《文學遺產》1987 年第 5 期。

19. 董乃斌《論中國敘事文學的演變軌迹》,《文學遺產》1987 年第 5 期。

20. 董國炎《唐代小說史探疑》,《中州學刊》1989 年第 6 期。

21. 陳平原《江湖仗劍遠行遊——唐宋傳奇中的俠》,《文藝評論》1990 年第 2 期。

22. 陳文新《論唐人傳奇的文體規範》,《中州學刊》1990 年第 4 期。

23. 孟祥榮《唐人小說二題》,《文學遺產》1991 年第 1 期。

24. 董乃斌《敘事方式與結構的新變——二論唐傳奇與小說文體的獨立》,《文學遺產》1991 年第 1 期。

25. 李一飛《中唐傳記文學鳥瞰》,《文學遺產》1992 年第 1 期。

26. 楊義《唐人傳奇的詩韻樂趣》,《中國社會科學》1992 年第 6 期。

27. 卞孝萱《從〈唐代小說與政治〉說文史兼治》,《古典文學知識》1993 年第 5 期。

28. 盧興基《唐代小說的總體研究——讀程毅中〈唐代小說史話〉》,《文學遺產》1993 年第 6 期。

29. 石昌渝《「小說」界說》,《文學遺產》1994 年第 1 期。

30. 何滿子《釋唐人「有意爲小說」》,《古典文學知識》1994 年第 5 期。

31. 程毅中《研究唐代小說的遺憾及其他》,《古典文學知識》1995 年第 6 期。

32. 程國賦《漫話唐代小說研究》,《社會科學報》1996 年 10 月 3 日。

33. 程國賦《唐代小說創作方法的整體觀照》,《暨南學報》1997 年第 3 期。

34. 寧稼雨《諸子文章流變與六朝小說的生成》,《南開學報》(哲學社會科學版)1998 年第 4 期。

35. 孫遜、潘建國《唐傳奇文體考辨》,《文學遺產》1999 年第 6 期。

36. 吳承學《唐代判文文體及源流研究》,《文學遺產》1999 年第 6 期。

37. 孟昭連《論唐傳奇「文備眾體」的藝術體制》,《南開學報》2000 年第 4 期。

38. 韓雲波、青衿《初盛唐佛教小說與唐傳奇的文體發生》,《浙江大學學報》(人文社會科學版)2000 年第 6 期。

39. 程國賦《論唐五代小說的敘事藝術》,《西南師範大學學報》(人文社會科學版)2003 年第 3 期。

40. 周楞伽《中國小說的起源和演變》,《上海師範大學學報》(哲學社會科學版) 2004 年第 2 期。

41. 陳大康《我與小說研究的書目書》,《明清小說研究》2004 年第 3 期。

42. 石昌渝《關於〈中國古代小說總目〉》,《明清小說研究》2004 年第 3 期。

43. 楊義《中國古典小說的敘事原則》,《河南大學學報》(社會科學版) 2004 年第 5 期。

44. 丁肅清《小說元素組合之透視》,《江淮論壇》2005 年第 6 期。

45. 董希文《文學研究中的互文與影響》,《煙臺師範學院學報》(哲學社會科學版) 2005 年第 3 期。

46. 程毅中《略談古代小說的類別》,《明清小說研究》2006 年第 1 期。

47. 譚帆、王慶華《中國古代小說文體流變研究論略》,《文藝理論研究》2006 年第 3 期。

48. 王齊洲《應該重視中國古代小說文體研究》,《明清小說研究》2006 年第 3 期。

49. 魯德才《談中國古代小說的文體》,《明清小說研究》2006 年第 3 期。

50. 吳懷東、余恕誠《論唐傳奇的文化精神——兼論中國古代小說文體獨立的文化內涵》,《江海學刊》2009 年第 3 期。

後　記

　　時光如逝，歲月如流！轉眼之間，我在暨南大學文學院從事博士後研究工作已經一年。在此期間，有幸得到花木蘭文化出版社的資助，將博士畢業研究論文出版。拿起擱置已一年之久的博士論文，重新加以校對、修改、潤色，心中頗多感慨。

　　回想博士階段三年的學習經歷，對導師陳建森教授充滿了敬意。老師是一個率性、灑脫之人，對學術孜孜以求，非常嚴謹；指導學生因材施教，不遺餘力。剛入門，他就親切詢問跟我學習、生活相關的情況，針對性地加以指導。學習中遇到疑惑不解的問題，為我細心講解；平時所寫論文，從頭至尾地批閱；博士論文從選題到框架結構的確定，都給予了悉心指點。存於記憶深處，最令我難以忘懷、感動的是，大年三十深夜，老師還在為我批改博士論文。接收老師發回的論文後，看到上面滿滿的「紅字」，不由得熱淚盈眶。心中充滿感激，也有很多愧疚！美麗、溫柔可親的師母，對我們生活的關心也是無微不至。老師、師母的指導及關愛，鞭策我們不斷努力前進。對他們有太多的感謝無以言表，藏記於心！

　　感謝我的碩導鄧裕華老師，在生活、學習中給了我很大的幫助和鼓勵；感謝答辯委員會的程國賦、戴偉華、張海鷗、左鵬軍、徐國榮等諸位老師，得到了他們的指導和點撥；感謝我的愛人，多年以來一直支持我的學業；同時，出版社的鼎力資助，在此也一併深表謝意。